Die neue Penelope

Ein Jeannie-Ebner-Lesebuch

Die neue Penelope

Ein Jeannie-Ebner-Lesebuch

Herausgegeben
von Gerhard Trenkler

STYRIA

Diese Publikation wurde gefördert:
Bundeskanzleramt Sektion II/Kunstangelegenheiten
Magistrat der Stadt Wien. Magistratsabteilung 7/Kultur
Kamilla und Wolfgang Waniek-Stiftung, Wien
Amt der Niederösterreichischen Landesregierung,
Abteilung Kultur und Wissenschaft

CIP-Titelaufnahme der Deutschen Bibliothek

Die **neue Penelope** : ein Jeannie-Ebner-Lesebuch /
Gerhard Trenkler (Hrsg.). –
Graz ; Wien ; Köln : Verl. Styria, 1998
ISBN 3-222-12625-9

Printed in Austria
Umschlaggestaltung: Zembsch'Werkstatt, München
Satz: B & R Satzstudio, Graz
Druck und Bindung: Wiener Verlag, Himberg
ISBN 3-222-12625-9

I.
Aus weit vorausliegender Zeit

Meine Intuitionen waren immer so komplex – weshalb meine Romane gern bei der Erschaffung der Welt begannen und im Gesamtbild eines allgemeinen Untergangs oder aber einer vagen sinnvollen Harmonie endeten, mit den seligen blauen Faltern etwa – so komplex wie ein großes Gemälde.

Tagebücher

Zeitenentlang zurück bis dorthin, wo die Erde entstand.

Unveröffentlichtes Tagebuch

Fang an zu graben

Fang an zu graben. Du weißt nicht, wo beginnen? Irgendwo. Fang nur an, du wirst an kein Ende kommen. Schätze aus aller Vergangenheit können gehoben werden. Fang an und bleib nur dabei. Sei beharrlich. Das ist das erste Gebot.

Frag nicht nach dem Preis deiner Mühe, frag nach dem Wert deines Tuns. Laß dir Zeit, denn du kennst ja den Spruch, der zu uns herübergekommen ist aus älteren Tagen, aus einer anderen Kultur: „Du hast alle Zeit, die es gibt."

Wo steht dein Recht geschrieben, der größte Entdecker zu sein? Vielleicht kommt einer nach dir, und dem erst fällt der Schatz in die Hand, mühelos nach all deiner Mühe. Doch in aller Zeit, die es gibt, laß dir Zeit. Es ist nichts so schlimm, als an ein erhofftes Ende zu kommen und danach noch weiterzuleben und nicht zu wissen, wofür. Laß dir nur Zeit. Das ist das zweite Gebot.

Bleib aber dabei. Sei geduldig.

Sei beharrlich.

Nur wisse: Dein Recht steht nirgends geschrieben.

Unveröffentlichtes Tagebuch

Bei den biblischen Schwestern

Es war ein unwirtlicher Novemberabend mit schneidendem Wind und stiebendem Schnee. Die Menschen eilten geduckt an den Häusern hin, und die Ruinen ausgebombter Gebäude verschwammen hinter dichten Schneeschleiern. Von einem langen, trüben und ziellosen Spaziergang kommend, fand ich mich plötzlich vor dem Hause, welches die biblischen Schwestern früher bewohnt hatten, und ich beschloß, sogleich nachzusehen, ob sie noch hier zu finden seien.

Auf mein Läuten näherten sich leichte Schritte, und Martha öffnete mir. Sie hatte sich kaum verändert. Ihr schönes, rotwangiges Gesicht strahlte von Gesundheit und Lebensfreude. Sie begrüßte mich herzlich und führte mich in ein warmes, behaglich eingerichtetes Zimmer. Ehe ich noch ein Wort herausbrachte, hatte sie mir schon den Mantel abgenommen und einen bequemen Stuhl ans Feuer gerückt. Sie stellte Zigaretten und Aschenbecher vor mich hin und lief dann in die Küche, um Kaffeewasser aufzusetzen.

So anheimelnd mich ihre fürsorglich zugreifende Art auch berührte, störte es mich doch, daß man heute wie früher mit ihr kaum ein zusammenhängendes Gespräch führen konnte. Sie hatte immer so viel für die Behaglichkeit des Gastes zu sorgen und zu hantieren, daß dabei alle Behaglichkeit verlorenging.

Während sie Brote bestrich, Zucker und Milch bereitstellte und ein halbes dutzendmal in die Küche lief, erzählte sie zwischendurch, daß sie an den Vormittagen als Dolmetscherin arbeite. Nachmittags widmete sie sich dem Haushalt, nähte, kochte, beschaffte Lebensmittel und empfing ihre zahlreichen Bekannten und Verwandten zur Jause. Trotz der schwierigen Zeiten herrschte in ihrem Hause kein Mangel, sie wußte sich in jede Situation zu schicken und das Beste daraus zu machen. Ich konnte ihr meine Bewunderung nicht versagen, trotzdem fühlte ich deutlich, daß ich eigentlich Marias wegen gekommen war, und ich erfaßte die erste Gelegenheit, um nach ihr zu fragen. Da wurde Marthas Gesicht ernst, sie seufzte leise und sagte:

„Maria – du kennst sie ja – hat sich immer schwer getan mit dem praktischen Leben, und den heutigen Verhältnissen ist sie natürlich gar nicht gewachsen. Es ist gut, daß es mir möglich ist, ihr das meiste abzunehmen."

„Wo ist sie denn heute?" fragte ich.

„In einer politischen Versammlung."

„Politischen Versammlung?!" rief ich, gänzlich aus der Fassung gebracht durch die Vorstellung, daß die biblische Maria politische Versammlungen besuchte.

„Ja. Sie geht öfters hin."

„Aber um Himmels willen, was sucht sie denn dort?"

„Ich glaube, sie sucht Christus."

„Welch ein Einfall!"

„Sie war immer ein bißchen ... sonderbar. Sie hört neuerdings alle Vorlesungen an der philosophischen Fakultät, obgleich sie wissen müßte, daß man ihn dort längst abgetan hat. Außerdem besucht sie theosophische Vorträge und Sektenpredigten, immer in der Hoffnung, ihn doch irgendwo zu finden. Ich glaube, sie liebt ihn noch immer."

„Also kommt er nicht mehr zu euch, wie in den alten Zeiten?"

„Nein, er kommt lange nicht mehr. Wir hörten nichts von ihm, seit man ihn weggeschleppt hat ins KZ. Man sagt, daß sie ihn dort noch einmal gekreuzigt haben und daß er auch diesmal wieder auferstanden sei. Später gelang es ihm, zu entfliehen, und er wandte sich nach Amerika, aber dort wollte ihn keiner der alten Freunde erkennen. Sie hatten sich schon zu sehr an seinen Doppelgänger, den Standard-Christus, gewöhnt. Endlich wurde man doch auf ihn aufmerksam und steckte ihn in die Propagandaabteilung, um sein Bild auf die Fahnen zu malen. Du erinnerst dich doch an das Selbstbildnis, das er Veronika schenkte? Es war so ergreifend, daß man weinen mußte, wenn man es ansah. Er hatte natürlich kein Verständnis für ihre Form der Reklame und zog sich wieder zurück."

„Und wo ist er jetzt?"

„Das weiß niemand. Man hat von allen Seiten versucht, ihn in den Krieg hineinzuziehen, doch du weißt, wie sehr er jede äußere Gewalt verabscheut. Manche sagen, er halte sich in Rußland verborgen, gerade weil man dort nichts von ihm wissen will. Maria meint, sie müsse ihn irgendwo in Europa finden. Sie läßt nicht ab, ihn zu suchen."

„Und was glaubst du?"

„Ich glaube, daß er tot ist."

„Das ist schrecklich. Auch für dich, denn du hast ihn ja auch geliebt."

„Ja. Wer könnte ihn kennen und nicht lieben? Aber siehst du, für mich ist der Gedanke an seinen Tod nicht so schwer zu ertragen, denn es gibt viele Dinge, die ich liebe: die Menschen, die Männer, das Leben ... Auch arbeite ich gerne und traue mir etwas zu. Ich werde vorwärtskommen. Ich will heiraten und Kinder haben, die alle so sein werden wie ich und höchstens eines wie Maria. Willst du noch Kaffee?"

„Nein, danke, bleib doch sitzen und sprich weiter."

„Erinnerst du dich noch, wie Christus zu mir sagte: ‚Du machst dir viel zu schaffen, aber Maria hat den besten Teil erwählt'? Ich bin froh, daß wir beide von so verschiedener Art sind. Wenn ich mir nicht viel zu schaffen machte, wie könnte Maria denn leben?"

„Das klingt fast ein wenig selbstgerecht, Martha."

„Das soll es nicht sein. Ich tue gerne alles für Maria, sie ist mein besseres Selbst, meine Seele sozusagen. Sie ist ein besonderer Mensch, und ich bin nur der gute Durchschnitt. Schon die Eltern haben sie deshalb mehr geliebt als mich, sie haben ihr viel mehr mitgegeben. Maria hat den besten Teil vielleicht gar nicht erwählt, sondern mitbekommen. Wir verwenden wohl alle nur das, was uns mitgegeben wurde. Ich könnte ohne Maria leben, wenn auch ohne rechte Freude. Aber – wenn mich Christus auch getadelt hat – könnte ohne mich Maria denn leben?"

„So bist du also zufrieden mit dem Teil, den du mitbekommen oder erwählt hast?"

„Ich weiß nicht. Ich bin wie das arme Taglöhnerkind im Märchen, dem eine Fee zwei Gaben zur Wahl anbot: eine goldene Krone und einen Kochlöffel. Das Mädchen wählte den Kochlöffel, weil es mit der Krone ja doch nichts anzufangen wußte, und dieser Feenkochlöffel kochte dann so viel, daß ein ganzes Volk vor Hungersnot errettet wurde."

„Verlangt es dich nicht nach der Krone der Unsterblichkeit?"

„Nein“, sagte Martha mit ihrem ruhigen Lächeln. „Ich brauche sie nicht. Ich bin auch nicht allein. Wir sind viele ...“

Sie hatte recht. Viele, viele ... vor meinem Inneren zogen sie vorbei, die vielen Frauen, die Martha waren, eine unabsehbare Prozession. Seit Millionen Jahren kamen sie, arbeiteten, gebaren und gingen wieder. Sie waren die schwarzen Fäden im Webstuhl. Sie waren der Grundstoff, auf den manchmal goldene Blüten gestickt wurden. Aus ihnen waren die Leichentücher gewoben, das Futter der Königsmäntel, die Windeln und die Fußlappen der Soldaten. Sie waren nicht die Obersten, aber die Ersten, und sie werden wohl die Letzten sein, aber nicht die Geringsten. Wenn alle Christusse der Welt gekreuzigt sind, werden sie noch da sein und Kinder erzeugen, gedankenlos, sinnlos und unerschöpflich wie seit je. Sie sind die wahrhaft Unsterblichen.

So schwiegen wir beide und hingen unseren Gedanken nach. Im Zimmer war es hell und warm, der Feuerschein warf spielerische Lichter auf den Teppich vor dem Kamin. Martha legte einige Äpfel auf den Rost, und bald füllte sich das Zimmer mit ihrem zarten Duft. Martha hatte eine Strickerei zur Hand genommen, und ich betrachtete ihre schönen, fraulichen Hände, wie sie die weiße Wolle geschickt um die blinkenden Nadeln wanden. Ich fühlte mich froh und geborgen in ihrer Nähe, und eine warme Zustimmung für alle ihre Worte überkam mich.

Plötzlich berührte ein leiser Luftzug meine Wange: Maria stand in der offenen Tür. Sie war ganz lautlos gekommen. Sie trug einen verblichenen, losen Mantel, und in ihrem Haar hingen Schneekristalle. Sie war unendlich schön.

„Komm", sagte sie.

„Bleib noch", sagte Martha dagegen. „Draußen ist es kalt und sehr dunkel."

„Draußen sind die Sterne", erwiderte Maria.

Ich stand wortlos auf und ging mit ihr.

Gesang an das Heute

Der Tropfen springt über den Stein. Urzeiträume, stalaktitenbildend. Lange fließt der Strom, bis er sein Bett gegraben hat;

bis aus dem uferlosen Meer, das einst alles bedeckte, sich Landinseln abhoben, Kontinente auftauchten, auf denen einer zwiespältigen Rasse zu leben bestimmt war;

bis die träumenden, von wilder Fruchtbarkeit quellenden Sümpfe eingetrocknet waren und tragfähigen Boden bildeten; bis die Urwälder gewachsen und wieder gerodet und die Dickichte und Gestrüppe bis an die Säume der Berge zurückgedrängt waren; bis das Brachland der Stromlandsgeschichte endlich frei unter der Sonne lag;

bis es urbar gemacht und mit Kulturen bebaut war, auf denen Korn und Traube reiften; bis aus Wasser und Erde unter der großen Sonne Brot und Wein geläutert waren;

bis endlich die Kulturen der Zivilisation verfielen und sich über die natürlichen Konturen der Landschaft Konstruktionen des Geistes hinzogen; bis Brücken über den Strom hinschwangen; bis sich, von glatten Masten getragen, das Netz der Antennen über Stämme mit windbewegtem Laubwerk spannte; bis der Dom aus der säulenbildenden Kraft eines unentwegt springenden Tropfens, der Dom mit gegliederten Pfeilerbündeln, Rippen und Zierat, über dem Höhlenrund im Hügel, über dem gewölbten Nabel der Erde, über dem Ort des ersten Tropfenaufsprungs, gewachsen war.

Lange ehe Flaschenposten ausgesetzt worden waren, hatten die noch auf niedriger Stufe stehenden Uransiedler der Ebene neben dem Strom ein Gleiches getan, indem sie dem Wasser, als Mittler zwischen dem Menschen und den Dämonen, Opfergaben an Früchten und Honig anvertrauten. Vielleicht hat sich ihr Aberglaube im späteren Glauben an die Flaschenposten eingenistet und diesem die Kraft der Dauer, über alle Erkenntnisse hinweg, verliehen.

Dann hatte eine Gruppe tapferer Männer, welche eine andere Sprache redeten, die sie jedoch bald, um der Verständigung willen, zugunsten der Landessprache aufgaben, sich im Stromland angesiedelt und den Bewohnern eine neue Religion gebracht. Diese Fremden verstanden sich auf Kräuter und Zaubermittel, sie waren erfahren in der Heilkunst, auch erwiesen sie sich geschickt im Bootsbau und richteten einen Fährdienst über den Strom ein. Sie wurden von den Ureinwohnern nicht nur gerne geduldet, sondern es gelang ihnen auch, diese von ihrem primitiven Götzendienst zu ihrer eigenen höherstehenden Religion zu bekehren. Später erbauten sie mit Hilfe ihrer Gläubigen das erste Heiligtum, einen primitiven, klobigen Steinbau. Aus den Nachkommen der Fremden bildete sich allmählich eine Priesterkaste, zu deren Obliegenheiten neben den rituellen Zeremonien auch die Ausübung der Heilkunst und des Fährdienstes gehörte.

Als die Sitte der Flaschenposten aufkam, übernahmen die Priester wie selbstverständlich das Amt, die Flaschen zu weihen, auf daß sie heil ankämen, und sie von ihren Fährbooten aus in der Mitte des Stromes, dort, wo das Wasser die rascheste Bewegung hat, auszusetzen. In späteren Zeiten, als der Fährdienst der Priester längst überflüssig geworden war und ihnen von ihren drei Funktionen: zu heilen, überzusetzen und zu segnen, nur noch die letzte verblieben war, hatte sich das Amt, Flaschenposten auszusetzen, weiter in ihren Händen erhalten, und zwar wurden die Flaschen nun während der rituellen Zeremonien geweiht und der Priesterkaste zu einer gemeinsamen Aussendung überlassen. ...

Immer wieder scheint das Wasser über alle kulturellen, religiösen und gesellschaftsbildenden Bemühungen der Menschen den Sieg davonzutragen. Was Generationen von Menschen aufgebaut haben, reißt die blinde Zerstörungswut der Elemente in wenigen Stunden wieder ein. Denn zu Seiten des Stromes ist kein fester Boden. Auf Schwemmsandgebiet stehen alle Burgen, Städte und Gedankentürme. Tief unter den Grundsteinen der Dome, an deren Wänden kunstvoll, mit den Werkzeugen menschlichen Scharfsinns von menschlicher Hand geschnitten, die steinernen Rosen schönheitssüchtiger Träume blühen, unter den Gewölben, an denen die Streben und Pfeiler menschlicher Ewigkeitssehnsucht gen Himmel steigen, rieselt unaufhörlich der Zeitsand, der alle irdischen Werke lautlos, unermüdlich und keiner Beschwörung zugänglich, fortspült in die Vergänglichkeit. Wo immer im Stromland gebaut wird, da baut man auf Sand, auf den uralten, wandelbaren, treulos mit jedem Windhauch verfliegenden Sand, den der Strom in tiefen Zeiträumen ans Ufer gespült hat.

Aber drüben, jenseits des Meeres, im Land der unbegrenzten Möglichkeiten, bewahrt man in verschlossenen Räumen die unveränderlichen Maßstäbe für Gebäude, die ewig stehen. Und immer, wenn alle Bemühungen gescheitert sind und die Menschen zweifeln am Sinn ihrer Arbeit, kommt Hilfe von Übersee.

So berichten die wenigen Überlieferungen aus jener Zeit nach der großen Flut:

„... ein Schiff landete nachts. Und das war ein Schiff, welches den Gesetzen des fallenden Wassers entgegenzog. Und ein Mann wurde ausgesetzt im Stromland, bei Nacht, von niemand gesehen. Obwohl innig erwartet, wie Hilfe in der äußersten Not erwartet wird, stand keiner am Ufer, ihn zu empfangen. So betrat er unerkannt das Land.

Zwar meinten einige Priester, welche sich am Hang der Berge in einer Höhle verkrochen hatten, sie hätten einen Stern vom Wasser zum Land ziehen sehen. Doch er war zugleich wie ein Licht, wie es nächtliche Boten vor sich hertragen.

Der Bote klopfte an jede Tür, er sprach in der Dunkelheit leise zu den Mauern, er redete mit den Steinen und sprach:

‚Ich bin der Sohn des großen Bauenden. Ihr seid die Steine.'

Aber die Steine schwiegen.

Er sagte zu den vom Schlamm verschütteten Türen:

‚Tut euch auf, ich bin gekommen. Ich habe die Maße mitgebracht.'

Aber er fand kein Ohr und keine Hand. Denn die Furcht hatte die Menschen in die Berge der Hoffnungslosigkeit und in die Gestrüppe des Mißtrauens verjagt, und das Stromland lag leer und schweigend unter dem finsteren Himmel.

Der Bote stand lange vor dem verschütteten Heiligtum und sprach:

‚Du bist der Felsen. Ihr sollt fürderhin nicht auf Sand bauen.'

Und er ging langsam und gebeugt, schwankend wie unter einer schweren Last, zurück zum Strom und sagte zum Wasser:

‚Du sollst von diesem Tage an bergan fließen. Du sollst nicht mehr wegtragen, was ich hergetragen habe. Du sollst hinfort nicht herrschen, wo ich herrsche, sondern dienstbar sein unter meinem Fuß.'

Und er sprach zu sich selber:

‚Das Wasser soll diese Erde reinigen, es wird heilige Erde sein fortan. Denn ich bin der Baum mit den weißen Wurzeln und werde nie aufhören zu blühen.'

Dann legte er die Maßstäbe für künftiges Bauen am Ufer nieder und ging tief in Gedanken hinaus auf das Wasser, und das Wasser wurde dienstbar unter seinem Fuß und trug ihn. Und er ging dem Meere zu und entschwand den Blicken der Menschen.

Da kamen die Priester aus der Höhle und die wenigen, die noch in Furcht und Dunkelheit auf den Bergen gelegen waren, hervor und kehrten in das Stromland zurück und hoben die unveränderlichen Maße auf und begannen zu bauen ..."

So berichten alte, mystisch-verschwommene Schriften, die sich erst nach eingehender Forschungsarbeit der Deutung erschlossen haben. Und der eine deutet sie so und der andere so.

Sie warten auf Antwort

Der Vater

Aus Canons Bericht:

Da unser Vater, wie nun alle Welt weiß, nicht mehr unter uns ist, darf ich sprechen und von ihm erzählen. Früher hielt mich die Scheu davon ab, vor Fremden auch nur seinen Namen zu nennen und ihn zu beleidigen in seiner Einsamkeit. Denn es hätte ihn beleidigt, daß sein Name in Beziehung zu profanen Gegebenheiten gebracht würde und in der Leute Munde käme.

Stets hat er es geliebt, sich zu verbergen. In Geheimnisse war er verwirkt wie in einen königlichen Mantel, und die Einsamkeit umgab ihn wie das Sterbekleid einen Toten, dem jeder Ehrfurcht erweist. Auch ich; vielleicht sogar mehr als andere; obwohl von seinen Kindern gerade ich als aufsässig galt. Doch verbarg sich die Anerkennung seiner unbedingten Überlegenheit hinter meiner Aufsässigkeit. Ich wurde zu dieser gedrängt, nicht weil ich meinte, ihm Widerpart halten zu können, sondern weil ich sein Übergewicht als erdrückend und unerträglich empfand. Ich gebrauchte meinen Trotz nur wie man einen Wanderstecken mitschwingt, der drohend aussehen mag, ohne es aber zu sein, da ich ihn nur verwendete, um stehen zu können und nicht wie ein Blatt Papier auf den Boden zu fallen, wenn mich des Vaters starke Gegenwart überkam wie ein Schwindelgefühl am Abgrund.

Manchmal versuchte ich ungestüm, bei ihm einzudringen, und wenn ich an seine versperrten Türen geriet, zerrte ich an der Klinke und suchte durchs Schlüsselloch mit ihm meine endlosen Monologe zu führen, von Bitten um Rat ausgehend, sehr bald zu Fragen von offensichtlicher Zudringlichkeit gelangend, immer vorlauter, spöttischer und ironischer, zuzeiten sogar, indem ich die gräßlichsten Flüche gegen ihn ausstieß, um von ihm eine Antwort zu erpressen. Er aber schwieg, schwieg so lange, bis ich mich fragte, ob er ertaubt, ja, ob er überhaupt in seinen Räumen anwesend oder ob er etwa gestorben sei. So sehr wünschte ich, eines seiner gütigen und weisen Worte zu hören – die er manches Mal sacht unter uns streute, wie ein Baum überreife Früchte fallen läßt –, so sehr hungerte ich danach, daß aus meinem Monolog endlich unser Dialog werde und er mich seiner Anrede für wert erachte, daß ich mit Kopf und Fäusten gegen die Tür schlug, bis ich, vom Toben ermattet, auf der Schwelle in Schlaf verfiel.

Dann konnte es zuweilen geschehen, daß der Vater leise die Tür öffnete, sich bei mir niederließ und mein Haupt an seine Brust bettete. In seinem duftenden Bart versank ich dann wie in einem Meer, und sein großer Mantel umhüllte und wärmte mich. Vielleicht ist er manchmal die ganze Nacht hindurch so bei mir gewesen und hat mich gewiegt, nahe an seinem Herzen; denn langhaarige, gestillte Träume sind wie leuchtende Fluten über mich geflossen und haben meinen Zorn und meine Wildheit auf Tage hinaus besänftigt. Vielleicht aber war sein Bei-mir-Sein nur ein Traum. Ich wußte es, wenn ich nach solchen Nächten gestärkt und befriedet erwachte, nie genau zu sagen. Denn von ihm war dann nirgends mehr eine Spur. Dennoch glaubte ich, daß er mich öfters nachts so in seine Hut nahm. Er muß es doch gewußt haben, daß ich nicht nur sein ungebärdigstes Kind war, sondern auch jenes, das ihn am meisten liebte. ...

Zugleich hoffte und fürchtete ich, an ihm Fehler ausfindig zu machen, denn ich ahnte: sobald ich den ersten Fehler an ihm entdeckte, müsse sein Wesen sich auflösen, wie sich eine Strickerei aus einem einzigen Faden auflösen läßt, hat man nur erst das Ende gefunden, bei dem man zu trennen beginnen kann. So sehr aus einem Stück gewoben war das Wesen des Vaters, daß mich ein solcher Prozeß durchaus wahrscheinlich dünkte. Nimmt man von einem Vollkommenen auch nur das kleinste Stückchen fort, so ändert es ja sein ganzes Wesen, welches eben in der Vollkommenheit liegt.

Der Krug mit dem winzigen Sprung ist nur mehr äußerlich der Krug, mit dem unsere Sippe seit eh und je das Wasser aus dem Brunnen schöpfte. Sobald wir damit heimgelangen, finden wir ihn leer, und das Wasser ist ausgeflossen. Er wird nur mehr wie ein heiliges Gerät aufbewahrt. Rion, mein ältester Bruder, könnte endlich die lang geplante und nach heißem Kampf gegen Mutters Willen durchgesetzte Wasserleitung fertigbauen ...

Aus Rions Bericht:

Wenn ich beim Vater bin, fühle ich, wie sehr ich ihn liebe, und ahne, wie weise er ist. Wenn er zu mir spricht, begreife ich, daß alles, was er sagt, richtig, und was er tut, recht ist, denn er besitzt größere Voraussicht als wir.

Aber wenn ich wieder bei meinen Schwestern und Brüdern bin, dann fühle ich nur das unaufhörliche Leid, das uns allen angetan ist, weil der Zorn und die Strenge von Vaters Geboten schwer auf uns liegen. Und ich beginne mich aufzulehnen und befolge seine Gebote nicht.

Damals, als Canon mit den Geschwistern den Aussichtsturm auf der Wiese neben unserem Zaun baute, habe ich unseren Vater beinahe gehaßt, denn, was immer man mir darüber berichten will, ich bleibe dabei, daß niemand anders als der Vater diesen Turm fällte.

Zuerst waren wir alle einig in unserem Spieleifer, als wir tagelang – und das eben war das Sonderbare, daß meine so ungleichartigen und wankelmütigen Geschwister tagelang an einem gemeinsamen Spiel festhielten – und sogar bis in die mondhellen Nächte hinein, Holz schlugen und Stämme heranschleppten, hämmerten und nagelten und Leitern aus biegsamen Weidenruten flochten. Canon sagte, er wolle einen richtigen Hochstand bauen, wie ihn die Jäger im nahen Wald errichten. Von dort aus könne man das Wild gut beobachten, das mit feinen Gelenken durch das Unterholz steigt und sanft äsend in den Lichtungen steht.

„Die Jäger schießen von ihren Hochständen", sagte Mutter mißtrauisch, „und du wirst auch schießen."

Canon erwiderte:

„Nein, ich werde nicht so böse sein wie die Jäger."

„Die Jäger sind nicht böse", sagte Fenlor, die Schwester, die immer erstaunliche Dinge weiß, ohne daß irgend jemand von uns sich erklären könnte, woher ihr Wissen kommt, da sie doch nichts gelernt hat und von uns allen die weitaus Untätigste ist. „Diese sind Jäger und dazu bestellt, um zu schießen", sagte sie. „Wir aber sind die Kinder unseres Vaters, dem der ganze Wald gehört, und wir sollen nicht jagen, denn wenn wir jagen wollen, so töten wir nur. Canon will töten."

Schon fürchtete Canon, daß Fenlor sich von der weiteren Arbeit ausschließen werde. Ihr Einfluß auf alle Geschwister ist unverhältnismäßig groß, obwohl sie niemals etwas mit Gewalt oder vielen Worten durchzusetzen sucht. Darum sagte Canon:

„Ich werde auf dem Hochstand ein Fernrohr aufstellen und die Sterne beobachten."

Bei diesen Worten begann Fenlor wieder mitzubauen.

Ich aber fragte mich, ob es denn einen Unterschied mache, die Sterne vom Boden oder von diesem kleinen Turm aus zu betrachten? Sie sind jedenfalls so weit entfernt, daß einige Meter nicht ins Gewicht fallen können. Ich ging zu Canon und befragte ihn darüber, und er erkannte die List hinter meiner Frage und antwortete:

„Ich werde den Turm bis an die Sterne bauen."

Und damit verführte er auch mich.

Als der Turm schon ans Obergeschoß unseres Hauses heranreichte, geschah etwas: Wir fanden ihn eines Morgens zertrümmert, und sogleich begannen wir alle wie Tiere übereinander herzufallen und einander zu bekämpfen, denn niemand wußte eine Erklärung und jeder beschuldigte die anderen. Irgend einmal im Laufe der gemeinsamen Arbeit hatte wohl jeder von uns eine Äußerung des Unmuts, des Spottes oder des Zweifels getan, die nun zum Anlaß des Mißtrauens genommen wurde. Wir schrien und schlugen aufeinander los, keiner glaubte keinem, und wir verstanden einander nicht mehr.

Immer wieder bricht Streit aus innerhalb unserer Familie, aber noch nie hatten wir einander so sehr gehaßt. Mutter, die uns trennen wollte, wurde fast niedergetreten, und wir hätten uns wohl gegenseitig umgebracht, wenn unser Vater nicht einen Fremden geschickt hätte, der uns sein Wort überbrachte, daß wir einander nicht töten, sondern lieben sollten, da wir alle desselben Vaters Kinder seien. Der Fremde führte jeden von uns einzeln ins Waschhaus und reinigte uns alle.

Aber wir haben doch seither Mühe, uns zu verständigen und einander nicht zu mißtrauen. Früher hatten wir heftige Streitigkeiten und vergaßen sie rasch und gänzlich. Von diesem Tag an jedoch spricht keiner von uns seine innersten Gedanken offen aus.

Als Mutter zuletzt allein auf dem Kampfplatz verblieb – denn sie wollte nicht mit dem Fremden ins Waschhaus gehen und sagte, sie könne sich allein reinigen –, da fand sie Canon ohnmächtig unter den Trümmern des Turmes. Seine Ferse war unter einem Balken eingeklemmt. Mutter befreite ihn und trug ihn in ihre Stube, wo sie ihn lange Zeit pflegte. Dennoch behielt er einen Klumpfuß und hinkt seither ein wenig.

Mutter sagte: „Du wolltest von der Höhe des Turmes aus in Vaters Arbeitszimmer sehen. Das ist euch verboten. Darum hat Vater den Turm zerstört."

„Vater hat den Turm zerstört, weil er es nicht erträgt, daß ich bis an die Sterne bauen kann!" sagte Canon.

Manche von uns sind aber der Meinung, daß Canon den Turm selber gestürzt hat, weil er uns zuviel versprochen hat und nicht eingestehen wollte, daß er gar nicht bis an die Sterne bauen kann. Und wir mögen ihn seither alle nicht recht. Er hinkt. Er ist ein Gezeichneter unter uns.

Als Mutter aus der Krankenstube endlich wieder herauskam und den Fremden sah, sagte sie:

„Bist du nicht auch einer meiner Söhne, der vor langer Zeit von daheim fortgegangen ist?"

Und sie zitterte dabei.

„Ich habe nichts mit dir zu schaffen!" sagte der Fremde.

Seither haßt Canon den Fremden, denn er liebt Mutter und wird es ihr nie vergessen, daß sie es wagte, seine Ferse zu heilen, die ihm der Zorn des Vaters zerschlagen hat.

„Wer bist du schon?!" sagte Canon zu dem Fremden. „Ein hergelaufener Fremder!"

„Ich bin der Abgesandte des Vaters und war schon immer bei ihm."

„Ein Laufbursche bist du!" höhnte Canon. „Wir werden dich hier behalten und dir das Essen zuwerfen, das uns beim Mahl übrigbleibt!"

Der Fremde schwieg zu diesen Worten.

Nicht, daß er mir jemals etwas in den Weg gelegt hätte, er ist sanftmütig. Doch er ist, vielleicht gerade deshalb, fremd in unserem Haus. Und ich weiß nicht, ob nicht einzig seine Anwesenheit und die Scham, die wir vor ihm empfinden, weil er jeden von uns nackt gesehen hat, sogar Fenlor, als er sie reinigte, unseren Trotz immer wach erhalten werden, so daß es zwischen uns nie mehr werden kann wie vor dem Turmbau.

Aus Fenlors Bericht:

Die Knaben sind in des Vaters Waffenkammer eingedrungen und spielen mit Lanzen und Schwertern. Ich glaube nicht, daß man es dulden sollte, denn ihr Verstand ist zwar lebhaft, doch ihr Herz noch nicht weise genug, daß man sie mit Dingen umgehen lassen dürfte, die gefährlich sind. Ich fürchte, das Spiel wird wieder blutig enden. Doch vergebens habe ich Mutter gewarnt.

„Laß sie spielen", sagte sie gleichmütig.

Sie spricht manchmal so, als sei ihr gar nicht bange, dem Willen des Vaters entgegenzuhandeln. Das mag daher kommen, daß er sie noch nie bestraft hat. Er scheint sie sehr zu achten, obwohl auch sie ihre Tage nicht bei ihm verbringen darf, sondern mit uns, in den unteren Räumen, in denen jedes von uns Geschwistern wie unter unsichtbaren Zügeln umhergeht, stets unter den Augen des Vaters, der, obwohl er nicht sichtbar ist, immer als gegenwärtig empfunden wird.

Der Anblick des Fremden, der jetzt zuunterst an unserem Tisch mit uns ißt, scheint Mutter ein Stachel im Fleisch, vielleicht deshalb, weil sein Kommen irgendwie mit Canons Sturz zusammenhängt. Ich glaube, sie liebt Canon insgeheim mehr als alle anderen, sie liebt ihn in Tränen. Uns aber liebt sie mit lächelndem Gleichmut.

Canon hat die anderen angeleitet, in die Waffenkammer einzudringen, darum schweigt Mutter und sagt:

„Laß sie spielen!"

Der Fremde hat seine Schlafstelle draußen in einem Bretterverschlag, in dem der Hühnerstall untergebracht ist. Unverständlich bleibt, warum Mutter, sonst eine gastliche Frau, die auch für hundert Gäste immer noch eine Kammer, ein Bett und ein Dach herbeizuzaubern wußte, ihm nicht ein besseres Quartier innerhalb des Hauses anweist. Auch ist es mir immer ein unlösbares Rätsel geblieben, wie er es zustande bringt, trotzdem so rein zu sein. Der Schmutz und das faulende Stroh im Hühnerstall hätten wohl an jedem anderen Spuren hinterlassen und zumindest die Kleider verdorben. Vielleicht hat das Gewand des Fremden ähnliche Eigenschaften wie das Gefieder der weißen Gänse, die sich tagsüber in den Tümpeln herumtreiben und dennoch abends trocken, schneeweiß und seidenglänzend heimkehren. Vielleicht aber ist seine innere Reinheit von so abweisender Kraft, daß keinerlei Schmutz von außen an ihn herankommen kann. Er läßt gewisse Dinge, wie etwa den Schmutz, gar nicht in sein Bewußtsein eindringen. Ich glaube, daß es der Fremde nur deshalb ertragen kann, in unserer bösen und zerrissenen Gemeinschaft zu leben, weil er unfähig ist, zu bemerken, wie böse wir sind, nicht nur in unseren Gedanken, sondern auch in allen Worten und Handlungen, gegeneinander, jeder gegen jeden, und alle gegen ihn. Er weiß nicht, was Bösesein ist, darum kann er es auch an uns nicht erkennen.

Ich erschrak sehr, als Rion, sonst vielleicht der Sanfteste von meinen Brüdern, neulich vor den Fremden hintrat und die Hand hob, um ihn zu schlagen. Ich erkläre es mir so, daß Rion einen Menschen, der niemals schlug, nicht ertragen konnte. Er mußte den Fremden schlagen, damit dieser endlich erfuhr, daß es Schlagende und Geschlagene gäbe und daß die Möglichkeit, zu schlagen, bedingungslos vorhanden ist. Vielleicht würde der Fremde diese Möglichkeit dann auch für sich selber sehen und ergreifen.

Der Fremde jedoch blickte ganz still in Rions zorniges Gesicht, als dieser plötzlich dicht vor ihn hintrat, mit einem großen, jähen Schritt und erhobener Hand. Er sah Rion ... eine Weile an, dann nickte er ihm zu, nachdenklich, beinahe zärtlich, wie man einem Bruder zunickt, mit dem man so vertraut ist, daß Worte überflüssig geworden sind, weil sich die Verständigung in ganz anderen Schichten vollzieht. Rion war sehr blaß. Er trat schließlich ehrerbietig zur Seite, damit der Fremde seinen Weg fortsetzen könne. Der ging langsam hinaus in den Garten. Sein Gewand aus rauher Wolle streifte die Gräser und Gebüsche, und es sah aus, als wendeten die weißen Blütendolden des Holunders sich nach ihm um. Auch die Grashalme und der rote Klee neigten sich ihm zu mit einer innigen Bewegung, die langsam durch den ganzen Garten hinlief und dann wie ein wohliger Seufzer zurückflutete in die frühere Lage. Ich habe es ganz deutlich gesehen. Und ich glaube, daß auch Rion es gesehen hat, denn noch am gleichen Nachmittag mistete er unaufgefordert den Hühnerstall aus und schüttete frisches Stroh auf.

Später ging er ins Dorf und kehrte mit einem Paket zurück, das er schweigsam in sein Zimmer trug. Die Nacht über hörte ich ihn leise hantieren und hämmern und klopfen, und am Morgen, sehr früh, kaum daß die ersten Vögel ihre Stimmen erhoben, schlich er in den Hof und stellte ein Paar nagelneue Sandalen vor dem Eingang zum Hühnerstall auf. Ich habe dies von meinem Fenster aus beobachtet. Und es wäre ein herrlicher Tag geworden, jedoch über Nacht muß das Böse, das in unserer Familie immer heimlich auf der Lauer liegt, durchgebrochen sein. Wieder ist ein Verbrechen geschehen, und keiner weiß, durch welchen von uns. Ja, selbst ich bin mit einbezogen.

Der Fremde erschien nicht zum Mittagessen. Das Geflügel war schon längst aus dem Stall gekrochen und hatte sich scharrend im Hof umhergetrieben, dann waren die Hühner mit stelzenden Schritten gravitätisch in die hohen Wiesen gestiegen, um nach Würmern zu suchen. Die Sandalen standen immer noch unberührt vor dem Hühnerstall. Rion hockte mit einem Gesicht, das sich immer mehr zusammenzog und verfinsterte, je öfter er einen Blick hinaus tat und die Schuhe noch immer dort stehen sah, im Eßzimmer am Fenster. Der Fremde nahm offenbar die Gabe nicht an. Rion ergrimmte darüber. Seine Hände zuckten ein ums andere Mal nach der Lanze, die sie aus des Vaters Waffenkammer mit heruntergeschleppt hatten.

Als die Sonne schon schräg hinter dem Wald hinunterglitt, kehrten mit leisem Geschnatter die Gänse vom Tümpel zurück. Die Mutter trat in die letzten glühenden Strahlen des Lichts und streute aus ihrer hochgerafften Schürze goldgelbe Maiskörner aus. So schön ist Mutter am Abend, wenn sie die Körner streut, daß man meint, ihre Schönheit als Halm und Ähre aus jedem Korn aufschießen zu sehen. Indes ihre blaue Schürze langsam leerrinnt, wird Mutter dann zusehends eine alte, ehrwürdige Greisin, die mühsam gebeugt zurücktritt ins Haus. Doch am nächsten Morgen ist sie wieder jung.

Rion hat es, genau wie ich und die übrigen, niemals versäumt, Mutter beim Körnerstreuen zuzuschauen, denn dieser Anblick macht unsere Herzen sanft für die Nacht und schläfert unser unruhiges Blut ein. Heute aber sah Rion nichts von dem schönen Spätsonnenzauber und nichts von dem schneeigen Hinundherwogen der Gänse, die sich um die blaue Schürze drängten und an Mutter hochschlugen wie schaumige Brandung an einer abendblauen Küste.

Rions Augen waren, schwarz vor Zorn und Kummer, auf die Sandalen gerichtet, und die standen immer noch da, unberührt, und der Fremde war seit gestern abend nicht mehr gesehen worden und kehrte auch nicht zum

Abendmahl bei uns ein. Dieses Mahl verlief bedrückt, in einer gewittrigen Schwüle. In die bleierne Stille der getäfelten Stube drang plötzlich laut des Vaters Ruf:

„Rion! Mein Sohn Rion!"

Als Rion aufsprang, stürzten wir alle hinter ihm drein, mit Gepolter die Treppe hinauf, um vielleicht den Vater zu sehen. Der aber war nirgends. Er mochte wieder vergessen haben, daß und weshalb er Rion gerufen. Betroffen standen wir vor seinen verschlossenen Türen und hielten scheu den Atem an. Wir lauschten eine lange Weile. Rion sagte einige Male gedämpft gegen die Tür hin:

„Du hast mich gerufen, Vater …?"

Aber es kam keine Antwort. Nur einige Türen schlugen fern im Haus auf und zu. So kehrten wir, einer nach dem anderen, zurück, zögernd und verloren, wie altes Mauerwerk abbröckelt. Als wir das Speisezimmer betraten, fanden wir die Mutter in Tränen.

„Das Essen verdorben und das reine Tischtuch ganz vollgepatzt!" jammerte sie, und sie schüttelte sogar die Faust hinauf gegen die Räume des Vaters und verfluchte ihn, weil er „seine Kinder nicht in Frieden beim Mahl sein läßt, das ihnen die Mutter bereitet".

Traurig suchten wir unsere Zimmer auf. Ich konnte nach diesem Tag keinen Schlaf finden und saß noch lange nach Mitternacht am Fenster, träumend und lauschend und von Zeit zu Zeit den dunklen Hof aufmerksam durchforschend. Da entdeckte ich einen Schatten, der sich durch den Hof bewegte: Rion machte sich am Hühnerstall zu schaffen. Wahrscheinlich hat er die Sandalen wieder an sich genommen, denn am nächsten Morgen waren sie fort.

Aus Fenlors Bericht:

Welch ein Tag! O welch ein schwarzer, fluchbeladener Tag! Heute morgen war der Fremde immer noch verschwunden, und das Hühnervolk, das sonst so eifrig ist, vom Hof hinab in die Wiesen zu rennen, nach Käfern und fetten Raupen, umlagerte die Stalltür, wie besessen schnatternd und gackernd, mit gesträubtem Gefieder. Bald erkannten wir, was sie so sehr erregte: Der Eingang zum Stall war von Schwaden schwarzgrüner Schmeißfliegen umschwirrt, die hinterlistig summend aus und ein flogen, immer dunkeltöniger und schwerfälliger, je mehr sie sich drinnen an weiß Gott welchen ekelhaften Dingen vollgefressen hatten. Die Hühner pickten und hackten nach ihnen und hatten ein Festessen, das ihnen die feuchten Wiesen nicht so mühelos geboten hätten.

„Dort drinnen muß eines der Tiere verendet sein, dessen Kadaver die Schmeißfliegen lockt", sagte Canon zur Mutter und erbot sich, nachzuschauen.

„Du brauchst nicht nachzusehen", erwiderte Mutter. „Ich weiß, wieviel weiße Hennen ich habe und wieviel rote und wieviel Perlhühner, ganz zu schweigen von den drei Hähnen, dem Truthahnpaar und dem Pfau. Auch die Anzahl der weißen Gänse weiß ich genau. Ich werde sie zählen, und wenn keines fehlt, so kann auch kein Kadaver im Stall sein." ...

Ich aber hatte das Gefühl, die Mutter wisse um eine schreckliche Schuld und wolle dazuhelfen, sie im Verborgenen zu halten, und Canon wisse auch etwas, und die Worte, die er zu Mutter sprach, enthielten eine heimliche Drohung. Ich dachte daran, wie ich Rion nachts am Hühnerstall hatte hantieren sehen, aber es war furchtbar, sich diesen Bruder, der wie ein Gestirn für mich war, in Schuld gestürzt vorzustellen. Ich sah ihn an. Sein Gesicht war von einem stillen Wahnsinn gezeichnet, und ich liebte ihn sehr in diesem Augenblick und trat zu Mutter und sprach:

„Die Fliegen sind nützlich, weil sie unsere Hühner ernähren, wir sollten sie nicht verscheuchen, indem wir zu nahe an den Stall herangehen."

Mutter nickte und küßte mich, und wenn auch dieser Kuß scharf nach einem bösen Einverständnis schmeckte, so war ich doch sehr glücklich darüber. Ihr wißt ja nicht, wie sehr wir hier in ewigem Zank und Mißtrauen leben und wie man darum nach Zärtlichkeit hungert.

Mutter sandte uns alle vom Hof und durch den vorderen Ausgang zum Brunnen, um Wasser zu holen. Sie sagte, sie wolle alles reinigen. ...

Ist es nicht merkwürdig, daß wir in Zeiten der Not und des Unheils stets, als seien unsere Handlungen von einem zentralen Willen gelenkt, das gleiche tun, obwohl uns wie unter einem Bann versagt ist, miteinander über das zu sprechen, was die Gedanken eines jeden bewegt: unser gemeinsames Schicksal. Hinter Mauern von Mißtrauen verschanzt und zu einer furchtbaren, unlösbaren Stummheit verurteilt, umgehen wir das Bekenntnis und sind doch von der schrecklichen Gemeinsamkeit jeder im Umkreis unseres Hauses wachsenden Schuld durchdrungen. Mordet einer von uns, so sind wir alle die Hehler. Sündigt einer, so sind wir alle verdammt.

Wie seltsam auch, daß die Gnade, die etwa einer von uns durch eine leuchtende Tat auf sich herabruft, nur auf sein Haupt fällt und, blendend, doch nicht beglückend mit ihrem Glanz, die übrigen nur um so tiefer ins eigene Dunkel scheucht. Erlösbar ist nur der einzelne. Es ist daher kein Wunder, daß wir den Sünder unter uns zwar hassen, doch ihn zugleich mit allen Kräften verbergen und decken. Den Begnadeten jedoch empfinden wir als entfremdet, in einer Welle von Licht stehend, an der wir kein Teil haben. Wir jagen ihn wie einen Feind, bis wir ihn gemeinsam zur Strecke gebracht haben, so wie das wilde Rudel ein gezähmtes Tier aus der Herde ausstößt und zu Tode hetzt. ...

Doch ist unsere schicksalhafte Gemeinsamkeit im Bösen oft unser einziger Trost. Wir können einander nicht anders lieben und verstehen, als verbunden in Schuld.

Aus Rions Bericht:

Als ich beschloß, Sandalen für diesen anmaßenden Fremden zu machen, dem die Bienen ihren Honig direkt auf die Lippen legen, als sei dort die Wabe, daraus sie sich nähren den langen Winter über, da ging ich sogleich ins Dorf und kaufte das beste Kernleder für die Sohlen und weiches Leder für die Riemen und Zehenbänder, Ahle und Pech und einen kleinen Hammer für die Handvoll Holznägel, die man dazu braucht. Indes ich die Nägel und Holzstifte auswählte, sah ich auf dem Verkaufspult einige fingerlange Eisendorne mit breiten Köpfen. Sie gefielen mir, und ich erinnerte mich, daß der Vater seinen Mantel stets in sein Zimmer nimmt. Außerhalb des Zimmers erscheint er immer in den Mantel gehüllt. Ich hatte den Wunsch, er möge diesen Mantel, von dem Canon behauptet, es schliefe sich darin besser als in einer Wolke von Mutters Haar, doch einmal nachtsüber außerhalb des verschlossenen Zimmers ablegen. Ich hätte mich gerne einmal darein gehüllt und so geschlafen, tief geborgen in den weiten Falten und von wunderbaren Träumen getragen wie von fremdartigen sanften Reittieren. Ich kaufte vier von den Eisendornen und wollte sie im Korridor neben Vaters Zimmertür in die Wand treiben, damit sie ihn verführten, seinen Mantel daran aufzuhängen. Warum ich aber vier kaufte, weiß ich nicht. Einer hätte genügt. Auch habe ich dann mein Vorhaben nicht ausgeführt, und die Dorne sind später einer anderen Bestimmung anheimgefallen. Ich aber schwöre, daß ich des Vaters Mantel daran hängen sehen wollte. Ich wollte Vaters Willen festnageln an die Tat, seinen Mantel für eine Nacht meiner Verfügung zu überlassen. Es ist alles anders gekommen, wie immer, wenn einer von uns einen eigenmächtigen Gedanken hegt und sich von ihm zur Tat verleiten läßt. ...

Am zweiten Tag hub die Fliegenplage an.

Am dritten Tag erhob sich ein übler Geruch.

Am vierten Tag waren alle der Verzweiflung nahe. Man konnte nicht absehen, ob nicht einer von uns, etwa Canon, der immer der wildeste ist, den Hühnerstall einreißen werde. Das aber mußte verhindert werden. Mutter, die immer Rat weiß, hatte schon Unmengen von Wasser ins Haus schaffen lassen, so daß wir am vierten Tag vollauf damit beschäftigt waren, das ganze Haus zu scheuern und zu reinigen. Freilich war das so gut wie umsonst, denn der furchtbare Geruch verursachte uns immer stärkere Übelkeiten, und immer wieder mußte sich einer auf den frischgescheuerten Gängen übergeben. Doch hat auch die vergebliche Arbeit ihr Gutes: Solange wir rastlos arbeiten, kann der gräßliche Verdacht, der jedem von uns am Herzen nagt, sich nicht Bahn brechen, und die gefürchtete Aufdeckung des heimlichen Übels kann nicht eintreten. Zwar weiß ich nicht, ob es Sinn hat, die Qual zu verlängern. Was wird dadurch denn aus der Welt geschafft, daß man es vorübergehend vergißt und verheimlicht? Doch Mutter ist eine Person, die immer bemüht ist, Zeit wie Tücher über alles zu breiten. Sie meint, daß es keine andere Heilung für uns gäbe als mechanisches Arbeiten und das Verrinnen der Zeit. ...

Also arbeiteten wir den ganzen Tag über mit verbissenem Fleiß, doch abends, als Mutter wie immer mit prallgefüllter Schürze in den Hof ging, um die blonde Saat auszustreuen, wollte das sonst so eifrig nach dem Mais pickende Geflügel nichts davon fressen. Und wir sahen, daß sie immer wieder im Stall verschwanden, um kurze Zeit später zurückzukehren, den Schnabel voll weißlicher Würmer.

Bei diesem Anblick brach Fenlor in lautes Weinen aus. Sie hatte sich, wie auch wir anderen, Trost vom Anblick der kornstreuenden Mutter im Abendlicht versprochen, darum faßte nun das Schreckliche mit doppelter Kraft nach ihrem Herzen. Sie warf sich der Mutter in die Arme, und diese ließ ihre noch halb gefüllte Schürze los, so daß der goldene Mais wie Lichtströme aus den blauen Falten des Gewebes rieselte und sich rund um ihre nackten Füße sammelte. Dieser Anblick entschädigte uns dermaßen für das grausame Hühnervolk, daß wir alle in erlösende Tränen ausbrachen.

Es ist ein wahrer Segen, daß Mutter uns manchmal weinen läßt an ihrer Brust. Fast glaube ich, man könnte es auf die Dauer aushalten, das Grauenhafte immer dicht hinter seinem Rücken picken und ticken zu hören, wenn man dabei nur die Mutter sieht inmitten goldener Saaten, wie sie Fenlor sanft an ihren zärtlichen Brüsten hält und mit einer ihrer fühllosen, aber wunderschönen Hände zerstreut Maiskörner in ihr Haar niederrieseln läßt.

Fenlor ist glücklich! Sie ist in den Armen der Mutter eingeschlafen, und Mutter hat sie selbst entkleidet und ins Bett gelegt. Wir alle durften zuschauen. Fenlor ist sehr schön, wie eine rosige Muschel ist ihr Leib. Als alle schliefen, bin ich in ihre offene Kammer zurückgekehrt und habe bei ihr geschlafen, doch sie ist nicht erwacht, sondern hat nur im Schlaf leise aufgeseufzt, als ich sie umarmte.

Ob der Vater alles weiß, was wir hier tun? Die Dinge, welche bei uns geschehen, sind so seltsam gemischt aus Schuld und Bedrückung. Bei der Schwester zu schlafen ist ein Ersatz für den tiefen Schlaf in des Vaters Mantel, den ich unschuldig-schuldig versäumte. ...

Aus Rions Bericht:

Heute morgen flatterten und kreischten die Hühner wie besessen von blassem Neid um den Eingang zum Hühnerstall und mästeten sich an den Würmern. Aus dem Himmel und aus den Wäldern fielen Scharen schwarzer Vögel in den Hof ein und hackten nach den Hühnern. Es gab wütende Kämpfe, bis der Hof von schwarzen und weißen Federn beschneit war. Blut mischte sich mit den Körnern, die von den Hühnern gestern abend achtlos in den Boden getreten worden waren.

Die Mutter beobachtete dieses Treiben mit ruhigem und gefaßtem Blick, als ob sie darin Anzeichen einer Wendung zum Guten sähe. Fenlor lächelte, als sie mich ansah, und Canon starrte unter seinem widerborstigen

Haar hervor mißtrauisch nach ihr und nach mir. Der üble Geruch hatte endlich etwas nachgelassen, und wir konnten wieder aufatmen.

An diesem Abend streute die Mutter keine Körner aus in der Abendsonne.

Aus Canons Bericht:

An diesem Morgen ging Rion zum erstenmal wieder, seit unser Leben so heillos in Verwirrung und heimliche Schuld gestürzt worden ist, hinaus, um an seiner Wasserleitung weiterzubauen. Ich schlich ihm nach und stellte ihn am Brunnen, gerade als er darangehen wollte, ein kompliziertes Röhrensystem mit Saugpumpen in die Tiefe der Erde zu senken.

„Erinnere dich", sagte ich ernst, „erinnere dich: an jenem Tag, ehe der Fremde verschwand, ist Fenlor hier bei dir gewesen, als du an deiner Wasserleitung gearbeitet hast. Was hat sie hier getan?"

„Sie hat aus dem Rosenstrauch am Brunnen Zweige geschnitten und einen Kranz gewunden", sagte Rion und erschrak plötzlich sehr, denn er wußte nicht, wohin dieser Kranz geraten war. Im Trubel der Ereignisse, die kurz darauf über uns hereinbrachen, hatte er ihn gänzlich vergessen.

„Wo ist Fenlors Kranz geblieben?" fragte ich streng, und ich glühte vor Rachgier.

„Ich weiß es nicht ...", erwiderte er unsicher.

„Sie hat ihn nachts in mein Zimmer gebracht", sagte ich, „Fenlor hat ihn für mich gemacht!"

Ich weiß nicht, wer von uns beiden zuerst zuschlug, jedenfalls wälzten wir uns nach diesen Worten in blinder Wut, ineinander verbissen, auf dem Boden, und alles, was Rion bisher gebaut hatte, wurde von unseren kämpfenden Leibern und stoßenden Beinen in die Erde gestampft. Die Arbeit war vergebens, als hätten nie zwei Hände und ein ruhiger Kopf sich bemüht, ein rechtes, nützliches Werk für die Menschen zu schaffen. Wir kämpften beide mit solcher Wildheit, daß keiner des anderen Herr werden konnte, und mußten schließlich, ohne den Kampf entschieden zu haben, aus Erschöpfung voneinander ablassen. ...

Wir schleppten uns in den Hof, dort fielen wir kraftlos nieder, und unser Blut mischte sich mit den ausgerissenen Federn der Hühner, die uns mit ohrenzerreißendem Gegacker umflatterten.

Als Mutter uns sah, stieß sie einen Schrei aus, der Fenlor herbeirief. Fenlor stand einen Augenblick lang wie erstarrt, als sie uns so liegen sah. Dann stürzte sie händeringend, doch völlig stumm vor Entsetzen zum Hühnerstall und begann, ohne auf ihre zarten Hände Rücksicht zu nehmen, die Bretter herauszureißen. Ich verstehe wohl, was sie wollte: Das Gräßliche sollte offenbar werden, damit man feststellen konnte, wer es verschuldet, und endlich wieder Frieden und Vertrauen bei uns Einzug halten konnten. Das aber hätte bedeutet, daß wir keine Familie mehr sein würden, sondern geteilt in Schuldige und Unschuldige. Und war es nicht genau das, was wir all diese bösen Tage über mit gesammelten Kräften zu verhindern versucht hatten?!

Aber es war zu spät, um Fenlor in den Arm zu fallen, das heißt, Rion und ich waren zu entkräftet dazu, und Mutter, die es gekonnt hätte, stand merkwürdigerweise in einer ihr sonst fremden Geistesabwesenheit in der Haustür, die Hände untätig über der Brust verschränkt.

Als jedoch der Hühnerstall auseinanderbarst, sahen wir, daß darin nichts mehr war als blankes, reinliches Gebein. Eiserne Dorne waren wohl einst durch Hände und Füße getrieben worden, sie hingen jetzt lose zwischen den Handwurzelknochen, die schön und genau bei den übrigen Knochen nebeneinander auf dem Boden des Stalles ruhten, als habe sie jemand mit zärtlicher Sorgfalt angeordnet wie ein Zusammenlegspiel, bei dem sich allmählich und voller Überraschungen die Struktur einer reinen, edel gebildeten Figur erkennen läßt. Auf dem Schädel mit seinen ernsthaften Augenhöhlen saß ein Kranz schwarzer Dornenranken. Aber die Rosen waren lange vermodert.

Nun wird alles gut. Eben scheidet die Sonne hinter dem Wald, und Mutter tritt von der Türschwelle mit ihrer prall gefüllten Schürze. Sie streut das blonde Maiskorn über all die Verwirrung, und das Geflügel pickt lautlos und emsig.

Oh, daß wir allesamt schliefen und ein Maisfeld wüchse über unsere verwundeten Leiber! Oh, daß Fenlor leise ihr zärtliches Lied sänge für die mordenden Brüder. Und daß Mutter uns an ihre Brust nähme, in Gegenwart, Amen. Amen.

Aus Rions Bericht:

Seit geraumer Zeit spricht alle Welt davon, daß der Vater nicht mehr bei uns weile. Wir haben Nachschau gehalten, doch fanden wir, wie immer, nur verschlossene Türen, und das beweist nichts dafür und nichts dagegen. Keiner von uns könnte sagen, wann er den Vater das letzte Mal gesehen hat.

Es ist Zeit, daß ich mir endlich selber etwas eingestehe, worüber ich mich und alle meine Geschwister stets mit ganzem oder halbem Erfolg hinweggetäuscht habe; und auch meine Geschwister haben einander und sich selber immer über diese Tatsache getäuscht. Wie weit dies mit Bewußtsein geschah, vermag ich nicht zu bestimmen.

Ich habe in Wahrheit den Vater niemals gesehen ...

Und ich glaube, ganz genauso verhält es sich auch mit meinen Geschwistern. Sie kennen ihn nicht.

Auch über die Mutter und ihr Verhältnis zu ihm weiß ich wenig, weil ich nur das weiß, was bei Tag geschieht. Ihr Wesen jedoch ist geheimnisvoll und ihre Verschwiegenheit tiefer als das Meer. Vielleicht hat der Vater sie in tiefer Dunkelheit besucht, oft oder weniger oft – wer wagte dies wissen zu wollen? Daß er aber sich mit ihr liebend eingelassen hat, bezeugen unser aller Leben.

Wenn ich nun also vor mir selber den Vater ehrlich beschreiben will, darf ich nicht weiterhin mit Worten, wie ich sie den Geschwistern gegenüber gebrauche, lügen, darf nicht meine Phantasie spielen lassen und Legenden um ihn weben, die doch nur von mir stammen, nicht von ihm, und die jeder Grundlage entbehren.

Ich muß ihn beschreiben, wie man etwas beschreibt, das nicht existiert: indem ich ihn mit all jenen Dingen, welche existieren, umschreibe und ihn damit zu diesen in Gegensatz stelle, daß er sich davon abhebe und sichtbare Form gewinne, wie eine ausgesparte Figur auf einer bemalten Holzplatte. Aus den rund um ihn her gemalten und beschriebenen sichtbaren Dingen muß sein ganz anderes Wesen deutlich werden. Freilich wird man nie wissen, ob die Kontur, die nicht ihn darstellt, sondern nur die Grenzen, jenseits deren sein Wesen beginnt, richtig ist. Denn wie viele von den geschaffenen Dingen, die noch ins Bild kommen müßten und die Kontur weiter verändern würden, mag ich vergessen oder verzeichnet haben!

Welch ein Unternehmen: den Unsichtbaren zu beschreiben mit Figuren, die für das menschliche Auge das Merkmal der Sichtbarkeit tragen!

Die Götter reden nicht

Die neue Penelope

Es lebt eine Frau im Haus, die ist unentwegt fleißig, und jeder rühmt ihre Reinlichkeit, doch rühmt er sie so, wie man den Mut des Rebellen rühmt, der sich durch tollkühnes Verhalten selbst an den Galgen gebracht hat. Diese Frau hat einem Tyrannen den Kampf angesagt, dessen Position sie nicht erschüttern können wird: sie erträgt keine Unordnung und keinen Staub. Während sie aber, besessen von ihrem Reinlichkeitsdrang, ihre Tage dazu verwendet, den Staub aus allen Figuren zu entfernen, dringt er ununterbrochen durch Fenster und Türritzen wieder ein.

Der Bildhauer, der Figuren aus dem Stein schlägt, kann beim Anblick des fertigen Werkes ausruhen. Darf seine Schöpfung auch keinen Anspruch auf Ewigkeit erheben, so steht ihre Dauer doch in einem beruhigenden Verhältnis zur Lebensdauer ihres Schöpfers, er wird ihren Verfall nicht mitansehen müssen.

Sie aber arbeitet nicht an der Schaffung von Werken, die beständiger wären als sie selbst, sondern an der fortwährenden Wiederherstellung eines Zustands, der sich selbst wieder aufhebt, mit genau der Schnelligkeit, die sie zu seiner Herstellung braucht. Ihr Name könnte Penelope sein, eine Nachfahrin jener Penelope, die zum Begriff der geduldigen und treuen Ehefrau geworden ist. Die neue Penelope sieht man nie anders als mit den Requisiten ihres Reinlichkeitsdranges beladen rastlos umhereilen, und stets hat sie ihr Haar unter einem Kopftuch verborgen.

Ich bin der Meinung, daß Penelopes Kampf gegen die Vergänglichkeit aller Ordnungszustände ebenso sinnlos wie lebensfeindlich ist. Man sagt, daß ihre Vorfahrin an dem gleichen Wahn gelitten habe, nur habe ihr Wahn ein anderes Mittel gewählt, um sich auszudrücken: Sie saß tagaus, tagein an ihrem Webstuhl und trennte nachts alles wieder auf. Doch hatte ihr Verhalten einen anderen und viel tieferen Sinn, eben weil sie nachts mit eigenen Händen das von ihr Gewirkte wieder auftrennte. Immer hat ihre Gestalt mich ergriffen wegen der großen Geduld, die darin liegt, sich in die Kurzlebigkeit weiblicher Arbeit nicht nur zu schicken, sondern sie auch noch zu bejahen. Darum hat auch die Geduld ihr schließlich den Gatten heimgeführt, ehe sie sich aus eigener Schuld und Verführbarkeit seinen Besitz verscherzte.

Nachts bin ich oft heimlich aufgestanden und habe das Auge an ein Guckloch in meiner Tür gedrückt: Ich hoffte, einmal, nur ein einziges Mal die neue Penelope dabei zu überraschen, wie sie selber Eimer voll Unrat und mit dem Erdstaub vollgesogene Tücher zurückschleppte in ihre Wohnung. Aber die neue Penelope hat eine andere Einstellung zu ihrem Schicksal, sie will die Welt nicht hinnehmen, wie sie ist. Ihre Demut ist heimliche, passive Herrschsucht. Ihre Geduld ist voll zäher, verschwiegener Aufsässigkeit. Und ihr Sinnen und Trachten geht danach, Odysseus in Sanftmut zu erwürgen.

Odysseus ist ein müde blickender Mann in dem Alter, da ein richtiger Mann das schöne Ineinanderspielen von Kraft und Reife, von Kühnheit und Weisheit erleben sollte. Aber er hat resigniert, ohne weise geworden zu sein, denn er leidet an seiner Frau, leidet doppelt, weil alles, womit sie ihn bis zum äußersten quält, in den Augen der Gesellschaft lobenswert erscheint. Er kann nicht gegen sie auftreten, ohne sich der Mißbilligung der anderen und seines eigenen Gewissens auszusetzen. Es scheint mir, daß das Gewissen des Odysseus nicht mehr sein eigenes Gewissen ist, er hat sich das Gewissen seiner Mitmenschen angeeignet. Sein Gewissen stammt nicht aus der tiefen, innerlichen Verbundenheit mit dem Gesetz, es ist nicht mehr die Nabelschnur, die ihn nährt nach ethischen Notwendigkeiten, sondern ein äußerliches, soziales Gewissen. Es fügt sich den Auffassungen, die öffentlich Geltung haben.

Am Morgen, wenn er das Haus verläßt, schiebt Penelope ihren Fuß in den Türspalt und hält ihn zurück mit den Worten:

„Du hast schon wieder den Schal vergessen, den ich für dich gewebt habe!"

Ihre Stimme ist sanft wie der Laut, mit dem die Schlange ihre Schuppen über die Steine schleift, listig wie die Stimme des Fuchses, der den Hühnern schmeichelt. Sie überläßt den Schal nicht Odysseus, sondern drängt seine Hände weg und besteht herrschsüchtig darauf, ihm zu dienen. Sie windet den Schal so fest um seinen Hals, daß ihm die Augen aus dem Kopf quellen und er mühsam um Atem ringt.

Daß sie doch einmal diesen Schal über Nacht auftrennte!

Der Mann der neuen Penelope hat wenig Ähnlichkeit mit Odysseus, dem Ahnherrn. Seine Augen sind vorstehend und stumpf, er ist etwas asthmatisch. Wenn er die Stufen zum Dachboden hinaufsteigt, um Penelopes tägliche Wäsche hinaufzutragen, höre ich seinen gepreßten Atem an meiner Tür vorüberrasseln. Er meidet die Fähre über den Donaukanal. Sie könnte in seinem Blut Erinnerungen wecken an den Ahnen, der zur See fuhr und Abenteuer bestand, den die eigenen funkensprühenden Wünsche entflammten, der rauschende Träume träumte. Odysseus fährt nicht mehr zur See, er zieht nicht in den Krieg und besteht keine Abenteuer.

Möwen kreisen über der Brücke, gierig nach hingeworfenen Abfallbrocken und kreischend wie das eingerostete Rad eines Karrens, der lang nicht mehr über die bunten Straßen der Erde gerollt ist.

Odysseus geht täglich über die Brücke, eine runzlige Aktentasche unter dem Arm, eine flache Schirmkappe mit einem Messingschild auf dem Kopf. Er geht ins Amt. Er ist im Gaswerk als Kassier angestellt. Er geht von Haus zu Haus, liest den Zählerstand ab, schreibt etwas in ein Buch und kassiert. Wir braten unsere Beute nicht mehr über dem offenen Feuer, das Wild ist Ware, die Glut ist Heizung geworden. Das große Abenteuer ist auf andere Gebiete verlegt. Odysseus' Einkommen ist gering, aber die Stellung berechtigt ihn zum Bezug einer Pension von seinem sechzigsten Jahr an.

Dem Geist ist es zuträglicher, vogelfrei zu sein als pensionsberechtigt. Die Möwen, die die Brosamen aus unserer Hand verschmähen, haben schrillere Stimmen, und ihr Flug ist rascher und führt sie weit weg von der Stadt, den Kanal hinab bis zum Strom, den Strom hinab bis ans Meer. Sie sehen die Eisberge Grönlands und die Masten königlicher Schiffe. Odysseus blickt ihnen nach, seine Hand beschattet dabei seine Augen.

Odysseus wirft seinen Groschen in den Hut des alten Bettlers, der in der Mitte der Brücke seinen Sitz hat.

„Wo ist dein Durst nach Abenteuern geblieben, Odysseus?" fragt der Bettler.

Odysseus nennt ihn gutmütig drohend eine alte Saufgurgel. Er hat ihn nicht richtig verstanden.

„Womit wirst du Kirke bezwingen?“ fragt der Bettler weiter. „Alle Perlen sind vor die Säue geworfen, in die sie euch verwandelt hat.“

Odysseus geht über die Brücke, ein behäbiger Mann. Hinten baumelt ihm ein Schalzipfel herunter wie das Ende des Stranges, den der Geist eines Gehenkten hinter sich herschleift.

Penelope aber wartet, zäh und nicht abzuschütteln. Drohend wacht sie über ihrer Schwelle. Odysseus steht abends kurzatmig und demütig vor seiner eigenen Tür und streift unter den strengen Blicken seiner Frau den Staub von den Schuhen. Sein linker Absatz ist schiefgetreten.

Odysseus füllt seine Hände am Ufer mit Sand, der ist weiß und glitzert im Mondlicht wie Schnee.

Er bringt ihn Penelope und sagt: „Es ist Silber.“

Sie aber sagt: „Es ist Staub!“ Und schüttelt ihn vor ihre Tür.

Was geschähe, wenn es Penelope einmal gelänge, den Zustand absoluter Ordnung, den sie anstrebt, zu schaffen und für immer festzuhalten? Da würde alles in einen tausendjährigen Schlaf verfallen, wie damals, als sich die Prinzessin an einer giftigen Spindel stach. Bis einer kam, der sie küßte. Wer wird aber Penelope küssen wollen?! Nicht einmal der alte, blinde Bettler würde sich bereit erklären, Penelope zu erlösen.

Was Odysseus an diese Frau bindet, ist mir ein Rätsel. Sie hat seinen Geist zerstört. Als ich ihn einmal fragte, sagte er, nach einigem Nachdenken, das der Erforschung der eigenen Beweggründe dienen konnte oder auch dem Suchen nach einer guten Ausrede:

„Penelope hat schönes Haar.“

Es ist klar, daß ich darauf nicht antworten konnte, weil Penelope nie anders ausgeht als mit einem Kopftuch, das ihr Haar verbirgt. Die Antwort des Odysseus unterscheidet sich wenig von den Ränken seines listenreichen Ahnherrn.

Ich wollte, von der nicht überprüfbaren Auskunft beunruhigt, mein Problem mit anderen besprechen. Vor den Türen stehen bei uns immer Frauen auf dem Gang und reden stundenlang miteinander, sie verreden die Zeit, die uns gegeben ist, und zerreden das Wort und den Ruf. Ich gehe vorüber und streue meine Frage unter sie.

„Hat Penelope wirklich so schönes Haar?"

Da ergreift sie derselbe Eifer, der dem Ikarus die Schwingen wachsen ließ: Neugier. Hat Penelope wirklich so schönes Haar?! fragen seither alle Frauen in unserem Haus.

Was habe ich angerichtet! So oft jetzt Penelope mit Besen und Eimer über die Stiege geht, kommen die Frauen aus ihren Türen hervor und sehen ihr mit neugierigen Tieraugen nach. Sie wird ganz verwirrt davon und weiß es sich nicht zu deuten. Weil ihr aber das eine Mal eine der Nachbarinnen einen geschnitzten Hornkamm schenkt, eine andere eine Bürste mit silbernem Stiel, nimmt sie an, daß keine Feindschaft hinter der Aufmerksamkeit steckt, die sie ihr zuwenden. Und sie lächelt und nickt allen im Vorbeihasten zu. Dabei hebt sie jetzt öfters die Blicke vom Boden, und ihre Augen sind schön und nicht unfreundlich. So fassen die Frauen immer mehr Mut, und endlich entschließt sich eine zum offenen Reden:

„Penelope, laß mich deine Haare sehen, sie sollen so schön sein!"

Penelope flüchtet verlegen die Stiege hinauf, aber auf ihren Wangen liegt jetzt manchmal ein rosiger Schimmer, der sie sehr jung erscheinen läßt.

„Hast du deiner Frau nie gesagt, daß sie schönes Haar hat?" fragte ich Odysseus, als ich ihn heute im Hausflur traf.

„Ich habe das damals nur behauptet, weil mir nichts Besseres einfiel. Penelope trägt das Kopftuch seit Jahren auch in der Nacht, und ich wußte selbst nicht mehr, was für Haare sie hat. Aber heute nacht hat sie es abgenommen. Ich habe mein Gesicht in ihren Haaren versteckt. Sie rochen nach Honig und Wind, nach Fahrtwind und salzigem Meerwind und nach dem Wind, der in den Amonshörnern singt, wenn man sie ans Ohr hält. Sie waren weich und kräuselten sich wie Wellen um den Bug eines Schiffes. Ich habe seit langem nicht gewußt, wie ein Mann das Haar seiner Frau empfindet. Jetzt weiß ich es wieder."

Das sagte Odysseus, nickte mir flüchtig zu und schritt rasch weiter. Den Kopf erhoben, sog er mit geblähten Nüstern die Luft ein. Seine Augen glitten konzentriert in die Ferne und zerstreut über alles Naheliegende.

„Odysseus!" rief ich ihm nach. „Du hast deinen Schal vergessen!"

Er erschrak und drehte den Kopf nach mir. Aber dann lachte er.

„Penelope hat ihn heute nacht aufgetrennt!" rief er, dann bog er aus dem Hoftor und um die Ecke. Odysseus ist eigentlich immer noch ein schöner und stattlicher Mann.

Was habe ich angerichtet?! Seit ich meine Frage aufwarf, wie man gedankenlos einen Spatenstich in den

Berg tut, haben die anderen gläubig den ganzen Berg abgetragen und an einen anderen Ort versetzt.

Eben kommt Penelope die Treppe herunter. Den Eimer, den sie sonst mit verrenktem Kreuz und hängenden Schultern schleppt, trägt sie jetzt auf dem Kopf. Königlich gelassen schreitet sie die Stufen herab, die rechte Hand leicht in die Seite gestützt. Und als sie mir den Rücken kehrt, zeigt sich der Anlaß solcher Aufrichtung und Verwandlung: Über ihren Rücken fließt ein Strom duftenden, frischgewaschenen Haares, von einem so hellen Blond, daß drunten im Freien die Bienen sich verwirrt hineinstürzen und summend darin hängen bleiben. Sie haben gemeint, die Forsythia sei bereits aufgeblüht.

Sagte ich jemals, daß keiner Penelope erlösen würde? Ich habe sie selbst erlöst durch meine Frage. Jeder Gedanke, den man ausspricht, kann unabsehbare Wandlungen hervorrufen, jeder Traum verändert die Welt. Ich habe geträumt:

Ich sah Odysseus die Stufen der Böschung hinuntersteigen zum Strom. Er trug nicht wie sonst seine runzlige Aktentasche bei sich, sondern ein Netz, das er über die Schulter gehängt hatte. Ehe er das Wasser erreichte, sprang drüben der Hund aus der Fährmannshütte und gebärdete sich wie verrückt. Der Fährmann trat auf den Steg und beschattete die Augen mit der Hand, dann sprang er ins Boot und stieß mit dem Bootshaken kräftig von den Bohlen ab. Rasch näherte sich die Fähre unserem Ufer, rascher als im Wachzustand. So kam es, daß ich die oberste Stufe der Böschung noch nicht erreicht hatte, als Odysseus sich einschiffte. Leicht glitt die Fähre davon. In der Mitte des Wassers sah ich Odysseus das Netz auswerfen. Die Fische schwammen in

Scharen hinein. Als das Netz gehoben wurde, fluteten sie wie eine silberne Welle um die Füße der beiden Männer ...

Odysseus, der heimkehrt, bringt Penelope zwei Hände voll Sand aus der Fremde und sagt:

„Es ist Staub. Die Vergänglichkeit hat sanfte Hände."

Sie aber sagt: „Es ist Gold!" und schüttet es in ihr Gewebe und streut es über ihr Haar und teilt es den Armen aus.

Odysseus ist König in Ithaka. Ich sage es allen: Warum stellt denn keiner von uns den unermeßlichen Anspruch?! Ich sage: Einer ist König, einer von euch. Ein König lebt unter uns.

Wer wagt noch zu bezweifeln, daß wir alle erlöst werden können, solange noch einer unter uns ist, der den Glauben besitzt!

Protokoll aus einem Zwischenreich

Wenn ein Gott als Wahrheit hinter dir her ist, verbirg dich wie Daphne im Baum, wie die Eskimofrau in der Möwe oder im Bären, verwandle dich rasch in den Raben, den Hasen, die Schlange, das Reh. Es wird dir wahrscheinlich nichts nützen. Die Wahrheit wird dich einholen, daß du als Mensch gemacht wurdest zum Abbild, zum Spiegel, nur für eine Weile kannst du diesem Schicksal entfliehen.

Unveröffentlichtes Tagebuch

II.
Erstes Erwachen

Manchmal, wenn einer zärtlich die Hand übers Haar seiner kleinen Tochter gleiten läßt, scheint mir: Ja! Jetzt hat ihn die Liebe berührt. Aber was weiß denn das Kind davon? Die Fremdheit zwischen Vater und Kind ist so ... weit, weit voneinander leben sie, denken sie, wissen sie von sich selber. Und gäbe es nicht die Hand und das Haar und die Berührung, so wüßten sie nichts voneinander.

Unveröffentlichtes Tagebuch

Wenn ich erzählen soll und mich erinnern, so greife ich am liebsten in den vollen und blühenden Kranz meiner Kindheit.

Erfrorene Rosen

Wo mochten die anderen sich an diesem Samstagnachmittag herumtreiben? Sie hatte nicht versucht, rechtzeitig Anschluß zu finden. Vom Fenster des Studierzimmers aus hatte sie die Mädchen einzeln und unauffällig in den Hof verschwinden gesehen. Jede schien es ungeduldig von ihren Büchern, Briefen nach Hause und Spielen fortzutreiben, für die der Samstagnachmittag zur Verfügung stand. Maria wußte recht gut, was sie anzog, alle. Nur sie war wieder abgehängt worden. Seufzend brachte sie den Brief an ihre Mutter zu Ende, langsam, damit die Zeit vergehe, denn sie wußte wieder einmal nichts anzufangen und hatte nicht die geringste Hoffnung, daß Philine oder Abel der Hirte in den Pfarrgarten kommen würden. Die altvertraute Einsamkeit begann sich wieder um sie zu schließen. Man hatte sie nicht aufgefordert mitzukommen, sondern Einigkeit gezeigt in dem Bestreben, sie an dem langen, freien Nachmittag sich selbst zu überlassen, ohne daß sie es merkte. Immer stiller war es um sie geworden, während sie am Fenster saß und schrieb und sich immer wieder dabei ertappte, wie ihre Feder sinnlose Figurinen malte, weil vor ihrem inneren Auge die Gestalt eines hochmütigen Knaben stand – stand und davonschritt mit dem ganz leichten, freien Gang eines noch ungebrochenen Geschöpfs. Unerreichbar, unberührbar für mich Schwerfällige, dachte sie.

Mit der Zeit wurde die Ruhe im Haus so dicht und undurchbrochen, daß es sie aufhorchen ließ: tönende Lautlosigkeit, ein Schleier über den Ohren, in denen laut das Blut zu singen anhob. Kein Schritt. Kein fernes Lachen. In summender Stille lag die Flucht der großen, hellen, leeren Klassenzimmer da, darüber die Schlafsäle mit ihren stummen Reihen weißer Betten, überzittert von den grünlichen Schatten der herabgelassenen Jalousien.

Sie fühlte sich unendlich verlassen, und der lange Nachmittag lag vor ihr als schwermütige Ewigkeit, die sie ganz klein und allein zu durchwandern hatte, indes alle anderen sich in Gruppen unterhielten und lebten, oder zu zweit – immer ein Junge und ein Mädchen – in so anregende Beziehungen verstrickt waren, daß ihnen die Zeit verging, und sie wußten nicht wie; und der Abend, den Maria herbeisehnte, kam ihnen zu früh und unterbrach sie mitten im Leben.

Man hatte sie abgehängt wie einen alten Waggon. Und so fühlte sie sich auch: zurückgeblieben auf einem Abstellgleis, das nirgends Anschluß hat, dessen Schienen zwischen Sand und Gras abbrechen, mit verunkrauteten Schwellen. Da stand sie, unfähig, sich von selbst in Bewegung zu setzen, und rostete langsam und wurde alt und brüchig und versäumte alles, alles, was dort draußen, fern, irgendwo, rauschend und bunt, sättigend und trunken machend, vor sich ging. Außerstande, sich zu einem Entschluß aufzuraffen, saß sie auf dem Fensterbrett und hätschelte das Gefühl ihrer Verlassenheit und meinte, die Ewigkeit sei wohl schon angebrochen, ihr Leben sei längst vorüber, und sie habe es nicht gelebt, sie sei verwunschen, an den Rand gespült.

Von Panik ergriffen, sprang sie auf und blickte sich suchend um, nach irgendeinem Gegenstand, einem Buch, einem Spielzeug, das ihr Anreiz bieten und sie retten konnte aus der tiefen, untätigen Unlust des langen, sonnigen, schulfreien Nachmittags, dessen Freiheit ihr nichts zu bieten hatte als den Zwang, die Last des eigenen Wesens zu irgendeinem Ziel zu schleppen, das sinnlos war.

Aber auch die Dinge versagten, wie sie immer versagten und nichts zu geben hatten, wenn man zu müde oder zu traurig war, um ihnen die eigenen Impulse mitzuteilen, seine Spielfreude, seine Lust, sich zu messen.

Auch zum Spielen bin ich schon zu groß, dachte sie verzweifelt.

Aber zum Lesen in innerer Gelassenheit, an einem freien Tag, indes die anderen – alle anderen auf der ganzen Welt, nur sie nicht! – lebten ... dazu war sie nicht reif genug.

Unschlüssig griff sie nach Stöckchen und Reifen und schlenderte in den Schulhof. Da ihr sonst nichts blieb, begann sie lustlos zu spielen. Sie ließ den ersten Reifen zitternd in die Höhe steigen und gleich darauf einen zweiten, und fing sie gemeinsam auf. Das wiederholte sie lange Zeit und dachte dabei ihre losen, traurigen Gedanken:

Immer sind sie zu zweien.

Immer sind es zwei. Ein Mädchen und ein Knabe.

Nur ich bin immer allein.

Und Suzanne ist allein fortgegangen. Warum hat sie mich nicht mitgenommen? Sie beginnt sich abzusondern. Gewiß ist auch sie jetzt fern, irgendwo, draußen, in der bunten rauschenden Welt nicht allein.

Und wo mag Abel sein?

Suzanne wird auch abends nicht wiederkommen, ihre Eltern haben die Erlaubnis erwirkt, sie mit in die Oper zu nehmen. Die Oper! Wie bunt, wie rauschend! Werde ich je in die Oper gehen? Warum hat Suzanne ihre Eltern nicht gebeten, mich mitzunehmen? Es ist wie mit den Gedichten: Futter aus ihrer Hand – ein kleiner Sperling, der nicht davonfliegen darf. Suzannes Leben entfernt sich von mir, sie hat schon ein eigenes Leben, irgendwo außerhalb der Schule.

Und wo mag Abel sein?

Und jede andere hat ein eigenes Leben. Wenn sie zurückkommen, werden sie beisammenstecken und tuscheln und lachen und von ihrem Leben berichten und gemeinsam nochmals auskosten, was sie heute alle ganz ähnlich erlebt haben.

Ein roter und ein gelber Reifen stiegen sirrend vor dem Blau des Herbsthimmels. Liebe und Freude. Sie fing sie zusammen auf und ließ sie über die Spitze des Stöckchens in den Kies gleiten.

Ein grüner und ein violetter Reifen. Hoffnung und Geheimnis. Und immer sind es zwei.

Blieb nur noch der blaue Reifen übrig. Ein blauer Reifen für Abel. Sie fing ihn auf und warf ihn noch einmal. Ein blauer für Philine. Und noch ein letztes Mal. Ein blauer, einsamer, für mich.

Aber da hatte sie zu heftig abgezogen, und der Reifen schwirrte schräg in die Höhe und sank hinter der Mauer herunter. Unschlüssig blickte sie ihm nach. Da sah sie, daß an dem Eisenhaken auf der Mauerkrone eine neue Strickleiter befestigt war, die in den Pfarrgarten hinüberhing. Dorthin waren sie also gegangen. Plötzlich verließ sie ihr Stolz, der ihr gebot, ihnen nicht nachzulaufen, wenn sie sie nicht dabeihaben wollten. Mit der Spitze des Reifenstabes zog sie die Strickleiter auf ihre Seite der Mauer herüber.

Sie kletterte rasch hinauf und spähte, von der Mauerkrone aus, umher. Der Garten lag in verwunschener Stille da. Erstes Fallaub sank lautlos in die leise verbleichenden Wiesen mit ihren hohen, reifen, raschelnden Grasrispen, in deren trockenem Singen sich bereits die herbstliche Dürre ankündigte. Die breiten Huflattichblätter unter den Büschen waren rötlich-violett befleckt vom Saft der überreifen Hollerbeeren, die ungeerntet in der Sonne goren und von den Dolden tropften. Und dort drüben, im Gezweig der Hollerbäume, hing der einsame Reifen nach seinem wilden, einsamen Flug.

Schon als sie den Fuß auf den Ziegelhaufen unter dem Hollerbaum setzte, wußte sie, daß sie nicht hinaufkletterte, um den Reifen zu holen, sondern um den Ort zu sehen, aus dem Abel gekommen war – während der blaue Reifen als seltene Traumfrucht im Baum hängenblieb. Und dann entdeckte sie eine zweite Strickleiter, die in den nächsten Schulhof baumelte. Aber dort war kein Garten, sondern ein weiter Platz: die Sportplätze der Knabenschule, Tennisplätze mit hinaufgebundenen Netzen, Torstangen, Maste für das Korbballspiel.

Ganz zuletzt sah sie ihn, Abel, allein in der samstägig verlassenen Schule, einsam wie sie; nackt bis auf ein dreieckiges Leinending um die Lenden und ein paar merkwürdig geformte weiße Stoffschuhe mit Bändern um die Knöchel. Abel der Hirte trug wahrhaftig einen Hirtenstab! Den Balancierstab mit beiden Händen vor sich her tragend, schritt er langsam auf dem schmalen Holzgeländer hin und her, das den Sportplatz von der Zuschauertribüne trennte. Er schritt mit ausdruckslos feierlichem Ernst, ohne auf seine Füße zu blicken, bis ans Ende des Geländers, wendete anmutig und streng in allen Bewegungen, wie ein Segelboot manövriert, und ließ den Stab aus der Hand gleiten. Er breitete die Arme aus und stand auf einem Bein, das andere waagrecht nach hinten gestreckt, wie ein Vogel vor dem Abflug. Sie nannten diese Figur beim Turnen den Engel, und Maria konnte sich auf dem sicheren Boden kaum eine Sekunde dabei in Balance halten. Plötzlich wirbelte Abel auf den Zehenspitzen Pirouetten den dünnen Holzsteg entlang, taumelte, verlor das Gleichgewicht und rettete sich mit einem anmutig beherrschten Absprung, den er in einigen Drehungen auf dem Rasen auslaufen ließ.

Seine Leichtigkeit und Körpergewandtheit war ganz unbegreiflich, und seine Schönheit und Grazie berauschten sie förmlich.

Nun hob er die Stange, die im Gras lag, auf und wog sie waagrecht in der Faust. Er nahm Anlauf, stemmte die Stange in den Grund und flog, sich förmlich an ihr hinaufreißend, in die Luft. Sekundenlang schwebte der nackte Körper, schraubte sich noch höher, stand scheinbar gewichtslos auf einer Hand auf der Spitze der Stange, kippte, stürzte und landete unversehrt hinter dem Stabhochsprungtor im Sand. Langsam stand er auf und lehnte sich an einen Pfosten des Tores, die langen, schlanken, muskelfedernden Schenkel lose gekreuzt, den Kopf leicht seitwärts gedreht auf dem starken Hals, der schon die Kraft und Gelassenheit des Mannes vorweg andeutete. Sie sah mit Bestürzung, daß er kein engelhaftes, sondern ein männliches Wesen war, und wünschte heimlich, er möge nicht heranreifen, sondern immer so verharren, in seiner lichten Hochmütigkeit, unbewußt in seinem schönen Körper sich gehenlassend, ein Stück teilnahmsloses Dasein in seiner Unschuld: ein vollkommenes Geschöpf Gottes.

Es flimmerte ihr vor den Augen: das schöne Gefäß des Leibes, seine Zerbrechlichkeit, der Abgrund ... Und da verdichtete sich alle Bedrücktheit dieses einsamen Gefühls, von aller Welt stehengelassen zu sein, das sie heute beherrschte, mit dem Bild des verrosteten Waggons auf dem Abstellgleis und mit der Angst, daß längst alles geschehen und die Ewigkeit angebrochen sein könnte ... all dies verdichtete sich zum Wissen vom unvermeidlichen Bruch.

Die Wildnis früher Sommer

Der Vater war gestorben! Theres stand dem fassungslos gegenüber. Zur gleichen Zeit begann für sie die Schule. Sie hielt das für eine Folge der Katastrophe, daß der Vater fort war und nicht wie sonst, nach geschäftlichen Reisen, wiederkam.

Jetzt mußte sie ihr Leben allein bewältigen, und das bloße Dasein wurde zum handelnden Mittun. Jeden Tag gab es etwas Mühsames, zu dem sie sich überwinden mußte, etwa morgens früh aufstehen, aus der warmen Schlummerbenommenheit jäh hinausmüssen ins Kalte. Die fröstelnde Trübe vor den Fenstern machte das elektrische Licht lustlos und kränklich. Dann kam der Schulweg, unbehaglich beengt von den Winterkleidern, während der Frost ihr die Nase rotbiß und die Trostlosigkeit des grauen Großstadtschnees sich der hohlen Trostlosigkeit im eigenen Magen verband und die ganze Welt grau und trostlos machte. Erst wenn sie im geheizten Klassenzimmer saß, ergab sich, daß sie's wieder einmal überlebt und daß das Ganze nicht so schlimm war, wie es ausgesehen hatte.

Auch in die schulfreie Sommerwelt drangen Veränderungen ein, sogar der Kindheitsgarten brütete jetzt seine verheimlichten Todesschrecken aus.

Wieder hatte sie das Buch unten auf der Bank liegenlassen! Es war ihnen verboten, Bücher in den Garten zu schleppen, weil sie sie dort vergaßen und Flossie, der Wachhund, sie nachts zerbiß. Sie hoffte, daß heute keiner mehr nach dem Buch fragen würde, aber unfehlbar wie immer, merkte es das Fräulein, und sie wurde allein in den Garten geschickt. Johann wußte, daß sie sich von der ersten Dämmerung an fürchtete. Diese

Furcht steigerte sich mit zunehmender Dunkelheit und stürzte sie im Traum oft in Untiefen aus inhaltlosem Entsetzen und blinden Schreien. Er wollte das Buch für sie holen gehen, doch das Fräulein verbot es und redete ihr vernünftig zu: So ein großes Mädel! Sich fürchten, im Garten, wo man jeden Kieselstein kennt, jeden Halm, jeden Busch! Das Fräulein wußte nicht, daß Halme und Büsche sich nur bei Tag wie Halme und Büsche benahmen. Nachts waren sie jemand, jemand furchtbar Fremder.

Sie klärte das Fräulein nicht darüber auf, darum ging das Zureden freundlich, aber hartnäckig weiter: Wo der Hund mit dem treuen Blick für dich und den scharfen Zähnen für jeden Fremden dich begleiten wird! Fürchten – wovor denn?

Vor dem Tod. Aber das gehörte zu den Geheimnissen, die man Erwachsenen nicht mitteilte, das war verboten. Es gab eine Menge innerer Verbote, die niemand verhängt hatte, sie waren von selbst verständlich. Der Tod saß abends in einem bestimmten Busch und zimperte hoch und dünn auf der Geige. Für die anderen war es das Zirpen der Grillen. Sie sahen ihn nie. Wenn jemand dabei war, verhielt er sich auch, unsichtbar, hinter dem schwarzen Laub. Sobald sie im Dämmern allein vorüberkam, zeigte er ihr den weißlichen Schädel mit breiten Zähnen. Sie wußte, daß auch heute im Vorüberjagen die Angst nach ihrem Herzen greifen würde. Das war schlimmer, als streckte sich seine knochige Hand wirklich aus dem Busch. Daß er nichts tat, sich nur zeigte und sie ansah, war viel unheimlicher.

Sie sah schließlich ein, daß „ein großes Mädel sein" hieß: sich abgewöhnen, was sie eigentlich war – ein kleines Mädel nämlich. Vater, Vater! seufzte sie innerlich. Aber diese gute, große Sonne war untergegangen. Sie hatte sich abgewöhnen müssen, mit allem und jedem zum Vater zu laufen. Sie sah alles ein. Das Fräulein lobte sie und machte Licht in der Küche, damit der Schein aus den Fenstern sie als matter Trost durch den Hof bis zur Gartentür begleiten konnte. Im Hof huschte plötzlich Johann, listig und zärtlich deutend, aus einem Winkel.

„Man wird dich sehen!" flüsterte sie. „Sie hat Licht gemacht in der Küche. Ich soll allein gehen, damit ich mir abgewöhne, mich zu fürchten."

„Ich bin ein Indianer auf dem Kriegspfad", sagte er in gemessenem Stolz. „Mich sieht keiner anschleichen. Nur du weißt, daß ich da bin und auf dich aufpasse."

So huschten sie, in einiger Entfernung voneinander, bis zum Garten. Sie schloß die Tür hinter sich und ihm. Danach standen sie ganz im Dunkeln.

„Wenn Licht hereinscheint, ist es noch ärger", erklärte sie. „Da sieht man die Dunkelheit so deutlich."

Der Tod geigte wie verrückt, aber natürlich zeigte er sich nicht. Er wollte den Beweis nicht liefern, mit dem sie des Bruders gutmütigen Spott hätte entkräften können. Er kam nur, wenn sie mutterseelenallein war. Sie standen lauschend neben dem Busch, der laubfaltig bei der Gartentür wogte, wo man abends, sobald eine Stimme aus dem Küchenfenster zum Nachtmahl rief, vorbei mußte. Sie starrten plötzlich beide auf den niedrigen Türpfosten, dann sahen sie einander scheu an, obwohl man kaum etwas sehen konnte.

„Erinnerst du dich?" flüsterte sie.

Johann nickte. Sein Gesicht war gezeichnet von der dem Irdischen wenig angemessenen Verfeinerung einer späten Generation. Nichts verriet, daß noch sein Vater Kaufmann, sein Großvater Bauer gewesen war. In ihm war viel Zeit übersprungen worden. Mama betrachtete ihn manchmal mit der gleichen zitternden Liebe, mit der Papa sie angesehen hatte. Auf Johanns klarer, heller Knabenstirn stand das Totenbäumchen, eine verzweigte, bläuliche Ader, die unter der Haut sichtbar wurde, wenn sein edles Indianerherz sich auflehnte gegen die Niedrigkeit der Welt und heftig zu schlagen begann. Die Köchin hatte es der Bügelfrau zugeraunt: Er hat's auf dem Herzen! Und die Bügelfrau hatte gemurmelt: Er hat das Totenbäumchen auf der Stirn, er wird jung sterben. Theres hatte es mitgehört und sich's zunächst unverstanden gemerkt. Es war ein verschlossenes Kästchen, wie Mamas Schmuckschatulle, die sie nicht anrühren durfte – aber Mama hatte gesagt, eines Tages wird sie für dich aufgemacht. Seit jeher hatte sie solche Kästchen innen verwahrt und wartete, bis sie von selbst aufgingen. Nach diesem Gespräch hatte auch sie das Bäumchen auf Johanns Stirn bemerkt, und zu dem Wort „sterben" hatte des Vaters Tod den Schlüssel geliefert, der paßte. Es hieß, eines Tages ohne Abschied fort sein und nie wiederkommen. Sie würde sich Johann ebenso abgewöhnen müssen wie den Vater. Es war furchtbar. Sie drückte seine Hand und flüsterte: „Vergiß es. Denk nicht dran."

„Ich muß aber!" sagte er. „Oft!"

Das war übertrieben, sie dachten beide nur selten daran, obwohl das Ereignis, das sie meinten, so grausam war. Theres wunderte sich, während sie nebeneinander im Dunkel standen, wie es überhaupt möglich war, so etwas wochenlang, monatelang, einfach zu vergessen. Aber war es nicht ebenso rätselhaft, daß die Erwachsenen dahinlebten, ohne an den Tod zu denken – als wüßten sie nichts!

„Sprich etwas, Johann!" sagte sie. „Es ist so still. Erzähl es mir noch einmal."

„Ich wollte ihm nichts tun", sagte er. „Ich wollte ihn nur haben. Weil er so schön war. Seine Flügel waren so groß wie meine Hände." Er hielt sie mit geschlossenen Fingern nebeneinander, wie zwei Flügel. „Und wie aus Samt", sagte er. „Nur auf dem Rücken hatte er das weiße Zeichen."

„Den Totenkopf!" fast unhörbar wagte sie das Wort und warf einen bangen Seitenblick auf den lauernden Busch. Aber der Busch blieb schwarz. Ruhig wogte er im Nachtwind. Sie hörte nur ihren eigenen Atem und versuchte, ihn dem leisen Auf- und Niedersingen des Windes anzupassen. Das Zirpen war verstummt; seit sie das Wort ausgesprochen hatte, war der Tod verstummt. Sie wußte von Märchen her, daß Worte Zauberformeln sein konnten. Einmal stand das, was man besprach, plötzlich da wie gerufen, das andere Mal konnte man etwas, das man weghaben wollte, bannen, indem man es aussprach. Leider wußte man nie im voraus, wie es endete: Verschwand etwas? Wurde etwas heraufbeschworen? Am sichersten war, zu schweigen. Aber sie war besessen von Worten und Reimen, halben Sätzen, Geschichten, die kein Ende hatten, Namen und Formeln. Sie sprach und sang vor sich hin, wenn sie allein war. Johann zuliebe hatte sie ein Spiel daraus gemacht. Die Geschichten, die so entstanden, waren eine Art Wirklichkeit, über die man frei verfügen konnte. Zuerst nannten sie Namen, die es nirgends gab, und wunderten sich selbst, woher sie diese Namen wußten, die auch sofort Gestalt annahmen. Während sie die Abenteuer ihrer Gestalten erzählend, abwechselnd ausspannen, machten ihre Geschöpfe sich selbständig. Sie stürzten sich in Abenteuer, vor denen ihren Schöpfern graute, und vollbrachten große Taten. Manche versetzten die beiden Erzähler durch Untaten in helle Empörung, und sie rangen mit ihnen, bis zum Untergang der Bösen. Aber, wenn sie ehrlich war, sie hatten auch die Bösen selbst geschaffen, um das Spiel interessanter zu machen und den Helden Gelegenheiten zu verschaffen.

Thereses Gedanken kehrten zu der Sache mit dem Totenkopffalter zurück. „Du wolltest ihn haben", sang sie schwermütig vor sich hin. „Und weil du ihn nicht lebend haben konntest, wolltest du ihn tot."

„Vater hat gesagt, mit Äther spürt er es nicht", verteidigte sich Johann. „Und dann hat er drei Tage lang gezappelt!"

Sie schauerte zusammen, etwas berührte sie kalt und spitz im Rücken: Mamas lange Hutnadel mit dem schwarzen Köpfchen. Sie wand sich, und die Verzweiflung über die Leiden des aufgespießten Falters übermannte sie nochmals.

„Vater hat gesagt, das sind nur mehr Reflexe."

„Was sind Reflexe?"

„Ich weiß es nicht genau – aber es tut dann nicht mehr weh."

„Wenn man aufgespießt wird, tut es sicher immer weh!"

Er schlang unbeholfen die Arme um sie. Sofort war die Nadel in ihrem Rücken weniger zu spüren, Johanns Berührung war stärker.

„Ich weine nur, weil alles so furchtbar ist", beruhigte sie ihn.

„Wir dürfen es nicht mehr erzählen", sagte er bedrückt. „Komm, holen wir das Buch. Und ich gebe dir heute alle meine Tiere zum Spielen mit ins Bett. Den Löwen auch – weißt du? Ich schenke ihn dir."

Johann, der sonst so Willfährige, hatte ihr den Löwen nie gegeben, weil er selbst der Löwe war. Das wußten sie auch von der alten Bügelfrau: er war ein Löwe, Theres war ein Skorpion – was immer das war. Um den Preis der Selbstaufgabe wollte Johann nun die Sache mit dem Falter wieder gutmachen. Aber sie machte sich nichts mehr aus dem Löwen, die Leiden eines wirklichen Falters konnte er nicht ungeschehen machen.

„Weißt du was? Wir stellen uns schlafend, und dann komme ich heimlich zu dir ins Bett und erzähle dir etwas Schönes! Wie die Könige Jesus was mitgebracht haben!"

Aber da ging wieder ein leichter Krampf durch ihren Rücken. „Johann!" flüsterte sie, von einem gräßlichen Gedanken überwältigt. „Den haben sie ja auch aufgespießt, durch die Hände und Füße! Warum tun sie solche Sachen?!"

„Ich weiß es nicht ..." In seinem aufgestörten Gewissen mischte sich die Schuld am Tod eines Schmetterlings trostlos unverständlich mit der Schuld am Tod Christi. Sie hatten beide nichts Böses gewollt, sie hatten ihn nur behalten wollen, weil er so schön war. Und jetzt wußten sie beide, wie man in diesem Alter die schwierigsten Dinge weiß, daß sie gemeinsam in ein Verhängnis verstrickt waren ...

Figuren in Schwarz und Weiß

Antonia war wie eine Waffe, an der noch kein Blut klebte, blank und schmal und unnahbar. Da trat zum erstenmal Blut aus. Unheimlich lautlos, erschreckend schmerzlos sickerte es an den klaren Innenflächen der Schenkel nieder. Sie erkannte bestürzt, daß ihr Leib eine tiefe Wunde hatte. Zwar hatte die Mutter sie auf das zu erwartende Ereignis vorbereitet, und sie hatte ihre Erklärungen mit der höflichen Teilnahmslosigkeit völliger Verständnislosigkeit hingenommen. Erst als sie es mit eigenen Augen sah, an dem dunklen Zeichen auf der weißen Wäsche, daß sie nicht zu war und nie wieder rein und verschlossen sein würde, sondern offen und verwundet, solange sie lebte – da wünschte sie voll verzweifelter Inständigkeit, sie wäre ein Knabe. Gewußt hatte sie es wohl, wie man weiß, daß irgendwo weit fort Städte vom Feind belagert werden. Doch jetzt erst begriff sie ihre Ausgeliefertheit. Daß Männer in sie eindringen konnten! Und das andere, das Abscheuliche: ein fremdes Wesen, ein Vampir, konnte sich in ihrem Leibesinneren festsetzen, und sie mußte dann wehrlos stillhalten wie die anderen schwangeren Frauen mit diesen erschöpften, verwaschenen, ins Kreatürliche zurücksinkenden Gesichtern, stillhalten, während es in ihr wuchs und sich nährte von ihrem Fleisch, zehrte an ihrem Bewußtsein.

Nein! Sie wollte kein Kind tragen. Den Platz beanspruchte etwas anderes, das, noch klumpig im Umriß, dunkel, hart, zugefaltet in ihr schlief. Sie wollte ihr eigenes Wesen austragen.

Sie sah die Mutter an, die sie wortreich tröstete und dazu sichtlich aufgemuntert und zufrieden mit sauberen Leinwandbinden hantierte. Natürlich war es wieder nur das Praktische daran, das ihr zu tun gab. Antonia sah: die Mutter war unausgetragen, klumpig, im Umriß geblieben. Und sie wandte sich ab und dachte an die anderen Frauen, die sie kannte und die Mütter waren. Aus jeder war neues Leben gekommen, aber keine war selbst etwas Neues, Eigenständiges geworden. Sie war verstört wie nie zuvor, weil dieses ungenaue und allgemeine Schicksal auch ihr Schicksal sein sollte. Feindseligkeit regte sich gegen die Mutter, die nur ein Weib war, das sich den blutrünstigen Ungeheuerlichkeiten der Natur ohne Scham überließ. Nichts gab es da, was dem unbändigen Stolz Antonias, ihrem Unwillen gegen alles Geschlechtliche, ihrer Sehnsucht nach Vergeistigung ähnlich gewesen wäre. Sie hatte mit dieser Frau, und mit allen solchen Frauen, nichts gemein.

Vielleicht hätte der Vater das einlenkende und mäßigende Wort gefunden. Doch sie wäre vor Scham erstickt, hätte er nur mit einem Blick verraten, daß er wußte, was mit ihr geschehen war. Er sagte nichts, und sie erfuhr nie, ob es männliche Zerstreutheit oder Taktgefühl war, was ihn zum Schweigen bewog.

Auch sie schwieg und trug ihre Schmach ohnmächtig durch den langen Tag, der sie an der Stirn und rund um die Augen mit Geflimmer bedrängte. Nachts, schlaflos in ihrem Bett, in das sie sich verkrochen hatte wie ein Tier mit seiner Krankheit, schmeckte sie Bitteres auf der Zunge. Die Unlust an ihrem Schoß stachelte sie auf zu hektischen Verwünschungen und langen, krampfhaften Bannsprüchen, so lange und so besessen, daß es ihr zuletzt die Blutung verschlug. Am Morgen fand sie keine neuen Spuren auf ihrer Wäsche. So begann sie den Tag mit einer irren Hoffnung: Es war fort, es würde nicht wiederkommen. Es durfte nicht. Sie wollte es, sie wollte es. Sie wollte und wollte ... sie richtete alle Kräfte ihrer exaltierten Seele gegen die eigene Natur. Und es gelang ihr.

Mittags verdichtete sich die Hoffnung und brandete abends triumphal in hämmernden Pulsstößen gegen ihre Stirn. Ihre nächtlichen Beschwörungen hatten es gebannt. Als einzige sterbliche Frau vielleicht würde sie eine Knäbin bleiben, geschlechtslos und schneeig wie die Engel in ihren Kleidern aus Glanz und Unfehlbarkeit.

Gestern war sie dem Anblick ihres eigenen Gesichts ausgewichen. Nun stand sie, als es wieder Nacht wurde, vor dem Spiegel. Ihr Gesicht war fremd und auf neue Weise schön. Sehr bleich war es. Unter den hohen Jochbeinen sank es mit einem bläulichen Schatten erschöpft ein. Die Augen, verengt von Kopfschmerz und Fieber, unter den breiten, schwarzen Brauen, standen noch schräger als sonst und glänzten übermäßig. Sie lächelte, auch ein neues, ein böse glitzerndes Lächeln. Hochmütig tauschte sie lange, wissende, einverständige Blicke mit der Fremden im Spiegel, mit dieser weißen, scharfen Ebenbürtigen. Jetzt verachtete sie die anderen Frauen, die ihrem Blut nicht zu gebieten wagten.

Der Vater hatte sie dazu erzogen, keine Möglichkeit zu ihrer Bildung zu versäumen. An diesem Tag war eine Kunstausstellung eröffnet worden, und sie ging langsam, als führte sie ihren Leib nach schwerer Krankheit zum erstenmal an die Sonne, die weißen Wände entlang und betrachtete eine Anzahl alter Kupferstiche. Da gab es Landschaften mit gekräuselten Bäumen, die eben vom Friseur zu kommen schienen, und sonderbare

Tiere mit überzüchteten Proportionen, Hunde mit winzigen Köpfen und gelehrige Löwen, die Wappen trugen. Das nächste Bild hieß „Hexenküche". Da saßen drei prahlend entblößte Weiber in üppiger Bösheit um den Topf auf dem Dreifuß, und unter dem Deckel, der sich seitlich hob, braute in Schwaden das Unheil, das sie durch magische Zeichen auf gerollten Pergamentstreifen beschworen hatten. Das Bild machte Antonia wirr und leer. Ein dünnes Lächeln erstarrte auf ihren Lippen. Sie dachte nicht eigentlich, dazu war ihr Kopf zu betäubt vom Brausen und Brauen ihres Blutes – ein Kopf wie ein Hexenkessel – es dachte in ihr: Das Böse hat Kraft. Wer es sich untertan macht, ist mächtig, Zauberei ist der Sieg der eigenen Kraft über die Kräfte der Natur. Ich bin eine von ihnen. Ich bin eine Hexe.

Langsam ging sie weiter. Seltsam, daß ihr, mit einem Körper, so leicht, daß man ihn kaum spürte, das Gehen so schwerfiel.

Das nächste Blatt stellte eine Hexenverbrennung dar. Zuerst sah sie nur die brauende Menge um den Holzstoß, alle diese von grausamer Lust aufgebrochenen Gesichter, die zu Mäulern verzerrten Münder, rüßlige Wühlnasen und vorquellende Augen, die nach oben gerichtet waren. Es zog ihren Blick mit. Ihr Herz begann rasend zu klopfen. Sie wollte das, was dort oben am Pfahl hing, nicht sehen. Aber die Blicke der anderen rissen die ihren willenlos mit empor, die Scheiter hinan, die Flammen, den Pfahl. Und da war es nun, wie sie es vorausgeahnt hatte: Sie war es, die sich dort oben wand, ihr eigenes Antlitz zuckte hinter den Flammen. Wie ihr das bekannt war! Sie war es gewesen, die man nach langen schauerlichen Foltern den Flammen überantwortet hatte. Jede Faser ihres Fleisches bäumte sich unter altbekannten Qualen, die sie, nach jahrhundertelangem Ruhen im Vergessen, ansprangen wie neu. Schon kräuselte sich ihr versengtes Fleisch. Da schrie sie. Dann fiel sausend schwarze Leere in ihr Gehirn. Sie schlug bewußtlos auf den Boden hin.

Figuren in Schwarz und Weiß

Das Mohnfeld

Wenn ich erzählen soll und mich erinnern, so greife ich am liebsten in den vollen und blühenden Kranz meiner Kindheit, und was immer davon ich dir hinhalte, ist für mich heute noch voll Duft, Süßigkeit und Frische. Selbst die dunkelsten Früchte – denn keine, auch nicht die sorgloseste Kindheit ist, sogar noch in der alles verklärenden, heimwehbefallenen Rückerinnerung, ganz ohne dunkle Stellen – schmecken herb und süß zugleich, wie das Fruchtfleisch der Stachelbeeren, die in unserem großen Garten am tiefer gelegenen Ufer des Baches wuchsen.

Dieser Bach teilte den Garten in zwei Hälften, davon die eine um ungefähr einen Meter tiefer lag, wodurch am höheren Bachufer eine sanft ansteigende Böschung entstand, bewachsen mit Sumpfgras, Taubnesseln und rötlichem Sauerampfer. Auch der kleine rosalila Storchschnabel, die Gundelrebe und ein paar fette Dotterblumen waren dort zu Hause. Oberhalb der Böschung reihten sich, hinter einer Zeile von „Sweetpeas", den zartbunten Wicken, die meiner Mutter Lieblingsblumen waren, Blumenbeete aneinander. Dort besäte mein Vater ein kleines Geviert mit Mohnsamen, und als das Feld heranwuchs und die Blüten wie seidene rote Fahnen im Winde wehten, schenkte er mir das Mohnfeld.

Ich liebte es, in den heißen Frühsommertagen allein neben dem Mohnbeet hin und her zu gehen und in die schimmernden Blüten zu schauen, wo sich aus einem krausen Kranz schwarzer Staubfäden das zierliche lichtgrüne Fruchtköpfchen erhob. Ging der Wind darüber hin in atmenden Wellen, dann konnte ich mich von dem Anblick der bewegten, glühenden Herrlichkeit nicht trennen und empfand das Schwellen und Sinken der roten Wogen, als sei es die Welle meines eigenen Blutes, die gegen mein Herz andrängte und wieder zurückebbte, ein unendliches rhythmisches Kommen und Schwinden, im Einklang mit allem Atmenden, das gewiegt wird von einem größeren Atem. Ich warf mich oft mit ausgebreiteten Armen mitten in das blühende Feld, ich rannte darin umher, mit beiden Händen Blüten abreißend, schreiend und singend vor Glück und ganz außer mir – von einem wunderbaren Mohnrausch erfaßt, von der Süßigkeit des Lebens und der Vernichtung.

Unvergeßlich bleibt mir der kalte Schrecken, der mich erfaßte, als mich eines Tages, mitten in diesem wirren, heißen, vernunftlosen Spiel die große Hand des Gärtners sanft und unabweislich am Genick und unter den Armen faßte und in hohem Bogen auf den kiesbestreuten Weg hinaushob. Er schlug mich nicht und schalt nicht, aber ich wagte nur einen hastigen, scheuen Blick hinauf zu dem Gesicht, unter dessen Bräune rötlicher Zorn zu glimmen schien, und dessen Stirn, ständig von einem zerfransten Strohhut beschattet, einen helleren Streifen zeigte, darunter buschige Brauen und brombeerschwarze Augen, deren blanker Glanz mir Furcht einflößte.

Dieser Gärtner war eine jener flüchtig durch einen kurzen Zeitabschnitt unserer kindlichen Welt gehenden Erscheinungen, die dann auf Nimmerwiedersehen eines Tages verschwanden, genau wie sie eines Tages darin aufgetaucht waren: aus dem Geheimnis wieder zurück ins Geheimnisvolle. Sein Name wurde in stillschweigendem Übereinkommen zwischen meinem

Bruder und mir nie genannt. Mein Vater nannte ihn beim Vornamen, aber wir glaubten ihm diesen normal klingenden Namen nicht. Für uns war Er eben Er, der Geheimnisvolle, der, nach den Erzählungen des Vaters, zu Fuß durch viele Länder gegangen war und, nach seinen eigenen Angaben, in mehr als vierundzwanzig verschiedenen Berufen gearbeitet hatte, in lauter besonderen und feenhaften Berufen sicherlich. Wenn er in unsere Stadt kam, sahen wir ihn im Sommer manchmal einen viereckigen Holzkarren auf zwei Rädern mit einem bimmelnden Glöckchen daran durch die Straßen ziehen und Eis verkaufen, im vorigen Winter war er, die Gummistiefel dick mit alten Säcken umwickelt, neben dem runden, schwarzen Maronibratofen gesessen, und sein das ganze Jahr über südlich-gebräuntes Gesicht sah ganz klein aus, während die Nase scharf wie ein Rabenschnabel unter der dicken Pelzhaube herausstach. Dann war er einen Sommer lang zu uns als Gärtner gekommen.

Er sprach wenig, aber seine Brombeeraugen lächelten alle Kinder meist freundlich an, und er verstand sich darauf, mit Rosen umzugehen. Wie ein Zauberer pflanzte er sorgfältig edle Reiser auf wilde Stämme, band sie mit den seidendünnen, breitgerollten Bastfäden, die trotzdem fast unzerreißbar sind, an, legte einen richtigen kleinen Verband oder eine Manschette aus Bast herum, und die frischen Reiser wuchsen fest. So gediehen seltene Züchtungen unter seinen Händen. Damit hatte er das Herz meines Vaters gewonnen, denn mein Vater liebte Rosen. In unserem Garten gab es allein von den hochstämmigen Baumrosen siebzig, und mein Vater hatte zuvor noch niemandem gestattet, eine Handreichung an den Rosen zu tun. Dieser aber, dieser vagabundierende Strolch mit dem fremden Blut im Leibe, den es unruhig bald hierhin, bald dorthin trieb und der nur selten und in fremdartig klingendem Deutsch und eigentlich überhaupt nur mit dem Vater redete, der hatte das Vertrauen und die Zuneigung meines ernsten, zurückhaltenden Vaters gewonnen. Er durfte die Rosen „okulieren", und dieses von uns nicht verstandene Wort umgab ihn noch deutlicher mit dem Glanz und Nimbus einer zauberischen Persönlichkeit.

Er hatte mich energisch aus dem Mohnfeld gehoben, jäh und stumm und mitten in einem ekstatischen Spiel mit heißen Wangen, wie der Tod zugreift und ein junges Herz mitten im tollenden, vollen Leben stillstehen läßt – aber natürlich habe ich das damals nicht so gedacht und auch nicht geahnt, daß mein Vater zwei Jahre später nicht mehr am Leben sein würde. Gespürt habe ich vielleicht zum erstenmal mit solcher Klarheit, daß etwas plötzlich aufhören kann; daß immer etwas Unerwartetes hinter uns stehen und ohne jede Vorwarnung zugreifen kann: Eine Ahnung von Dunkelheit und Schicksal überschwemmte mein Bewußtsein. Ich strolchte mit gesenktem Kopf ein Stück weit in die nächste Wiese hinein, stolperte über Grasbüschel, fing zu laufen an und rannte dann, so schnell ich konnte, davon, kroch am anderen Ende des Gartens in die Jasminbüsche und weinte haltlos und lange über etwas Unfaßbares, Grauenhaftes ..., daß im seligsten Augenblick eine fremde Hand zugreifen, alles sich ändern konnte, was mich seltsamerweise nicht nur mit Angst, sondern auch mit einer verzehrenden Sehnsucht erfüllte.

An das Mohnfeld wagte ich mich nicht mehr heran. Ich bat meinen Vater, mir etwas anderes zu schenken, und er, stets bereit, meine Wünsche zu erfüllen, legte im nächsten Jahr anstelle des Mohnfelds ein großes, herzförmiges Veilchenbeet an. Daneben kauerte ich mit kalten Händen in der noch etwas frostigen Frühjahrsluft und betrachtete sehnsüchtig und unzufrieden die sanften, violetten Blumengesichter, die wie die Köpfe kleiner Buckliger von den dünnen Stielen hingen. Kein süßer Veilchenduft, kein demütig gesenktes Blumengesicht konnte die Erinnerung an den brennenden Mohn aus meinem Herzen verdrängen. Trotzdem, ich hatte es so gewollt, und ich fühlte mich nur halb getröstet, aber ganz geborgen.

Er war nicht mehr da. Irgendwann im Herbst war er eines Tages verschwunden und kam nie mehr wieder. Weiß Gott, wohin ihn sein Wandertrieb geführt hatte, weiß Gott, in welchem blühenden Feld der Abenteuer er untergegangen ist, während ich in der geordneten Welt meines Elternhauses verblieb und den leisen, süßen Schmerz einer noch gänzlich ziellosen Sehnsucht spürte wie einen Nachgeschmack im Munde, herb und süß zugleich wie das Fruchtfleisch der Stachelbeeren, die in unserem Garten am tiefer gelegenen Ufer des Baches wuchsen.

Erfrorene Rosen

III.
Der Pfeil des Eros

Und immer war ich in irgendeinen verliebt. Manchmal auch in zwei oder drei zugleich, als ich noch jung war. Heute ist es nur einer, der Einzige und Eigentliche.

Unveröffentlichtes Tagebuch

Heute ist mir, als wären diese Jahre prall gewesen von Gelächter, Tanz, Küssen und erotischen Abenteuern. Ich liebte meinen jungen Körper, meine Leichtfüßigkeit, meine Leichtlebigkeit, meine Genußfähigkeit, und je leichtgewichtiger all das war, desto vehementer gab ich mich der Lebenslust hin.

Unveröffentlichtes Tagebuch

Wie ist das, einen Geliebten zu haben?

Pin hatte den Garten hinter der Kirche entdeckt, als sie einmal versucht hatte, die kleine Seitenpforte in der Kirche zu öffnen, statt die Kirche durch den Haupteingang zu verlassen oder durch die gegenüberliegende Seitenpforte in den alten Friedhof zu gehen. Sie hatte wieder einmal rechts und links verwechselt und war an die falsche Pforte gelangt. Sie bemerkte es erst, als sich die Klinke nicht herabdrücken ließ. Aber da steckte ein verrosteter Schlüssel. Er knarrte und scheuerte rauh, als sie ihn, mühsam, zweimal umdrehte, dann ließ sich die Tür öffnen, kreischend vor Alter und Unbenütztheit.

So gelangte sie in den verwilderten Garten.

Um von nirgendsher gesehen zu werden, drängte sie sich längs der Kirchenmauer durch die Hollerstauden und dann die linke Seitenmauer des Gartens entlang. Hier war der Boden glitschig vor Feuchtigkeit, und ihre Sandalen blieben immer wieder in der vom faulenden Laub vieler Herbste bedeckten Erde stecken. Aus ihrem Versteck schaute sie hinaus in den sonnenbestrahlten Garten, der frischgrün in seiner Verwahrlosung wucherte. Zwischen dem Buschgürtel dicht an der Mauer und den hohen Wiesen, die jahrelang nicht gemäht worden waren, liefen grasdurchwachsene Kiesstreifen, einst Wege, heute eine durchsichtige Wildnis aus einzeln sprießenden, schulterhohen Halmen, Schierlingstauden, Labkraut und Hahnenfuß.

Aus dem lichten Grün der Wiesen schimmerte etwas blendendhell, eine rosaweiße Riesenmuschel im Tang. Pin schlich sich an, verließ das bergende Gebüsch und strich lautlos durch die spärlichen Halme nicht geharkter Wege. Mücken und Bienen schwirrten, auf ihrem Weg von Blüte zu Blüte, dicht an ihren Wangen vorbei. Nur ihr Kopf ragte ins Freie. Die beiden nackten Mädchen drüben auf der Wiese hätten sie jetzt bemerken müssen, doch sie waren zu sehr ineinander versunken und ruhten in der glühenden Befangenheit eines erotischen Vorgangs, die eine im tiefen Gras, beide Beine aufgestellt, so daß die blanken Kuppen ihrer Knie in der Sonne glänzten, die andere daneben, halb auf den linken Arm gestützt, über die Gefährtin geneigt. Jetzt schlug die Liegende die Augen auf. Ihr schläfrig-süßer Blick nahm den Blick ihrer Freundin weich und halb zerstreut entgegen, und dann küßten sie sich langsam und scheu, hoben danach tief atmend die Münder voneinander ab, lächelten zaghaft und küßten sich von neuem. Unvermittelt stand die Liegende auf und dehnte sich. Sie strich mit beiden Händen voll sanftem Selbstgenuß an ihrem Körper hinunter, seufzte plötzlich, stemmte eine Hand in die Hüfte und hob die andere unschlüssig, als spielte sie mit einem Gedanken wie mit einem unsichtbaren Ball. Sie sagte etwas, aber Pin verstand nicht, was, und das Mädchen begleitete den kurzen Satz mit einem tändelnden Hochwerfen des unsichtbaren Balles, fing ihn auf und ließ ihn mit halb bedauernder Geste seitwärts in die Weise entrollen.

Pin zog sich leise zurück. Sie hatte das Gefühl, etwas nicht für sie Bestimmtes, etwas Unbegreifliches belauscht zu haben, das nur schön war, solange es zwischen den zweien geschah, die es gemeinsam begriffen. Die Entdeckung eines unbeteiligten Dritten mochte jene Peinlichkeit auslösen, die eine Trübung unschuldigster Vorgänge nach sich zog: Scham. Lautlos verzog Pin sich wieder in die feuchtkühlen Schattenlabyrinthe des Gebüschgürtels.

Nun standen die beiden Mädchen aufrecht nebeneinander. Ihre Oberkörper leuchteten in der Sonne in blankem Weiß, aber die langen, noch schmalen Lenden, auf denen die zittrigen Schatten der hohen Gräser schwankten, sahen aus, als wären sie weich behaart. Es waren offenbar zwei junge Fauninnen, mit dem runden, stumpfen Blick von gesättigten Tieren. ...

Schon im nächsten Jahr waren die Mädchen alle anders, während Pin gleich geblieben war; sie rochen stärker, und ihre Haut war nicht mehr so fleckenlos klar. Kurz nach Schulbeginn wurde der Garten von den Knaben der benachbarten Schule erobert, und das vertrieb Pin, denn sie fürchtete die Jungen, diese fremden Tiere mit den brüchigen Stimmen und dem schlecht verhehlten Trieb zur Gewaltsamkeit. Nur einmal noch belauschte sie die beiden Fauninnen, aber diesmal waren sie nicht entkleidet und spielten nicht miteinander. Sie waren in ein Gespräch vertieft.

„Es ist nichts Böses", sagte die naschhaft zerfließende Apfelweiße, und nach einer Weile: „Ich werde immer alles tun, was mir Freude macht."

„Ich weiß noch nicht, was mir Freude macht", gestand die andere.

„Gefällt dir keiner von den Jungen?"

„Ja. Einer. Aber jeder würde mich stören, wenn ich bei mir selbst bin."

„Glaubst du, daß es Sünde ist?"

„Nein."

„Hast du Angst, daß es wehtut?"

„Nein."

„Hast du nie Sehnsucht? So ein ziehendes Gefühl von den Knien bis in die Magengrube: mir fehlt etwas ... ich möchte etwas?"

„Ich habe gern, daß mir etwas fehlt. Worauf soll man hoffen, als auf das, was einem fehlt?"

Nach einer Weile abwägender Nachdenklichkeit begann die erste wieder: „Ich – ich habe einen Geliebten."

„Wie ist das, einen Geliebten haben?"

„Es kommt eine Welle und schlägt über einem zusammen. Nachher möchte man am liebsten sterben. Aber am nächsten Tag ist das Möchten und die Sehnsucht wieder da. Immer wieder."

„Dann ist ja auch für dich die Sehnsucht das Eigentliche. Ich möchte nie, nie, nie einen Geliebten haben!"

„Was möchtest du denn?"

„Etwas, nach dem überhaupt nichts mehr kommen kann." ...

Dort drüben, in diesem Garten voll raufender, krächzender, gefürchteter Geschöpfe, lebte aber auch ein Wesen, das ihr engelhaft erschien. Jenseits der Kirchhofmauer tauchte er plötzlich aus dem goldgrünen Flimmern der Baumkronen, eine weiße Gestalt, hoch über der Erde schwebend, die Arme über den Kopf gestreckt, als hielten sich seine Hände an einer unsichtbaren Stütze fest. Die langen Beine schwenkten sich seitwärts, und dann wirbelte er weiter in die Höhe und faltete die Arme wie geschlossene Flügel am Leib hinab, der, langsam, sich senkrecht zum Erdboden aufrichtete und so hinter der Mauer herabschwebte. Ein Engel? Flügel hatte er nicht, aber der junge Leib schien nur aus Licht und Leichtigkeit zu bestehen. Seine heitere Schwerelosigkeit über der ziehenden Kraft des Erdballs ließ eine andere Deutung zu: Ein Kind, das der Vater in die Luft wirft, fliegt so, jubelnd und schwindlig und voll Vertrauen in die aufgehaltenen Arme dort unten; und wo dieser Jüngling herabfiel, stand gewiß ein größerer Vater bereit, ihn zu fangen, vielleicht stand dort unsichtbar Gott und breitete seine großen Hände unter den gefährlichen Sturz nach einem solchen Aufschwung.

Wie aber gelang es ihm, aufzufliegen? Die Neugier auf die Wirklichkeit der Ereignissc dort drüben war im Augenblick größer als der Wunsch, an das Wunderbare glauben und es gar nicht näher wissen zu wollen.

Pin lief zur Friedhofsmauer und stieg auf den Sockel eines marmornen Grabsteins, der dicht an der Mauer stand. Dann dienten die vom Alter knorrigen Ranken des Efeus ihren Füßen als Strickleiter. Um von drüben nicht bemerkt zu werden, zog sie sich flach auf die Mauerkrone hinauf, die breit genug war, daß sich eine so magere Gestalt auf dem Bauch liegend darauf weiterbewegen konnte. So schob sie sich bis in den Schatten der Zypressenbäume, deren Zweige aus dem Friedhof in den Schulgarten hinüberhingen. Dann hob sie vorsichtig den Kopf und spähte hinüber.

Sie sah den Jüngling, der eben noch, aus der Hand Gottes geworfen, durch die Luft getaumelt war, neben dem Stabhochsprungtor stehen, und da wurde ihr sofort klar, daß die Stütze, die ihm zum Aufschwung diente, wenig Mysteriöses hatte, wie auch der ganze Vorgang – außer seiner ungewöhnlichen Grazie und akrobatischen Beherrschung dieses Sports gab's da kein Wunder. Nur er selber war und blieb, aus der Nähe betrachtet, umsomehr ein Wunder. Die Beine leicht übereinandergeschlagen, die eine Schulter lässig gegen den Torpfeiler gelehnt, stand er mit halbgeneigtem Kopf da, ein Geschöpf von vollkommener Anmut und Achtlosigkeit, als hafteten tatsächlich weder irdische Last noch Fehlbarkeit an diesem Gebilde. Es schien nur natürlich, daß die Luft ihn trug und alle physikalischen Gesetze sich liebevoll seinem Flugwillen unterbreiteten. Hier war ja von der Natur zum Ausdruck gebracht worden, was Gott mit dem Menschen gemeint hatte, als er ihn schuf (und weswegen wir uns samt und sonders recht grundlos als Ebenbilder fühlen): Inkarnation göttlicher Harmonie, Körper als reiner Spiegel des ewigen Geistes.

Pin war zum erstenmal ergriffen von der Schönheit des menschlichen Körpers, und sogleich rief diese Ergriffenheit einen ahnungsvollen Schmerz hervor: daß in einer Welt grober Berührungen dieses Gefäß Sprünge bekommen müsse; daß in diesem vom Zeitstrom durchspülten Gebiet die Schönheit dem vermindernden Prozeß des Alterns unterworfen war; daß die unschuldige Freiheit dieses Jünglingskörpers den Begierden und Sünden erliegen mußte.

Und indes der Jüngling langsam, in leichter Ermüdung die Sohlen über den Grund schleifend, nach dem Haus schritt, preßte sie das Gesicht auf die Arme und schluchzte lang. Erst die Kühle des Abends, der mit längeren Schatten auch nach ihrem erhöhten Platz langte, brachte ihr wieder zu Bewußtsein, wo sie sich befand und daß sie daheim längst mit Besorgnis und Verdruß erwartet wurde. Hastig ließ sie sich von der Mauer gleiten, lief zwischen schiefen Kreuzen und eingesunkenen Hügeln hin und schlüpfte durch die Seitenpforte in die Kirche zurück. ...

Als sie auf den Kirchenplatz hinaustrat, standen schon erste Sterne über den Lichtschnüren der Straßenlampen, die auf diesem abgelegenen, fast ländlichen Platz nur in großen Abständen brannten und verwischte Kreise aus Helligkeit auf das Pflaster zeichneten. In den Winkeln und Torbogen der alten Häuschen dieser einstigen, durch die Ausdehnung der Stadt einbezogenen Weinhauersiedlung und in den Pfeilernischen außen an der Kirche ballten sich die Schatten dicht und schwarz, und die Schattenrisse einzelner Äste wanden sich schlangenhaft über das Pflaster.

Bei Nacht – und sie sah ihn heute zum erstenmal bei Nacht – ließ der sonst dörflich-trauliche Ort Pin erschauern. Hier roch es nach Moder und Unrat. Menschen pflegten in die Nischen an der Kirchenmauer unbedenklich ihren Abfall auszuleeren. Man glitt manchmal aus und wußte nicht, worauf man getreten war.

Da regte sich etwas in einer der Nischen. Pin erstarrte, hielt den schon zum Schritt vorgestreckten Fuß in der Luft an, balancierte schwankend und zog ihn lautlos zurück. So wich sie dicht gegen die kalte Steinwand zurück und drückte sich dagegen. In der Nische bewegte sich das Dunkel. Sie unterschied tiefere Schatten im Schatten, die in krampfhaften und, wie ihr schien, gequälten Windungen zuckten. Mit angehaltenem Atem starrte sie in die Finsternis, bis sich ihre Augen allmählich daran gewöhnten und wahrnahmen, daß dort zwei menschliche Leiber ineinander verknäuelt an der Wand lehnten. Jetzt drang keuchender Atem an ihr Ohr und dann heiseres Flüstern einer Männerstimme. Darauf folgte leises, sattes Frauenlachen, nicht gerade ein unangenehmes Lachen, aber wie abgewürgt vom allzu hastigen Schlucken eines Getränks, das stillt und berauscht im selben Augenblick. Das war unverkennbar die Stimme der schönen Apfelfrau, die

Stimme Suzannes, die so ähnlich, nur weniger erstickt, lachen konnte, wenn ihre sinnliche Genäschigkeit erregt war.

Das also war schuld, daß sie nie mehr im hellen Licht des Gartens ihren weichen Apfelkörper zeigte, sondern ihn unter modischen Erwachsenenkleidern verbarg; das hatte die anmutigen Fauninnenspiele mit Mädchen zwischen Gras und Blüten abgelöst: ein heimliches Sichwinden und schweres Atemziehen und ersticktes Lachen in den feuchtdunklen Nischen; Liebkosungen, die für die uneingeweihte Zuschauerin wie Gewaltsamkeiten aussahen.

Pin schloß die Augen, um nichts mehr zu sehen, und preßte die Hände über die Ohren.

Endlich ließen die beiden in der Nische voneinander ab und ordneten raschelnd an ihren Kleidern. Verlegenheit zog wie ein teigiger Geruch bis zu Pins Standort. Einzeln traten sie in das halbe Licht des Kirchenplatzes heraus. Suzanne voran. Aber wie schön war sie trotz allem! Suzannes Profil war zum Himmel aufgehoben, die vorschwellende Oberlippe zärtlich gewölbt, und der weite, schweifende Blick ihrer Augen suchte nach einem Punkt, der hoch genug wäre für ihren Triumph. Noch nie war sie Pin so schön erschienen. Sie war schön gewesen wie Schneewittchen, aber nun hatte sie etwas Glühendes; der weiße Apfel war zur roten Granatfrucht geworden, das Hinschmelzende ihrer Bewegungen hatte sich mit schwellender Kraft gefüllt. Aus einer träumenden, mehligen weißen Frucht war eine weiße Löwin entsprungen.

Ihr folgte langsamer der Jäger, ein schlanker Jüngling, ein gespannter Bogen. Er erreichte sie genau im Lichtkreis der Laterne, faßte ihre Schulter und drehte sie zu sich um. Sie gab nach, und dann wiegten sie sich aneinandergelehnt zärtlich hin und her. Schließlich machte Suzanne sich los und ging auf die Seitenpforte der Kirche zu. Er blieb stehen, sah ihr nach und winkte.

„Morgen!" rief er halblaut. „Auf morgen!"

Als Suzanne verschwunden war, wich die entzückte Spannung aus seinen Gliedern. Mit gesenktem Kopf, die Sohlen in leiser, hochmütiger Müdigkeit über das Pflaster ziehend, kam er dicht an Pin vorüber, ohne sie jedoch zu bemerken, und da erkannte sie ihn, und eine ganze Welt aus Glanz und Anbetung, Illusion und Geheimnis brach zusammen. Es war der Schwebende aus dem Garten, ein gestürzter Engel, ein entweihtes Götterbild.

Als die Betäubung nach diesem Zusammenprall ihrer Phantasien mit der Wirklichkeit zu weichen begann, hatte Pin sich verändert, ihr Leben war in zwei einander widerstrebende Teile zerbrochen. Der eine Teil verlangte danach, seine Empfindlichkeit nur noch dichter in die Hüllen ihrer weltscheuen Versponnenheit einzuwickeln und weiterzuschlummern, der andere bemühte sich, in schärfer beleuchtete Räume vorzudringen, eine kältere Deutlichkeit des Erlebens zu gewinnen.

Das eine war noch nicht, das andere nicht mehr möglich. Und dann ergriff manchmal etwas Fremdes von ihrer durch Widerstreit geschwächten Seele Besitz, etwas Wilderes und Rücksichtsloseres, das aus ihrem wachsenden und sich entfremdenden Körper kam. Als wäre es von Suzanne auf sie übergesprungen, als hätte sie sich am Anblick der zwei entzückt sich windenden Leiber infiziert, fühlte sie manchmal bis in die Fingerspitzen Suzannes Empfindungen und Bewegungen nach, als sie aus der Nische ins Lampenlicht getreten war, voll Sättigung und Triumph einer jungen Frau, welche die Dumpfheiten eines früheren Stadiums entschlossen abgestreift hat. Pin beneidete Suzanne um ihren Mut und ihr Temperament und tastete mit dem ererbten Instinkt aller weiblichen Wesen innerlich bereits sorgsam diese Welt neuer Möglichkeiten, Entfaltungen und Leiden ab. Mit Furcht und Freude zugleich spürte sie, daß auch in ihr diese Möglichkeiten zu keimen begannen. In dieser Zeit wurde ihr ihr Körper zum Gegenstand gespanntester Beobachtung. Sie prüfte ihn immer wieder heimlich vor dem Spiegel und sah mit Genugtuung, daß er wohlgebildet war und trotz ihrer Magerkeit und Schmalhüftigkeit alle Anzeichen der Entwicklung zeigte. Sie lauschte den Empfindungen nach, die er von den Erlebnissen an ihr Gemüt abgab, denn ununterbrochen entdeckte er mit den Sinnen neue Reize, und, von allem unentwegt angesprochen, begann er ihr vertrauliche Mitteilungen zu machen; er prüfte alles auf seine sinnliche Substanz, und sie bemerkte, daß etwa den Gerüchen besonders starke Gefühle zugeordnet waren, die von Ekel bis Ekstase reichten. Sie begann sich plötzlich sehr für die Stoffe ihrer Kleider zu interessieren, betastete sie wählerisch und staunte, wie viele winzige Überraschungen durch ihre Nerven bebten bei jeder Berührung mit den Gegenständen der Welt, dieser ganz neu von ihr entdeckten Welt, die sie allmählich erwärmte und in ihren Bann zog. Leben! Leben! Leben! Sie wußte nichts weiter zu sagen, und der Jubel weckte echohaft einen Nachhall von Wehmut: Leben? Leben …? Leben …

Die Wildnis früher Sommer

... DARUNTER GEMISCHT, GANZ FERN, GANZ WENIG, MUSIK ...

Nachdenklich ging Lucian in den Garten hinaus und prüfte, was ihm der Anblick der Minna wieder vor Augen gerückt hatte: Auch das war sicherlich Liebe gewesen, nur eben andere Liebe.

Damals war die Minna fünfundzwanzig gewesen, rund und appetitlich wie ein Apfel, damals war Pin noch gar nicht für ihn vorhanden gewesen, nichts als ein kleines Kind unter anderen Kindern, während er schon zum jungen Mann wurde. Seine Sinnlichkeit hatte ihn im Traum oft belästigt, und er erwachte daraus mit einer unangenehmen Schlaffheit in allen Gelenken und mit dem Gefühl moralischer Verseuchtheit. Sein robustes Fleisch verlangte sein Recht, und es behielt auch recht gegen seinen Willen zur Enthaltsamkeit.

Und da war er der Minna im Garten begegnet, wie sie soeben einen Korb voll nasser Wäsche im Gras abstellte. Von dichten Büschen umgeben, damit der Anblick zweckhafter Banalität nicht den vornehmen Sinn seiner Mutter beleidigte, hing hier auf Stricken ein Leintuch neben dem anderen, dazwischen Kinderhemdchen, bunte Schürzen, weiße Schürzen, eine lange Zeile tröpfelnder Knabensocken und die gravitätischen langen Unterhosen seines Vaters und Adams und aller anderen Männer im Haus; lauter Symbole würdiger Männlichkeit. Außerdem hingen dort, schamhaft hinter Leintüchern verborgen, die zartrosa und lila Seidenhöschen der jungen Abouan-Frauen. Lucian erinnerte sich genau, daß dieser Anblick ihn nicht erregt hatte. Entscheidend waren vielmehr die langen, würdevollen Männerhosen gewesen, und dann noch etwas, das höchstens die Wäsche der Minna sein konnte: große schneeweiße Leinenballons, zweiröhrig, oder sogar bis an den Taillenbund geschlitzt (die sogenannten offenen Hosen aus Großmutters Zeiten), mit breiten Kanten aus weißen Zwirnspitzen.

Sooft die Minna sich bückte, um ein neues Wäschestück aufzunehmen, drängten sich im Ausschnitt ihres Kleides zwei runde, reife Brüste wie rundbackige Äpfel, die jeden Augenblick davonzurollen drohten, lebendige, übermütige Äpfel.

Da war Lucian aus dem Gebüsch gebrochen und hatte die Minna einfach angesprungen. Er war so täppisch gewesen, daß sie mit einem Schrei, der aber sofort in Gelächter überging, ins Gras geplumpst war, und ihn hatte sie dabei mitgerissen. Er hatte zuerst zwei nicht ganz ernst gemeinte, aber trotzdem kräftige Ohrfeigen bekommen, doch die hatten nichts Demütigendes an sich; dann war es ihm gelungen, die Minna wehrlos zu machen, indem er sie unter sich brachte und ihr die Hände über ihrem Kopf ins Gras drückte. Sie waren alle beide heiß und von Wünschen ergriffen, die sie insgeheim in ihrem Tun einig machten, denn sie schrie nicht mehr, sondern lachte nur ganz leise gurgelnd, halb zärtlich, halb ärgerlich, sogar etwas triumphierend. Und er wußte, daß er nun, nachdem er seine überlegene Körperkraft bewiesen hatte, auch seine Schwäche ruhig eingestehen durfte, denn er war bei allem Weiteren auf sie angewiesen, er war gänzlich unerfahren. „Bitte, Minna!" murmelte er kindlich, wie er sie früher manchmal um ein heimliches Stück Extra-Kuchen angebettelt hatte. „Bitte, hilf mir." Die Minna hatte ihn immer gern gemocht und ihm den Kuchen nie verweigert.

Dabei war über allem der Duft des nassen Grases gewesen, eine Wolke süßfrisches Grün, und der herbe, reinliche Geruch der vielen nassen Wäschestücke, der Wäsche, in der gezeugt, geboren und gestorben worden war und die dennoch so sauber und fröhlich im Winde wehte. Die Johannisbeersträucher hingen voll glänzender Träubchen, und von sehr weit weg ertönten Geräusche der Arbeit und Lebendigkeit, wie sie in einem großen Haushalt auf dem Land tagaus, tagein, nüchtern und heiter erklingen: Zuruf, Gelächter, Gegacker, Sensendengeln, Holzgeklapper der Pantinen auf alten Fliesen, und darunter gemischt, ganz fern, ganz wenig, Musik ...

Die Wildnis früher Sommer

Gebet eines verliebten Mädchens

Darf ich Dir, Herr Jesus,
auf meiner schlafwarmen Hand
zwei sich paarende Falter bringen?
Es ist ihre Art, Gott zu preisen.
Wenn Du machst, daß die Menschen
die Zäune niedriger bau'n,
kann mein Liebster sie überspringen.
Mein Herz weiß, es wird dann
mit den Heidelerchen aufsteigen
und irdische Himmel durchreisen
über dem freien Land. Glaub mir:
Liebe ist nichts als Liebe.
Gab der Schöpfer nicht mir,
gab er nicht auch Dir
einen irdischen Leib zu eigen?
Darf ich Dir, Herr Jesus, auf meiner warmen Hand
zwei sich paarende Falter bringen?
Das ist meine Art zu Lobsingen.

Sämtliche Gedichte

Ein junger Herr im bunten Waffenrock

Das Ereignis, das in ihrem Alter für Leben schlechthin gelten konnte, trat von selbst ein: ein junger Herr im bunten Waffenrock, den Säbel an der Hüfte, einen Handschuh lässig in der Linken schwenkend. Sie betrachtete ihn kritisch. Seine Strammheit rührte von der Schulterwattierung her, die Untadeligkeit vom Gummisteg, der die Hose straff spannte. Der Säbel war nicht mehr Waffe, sondern Symbol, Requisit hahnenhafter Schneidigkeit. Sie war überzeugt, daß die moderne Welt keine Verwendung mehr haben würde für das pathetische Männlichkeitsideal des Soldaten. Wo bliebe sonst der Fortschritt, der schnurgerade aus dem Urwald in die Zivilisation geführt hatte? Sklaverei, Folter, Hexenprozesse und Kriege waren vorbei, wie die Saurier und Riesenschachtelhalme und die Steinzeit.

Der junge Herr im historischen Kostüm aus der Steinzeit der Entwicklungsgeschichte verlangte einen Liebesroman, den die Reklame skandalöser gemacht hatte, als er war. Theres bedauerte höflich: Sie führten dieses Buch nicht. Der junge Herr fragte leicht nasal – diese Sprechweise gehörte zu den leicht verstaubten Requisiten seines Standes –: „Aber, bittschön, warum nicht?"

Sie blickte auf, weil er den Jargon, nicht ohne eine gewisse Selbstironie, übertrieben betonte, und staunte ihm ins Gesicht. Denn dieses Gesicht über der steifen, hohen Kragenröhre war unerwartet lebendig und jugendlich, blitzend vor spöttischer Bewußtheit. Etwas hochmütig Empfindsames im Schnitt seiner feinen, frauenhaften Lippen ergriff sie. Ihre Blicke vergaßen sich in den Linien und Flächen seines Gesichts, und dann konnte sie nicht mehr wegsehen, bestürzt von etwas wie Erkennen und Ahnung. Sein Blick war voll Fremdheit, Blick aus Insektenaugen, blank, leicht vortretend, schimmernd von Feuchtigkeit und dieser seelenlosen Unbewegtheit, die Tiefe und Geheimnis vortäuschte. Sie spürte sich angesehen und durchschaut bis unter die Haut und wußte sogleich, als wiederhole sie eine oft gemachte Erfahrung, daß es immer sie sein würde, die angeschaut und durchschaut wurde, indes er immer undurchschaubar bleiben würde. Aber seine Distanziertheit erschien ihr als Mißverständnis, denn sie kannten einander, sie erkannte ihn wieder. Woher nur? Aus Träumen, aus einem anderen Leben vielleicht? Sie erkannte in der blinden Hellsichtigkeit der Liebenden ihren Geliebten in ihm. Es war, als müßte sie es ihm nur begreiflich machen: Ich bin es, Theres, die du immer schon gesucht hast! Aber wie sagte man das? Es gab keine Verständigung zwischen seiner Eleganz und Sicherheit und ihrer Unscheinbarkeit und Schwerfälligkeit, keinen Weg von ihren aus Traumtiefen gespeisten Ahnungen zu der amüsierten Oberflächlichkeit auf seinem Gesicht.

„Sie meinen, Sie haben es im Augenblick nicht lagernd", sagte er arrogant.

„Wir führen es nicht!" antwortete sie wahrheitsgetreu, doch allzu betont.

Er lächelte jetzt und richtete sich gemächlich für ein Gespräch ein, indem er die steife Offizierskappe verkehrt auf das Pult stellte, den Handschuh hineinwarf und die reinlich manikürte Hand aufstützte. „Und, bitte, warum nicht?" Er lächelte, aber die Augen lächelten nicht mit, sie schimmerten unbeteiligt, zwei Seen, auf denen sich eine dünne Eisschicht gebildet hat, von dunklem Schilf umstanden. Seine Wimpern waren wie Halme breit und dicht.

„Es entspricht nicht dem Niveau, das unsere Kunden von uns erwarten", sagte Theres in beleidigender Absicht. Sie faßte allen Mut zusammen und blickte auf, aber wieder war sie bestürzt von dem unheimlich Bekannten in seinen Zügen, das zugleich unheimlich fremd war. Die lange, zarte Nase, deren Köpfchen leicht gehoben war, verlieh ihm etwas Schnupperndes, den schnuppernden Humor und die zierliche Grausamkeit eines kleinen Nagetieres. Deutlich sprach dieses Gesicht: Ist die Welt ein Kampf, so bin ich der Sieger; ist sie ein Jagdrevier, ich bin der Jäger; ein Spiel, ich bin der, der immer gewinnt. Seine Nasenflügel blähten sich leicht, er nahm Witterung.

Für ihn war die Welt eine blühende Wiese, in der er als Falter, in der tiefen Teilnahmslosigkeit des Genießenden an einer Blüte hing. Jetzt bebte er, von einer Erwartung ergriffen, erregt von der winzigen Menge eines Duftstoffs, den ein Falterweibchen vom anderen Ende der Wiese her aussandte, und schon folgte er, geruchstaub für alles andere, der Spur, die ein zartester Geruch durch den Tumult kräftiger Wiesendüfte gezogen hatte. Erotische Bereitschaft von Frauen zog ihn unwiderstehlich an und machte ihn zum Opfer seiner Opfer, denn jede war für eine Weile die Unwiderstehlichste, die einzige Frau auf der Welt. Mißgünstige Kameraden sagten: „Guido Haynsperg hat Glück bei den Frauen: ihm gefällt jede."

„Und was würde, Ihrer Ansicht nach, diesem Niveau genügen?" fragte er leise und sah ihr mitten in die Augen.

Sie war ratlos, aber das wollte sie ihm nicht eingestehen, und so verfehlte sie den unschuldigen Augenblick, da eine Antwort nichts als Antwort sein will. Um Zeit zu gewinnen, holte sie die Stehleiter, und weil ihr immer noch nichts einfiel, stieg sie ganz hinauf und holte auf gut Glück drei Bücher herunter.

Der junge Mann erwartete sie mit unbarmherzig glänzenden, alles durchschauenden Augen. Auf die Bücher warf er nur einen kurzen Blick. „Aber nein!" rief er voll unterdrückter Heiterkeit. „Ich suche etwas Passendes für ... für eine Dame. Danke sehr, guten Tag!"

Theres blieb vernichtet zurück und starrte auf die drei Bücher. Pascal. Kierkegaard, Plotin. Sie hatte keine Ahnung, mit wem sie sich da eingelassen hatte, sie hatte bluffen wollen und dabei vermutlich zu hoch gegriffen. Sie schämte sich so, daß sie meinte, die Röte würde nie mehr von ihren Wangen weichen.

Der Frühling wurde heftiger und drängender. Die Tage dehnten sich, vollgesogen mit etwas Brennendsüßem, das abends schal wurde und in Bitterkeit überging. Nachts atmete sie unruhig in Halbträumen hin, die sie heimlich, unter Wasser, weitertrieben, auf etwas zu, das sie nicht wahrhaben wollte. Morgens zersprangen die Träume wie Luftbläschen an der Oberfläche, mit einem flachen, platzenden Laut, dem ein Echo aus Trauer folgte, aber als Tagträume bildeten sie sich neu, um ein Antlitz kreisend, das allmählich zum Inbegriff von Schönheit und Unerreichbarkeit wurde. Sie stellte fest, daß sie sich eine süße Selbstvergiftung zuzog, und wendete sich heftig wieder den Büchern zu; aber nach einer Weile merkte sie, daß sie ausschließlich Verse und Briefe von Frauen las, die infolge einer unerfüllten Liebe zum Dichten, oder was man so nannte, gekommen waren. Die Selbstvergiftung machte dabei prächtige Fortschritte.

Wie man Medizin nimmt, sagte sie sich mehrmals täglich vor: Was ist denn geschehen? Ein junger Mann wollte ein Buch kaufen, die Verkäuferin, irgendeine unscheinbare, junge Verkäuferin, hat ihm eine kecke Antwort gegeben, er hat das Buch woanders gekauft und den Vorfall längst vergessen. Endlich gelang ihr der Verzicht auf jede schmeichelhaftere Version des Vorfalls, und danach auf die fiebrige Vorwegnahme von Erfüllungen im Tagtraum. Das Gift im Blut verflüchtigte sich. Aber danach waren die Bücher noch grauer, die Welt vor der Scheibe noch inniger bunt und ganz unerreichbar fern. Sie kam sich merkwürdig gereift vor, wie nach einer Krankheit, ernst und einsam. Reifwerden, dachte sie, ist wohl ein Prozeß, bei dem alles seinen Glanz und seine Buntheit einbüßt. Aber im Alter gleicht es einer eingetrockneten, verfärbten Puppe, und dann darf man ausschlüpfen, vielleicht verwandelt zu schönerer Gestalt, bestimmt zu Flügen im Licht. So gelang es ihr, dem Verzicht ein wenig milderndes Einverständnis beizuschmuggeln.

Das Wetter war schön, Guido Haynsperg spazierte in angeregter Stimmung, in dieser weichen, launischen, gebefreudigen Vorfrühlingsstimmung, an der Buchhandlung vorüber, blickte durchs Schaufenster, sah Theres hinten im Laden und erinnerte sich. Und die Erinnerung machte ihn lächeln. Er trat ein und begrüßte sie wie eine alte Bekannte.

„Im Stadtpark ist alles in Blüte!" sagte er. „Machen wir einen Spaziergang? Darf ich um zwölf auf Sie warten?"

Theres nickte langsam. „Ja", sagte sie und fügte ernsthaft hinzu: „Gerne."

Er lächelte überrascht, ein flaches Lächeln. Ihre Geradlinigkeit erschien ihm als Mangel, Mangel an Geist – Mangel an Erziehung vermutlich. Sie beraubte ihn einiger unterhaltsamer Routinezüge in dem erotischen Spiel. Im Grund schätzte er junge Mädchen nicht. Er erstand das Buch, das er als Vorwand in die Hand genommen hatte, und empfahl sich rasch.

Die flaue Luft zwischen den Regalen stand still, von keinem menschlichen Atem bewegt. Die Gerüche drängten sich der Wahrnehmung umso intensiver auf. Geruch nach Papier, modrig-kühler Staubgeruch, verteilt und reglos, durchschnitten von der beizigen Schärfe der Druckerschwärze. Der Geruch war Theres vertraut und vertrauenswürdig, er versprach den reinen, beharrenden Zustand ohne Durst und ohne Trunkenheiten. Doch draußen roch es auf Tod und Leben, mit der inständigen Sucht des Vergänglichen, sich ohne Vorsicht zu verschwenden.

Wenn man den Mut hat, zu handeln, dachte sie. Gleich darauf ging sie, ohne sich umzublicken, die Wollzeile hinunter. Sie glaubte zu spüren, daß er hinter ihr her war, doch er überholte sie nicht, und das machte sie verzagt, bis ihr endlich auffiel, daß sie fast im Laufschritt vor ihm hereilte, und jetzt lief sie übermütig weiter, von einem unfaßbaren Glücksgefühl getrieben, das sich noch vermehrte, weil alles andere ringsum auch so unbegreiflich glücklich schien. Junge Männer zogen wie bewimpelte Boote dahin, die Luft war gekräuselt von Licht, Gerüche spielten im glücklichen Wind, und sogar der Benzingeruch war heute ein glücklicher, lebendiger Geruch. Die Frauen stießen mit den

Fußspitzen leichtsinnig unsichtbare Bälle vor sich her, und überall schien einer bereit, diese Bälle zu fangen und zurückzuwerfen.

Vor dem Blumenstand an der Ecke des Stadtparks blieb sie endlich stehen und ließ sich einholen, und Guido war nicht mehr hochmütig-nasal, hahnenhaft und routiniert, sondern erhitzt, verlockt von Spielfreude und schon ganz und gar der dringenden Erwartung von etwas verfallen, das die aufgeregte Jahreszeit versprach. Die Blumenfrau schob wissend die Unterlippe vor und erfaßte ihre Gelegenheit. Sie legte die in schwarzen Fingerlingen steckenden Hände auf den gewölbten Leib, um die Stimme zu stützen, und überschrie alle Verlegenheit mit schriller, singender Lebenswerbung.

„Schöne Veigerln! Junger Herr, Veilchen für das Fräulein Braut!"

Guido lachte, nahm einen der knolligrunden Sträuße aus der mit Wasser gefüllten Konservendose und steckte ihn Theres mit einer Nadel, welche die Blumenfrau sogleich zur Hand hatte, an den Mantelkragen. Die Nässe, die von den triefenden Stengeln sickerte, weckte Erinnerungen an die kleine Theres, selig, aller Aufsicht entschlüpft, beim Spielen am Bach, wo man immer erst gegen Abend merkte, daß Feuchtigkeit in die Schuhe gedrungen war und die Schürze oberhalb der Knie dunkle Flecken bekommen hatte, und urplötzlich todmüde war und fröstelte.

„Als Kinder", sagte sie, „da hatten wir einen großen Garten zum Spielen und einen Bach in der Nähe ..."

„Ja!" rief er entzückt, als hätte er es kaum für möglich gehalten, daß es diesen schönsten Garten noch ein zweites Mal geben könnte, und daß sie ihn kannte.

„Wir auch! Wir auch. Und einen Wald dahinter und eine Ruine zum Geisterspielen."

„Eine Ruine!" sagte Theres und erinnerte sich. Auch sie hatte eine Ruine in ihrer Kindheit stehen. So hatten sie also ihre Kindheit gemeinsam, in einem früheren Leben, auf einem anderen Stern.

Kopfüber waren sie beide in der blühenden Wiese verschwunden. Theres wurde für eine Weile zur Unwiderstehlichen, zur Schönsten, zur einzigen Frau auf der Welt. Die Tage schwebten vorüber und sahen einander ähnlich wie eine Reihe junger Tänzerinnen. Sie waren voll Licht und Wind, voll Gelächter und frischen Veilchen, und voll vom Durst erster Küsse.

War nicht Wien eine Stadt für junge Liebespaare, mit vielen, mondbeschienenen alten Plätzen und tiefen Tornischen abends, spät, beim Heimgehen, mit ihren Rebengängen und Glühwürmchenhängen und einsamen Bänken im Wald, der die Stadt nahe umhegte? Und dann kam dieses Ernsterwerden der Landschaft am Abend, wenn die heimliche Wehmut aufbrach, denn das Glück trug hier sein eigentlichstes Zeichen, die Vergänglichkeit, wie einen Schmuck zur Schau. Jeder wußte davon. Alles, was schön war, war den Menschen in dieser Stadt zu schön, um wahr zu sein. War dies nicht eine alte Stadt, in der man die Resignation leise vorwegnahm, damit man das Lächeln durchhalten konnte bis zum bitteren Ende?

Rasch wurde Sommer aus diesem Frühling. Aus dem Durst der Liebenden und Trunkenen wurde der schwerere Hunger. Zwischen Wänden, wo sie einander nun heimlich trafen, auf Betten und Divans, die wie Inseln in der künstlichen, verbotenen Dämmerung hinter herabgelassenen Jalousien schwebten, mit dem Geruch nach Tabak und Kognak und einer Spur Rasierwasserduft, wurde der Gespiele zum Liebhaber, der lustige Gefährte kindischer Abenteuer zum unüberwindlich fremden Mannswesen, blitzend vor eitler Routine und hochmütiger Intelligenz. Und wenn er auf Widerstand traf, kam manchmal eine feine, glatte, zivilisierte Grausamkeit zutage. Unklar spürte Theres in seinen animalischen Liebkosungen die Feindschaft des Männlichen gegen das Weibliche, das Habenwollen, die Lust an der Unterwerfung. Sie wußte, daß sie im Begriff war, ihr Ich aufzugeben, ohne ein Du dafür zu erhalten, und daß die kurzen Glückszustände auf einer langen Kette schmerzhafter Erfahrungen aufgefädelt sein würden. Vernichtend tönte ihr die nichtssagende Phrase im Ohr, die sogleich wieder Distanz geschaffen hatte zu dem, was eine überwältigende Kraft soeben mit ihnen getan hatte: „Ich hab noch nicht erlebt, daß sich ein Mädel so wehrt wie du!" Und indes sie selbst noch überwältigt war, hatte sie doch alle Nebentöne mitgehört und gewußt, daß sie für Guido ein Geruch unter anderen Gerüchen war, eine neue Nuance von etwas Genießbarem. Und allmählich, leise und heimlich, sammelte sie Abwehrkräfte, um ihr Ich zurückzugewinnen. Guido spürte ihren verhüllten Widerstand, der ihm Respekt abnötigte und ihn zugleich nervös machte. Doch dann kam die heißeste Zeit, und da fuhr er auf Urlaub, und Theres bekam ein paar Ansichtskarten, deren zärtliche Worte gönnerhaft klangen. Sie beantwortete sie nicht. Und er machte nach seiner Rückkehr keinen Versuch mehr, sie zu treffen.

Figuren in Schwarz und Weiß

Wie mir so etwas geschehen konnte, weiß ich nicht, aber in dem Gebiet – dem „Land der Emotionen" –, in das mein Ausflug führte, hat ja Vernunft nichts zu sagen. Seit zwanzig Jahren meinte ich auf die selbstverständlichste Weise dagegen gefeit zu sein, durch mein Alter in immer vollkommenerer Weise gefeit zu sein; den Schutz, den es mir bot, vermehrte mein Einverstandensein mit der jeweiligen Phase meines Lebens. Meine Vorlieben, Interessen und Wünsche waren unwillkürlich immer nur genau jene gewesen, die im entsprechenden Alter fast von selbst in Reichweite rückten.

So kann ich – so konnte ich sagen: Ich bin mit meinem Alter mitgewachsen, bin ohne jedes Bedauern sechzig Jahre alt geworden und habe stets genau auf das Lust gehabt, was mir zustand.

Das Kapitel der Verliebtheiten hatte ich schon vor zwanzig Jahren abgeschlossen, gerne und stillvergnügt abgeschlossen ...

Meine Freunde und ich befanden uns mit einer Gruppe von Berufskollegen und mitgebrachten Ehepartnern und Bekannten auf einer Tagung, die nun mit einem Heurigenbesuch in einem Wiener Kellerlokal beendet werden sollte. Die Kellerstube war für uns reserviert.

Christine und ich setzten uns nebeneinander auf eine Bank, andere rückten nach, dann kamen die beiden jungen Männer, fragten pro forma, ob sie auf der noch freien Bank gegenüber Platz nehmen dürften, und nahmen Platz.

Den einen kannte ich von mehreren beruflichen Anlässen her. Der andere schien mich zu kennen, er begrüßte mich mit meinem Namen und stellte sich vor, und als er seinen Namen nannte, horchte ich auf; der Name, kein Allerweltsname, sondern eher einer, den man sich merkt, wenn auch nicht prominent, war mir vage bekannt vorgekommen, und ich bemühte mich, rasch draufzukommen, wo ich ihn hintun sollte. …

„Sind Sie nicht der, der mir voriges Jahr zum sechzigsten Geburtstag ein Buch geschickt hat?" sagte ich und war heimlich stolz auf meine Geistesgegenwart.

„Ja, ich habe mir erlaubt, Ihnen mein Buch zu schicken", sagte er, „und ich freue mich sehr, Sie jetzt auch persönlich kennenzulernen, ich habe schon viel von Ihnen gehört und gelesen und verehre Sie sehr." …

Er hatte ein kräftiges Kinn, soviel wußte ich nachher noch, und die Augen hinter der Brille waren ziemlich hell, grün, blau oder grau – ich sah es nicht, obwohl ich die Gewohnheit habe, Leuten beim Sprechen in die Augen zu schauen. Und wir sprachen alle viel und lebhaft an diesem Abend, weil wir Gemeinsamkeiten entdeckten, vor allem die Liebe zur Landschaft, den Pflanzen und Tieren und die Lust am Wandern und an der Stille, die draußen herrscht. …

Damals, als ich das Geschenk erhielt und die Zeichen der Form und Schrift im Bruchteil derselben Sekunde sah und deutete und einordnete in die Schubladen im Gehirn, wo solche Ergebnisse meiner Weltbeobachtung etwas schablonenhaft vereinfacht unter dem Etikett „Menschenkenntnis" aufbewahrt sind – damals legte ich das Buch, nach einem flüchtigen, informativen Überfliegen des Vorworts, ungelesen zu anderen, ähnlichen Präsenten.

Aha! sagte ich, eine Art Heimatbuch eines Dichters aus grünem Revier, eines vom Vorwortschreiber, dem berühmten Wissenschaftler Professor Sowieso, als „feinfühliger Jäger" apostrophierten Naturschützers.

Erst ein gutes halbes Jahr später, als ich einen Schreibauftrag annahm, der mich zwang, mich mit verschiedenen Landschaften Niederösterreichs genauer zu befassen, fiel es mir wieder ein. Ich nahm es zur Hand, las ein Stück, stellte fest, daß es von einem Teil meiner näheren Heimat handelte, den ich so gut wie gar nicht kannte, las deshalb weiter und blätterte dann nur noch, um die wunderschönen Tier- und Landschaftsfotos zu betrachten, die der Autor des Buches selbst aufgenommen hatte; und zuletzt sagte ich mir: Nein, das kannst du später einmal lesen, davon kannst du nichts für dein derzeitiges Arbeitsvorhaben verwenden, es wäre erstens ein Plagiat, zweitens wäre es unfair, sich so billig anzueignen, was sich einer in Jahren geduldig erarbeitet hat, und drittens ist es ja nicht mehr nötig, darüber etwas zu schreiben, da es ohnedies schon geschrieben und publiziert wurde.

Ich fürchte, ich habe nicht einmal einen Dankbrief geschrieben ...

„Mir scheint", sagte der feinfühlige Jäger zu seinem Freund, „die beiden Damen liegen ganz auf unserer Linie."

Und mir schien es flüchtig so, als sei er geneigt, sich feinfühlig an meine hübsche Freundin anzupirschen, die ja dem Alter nach so ziemlich in seiner Schußlinie liegen mochte. Sehr rasch hatten wir die Abmachung getroffen, daß die zwei heimatliebenden Naturschützer uns und noch ein paar Gleichgesinnten an einem der nächsten schönen Sonntage ihre Heimat zeigen würden. ...

So wenig hatte ich mir sein Gesicht angesehen ... eigentlich hat er mir als Mann überhaupt keinen Eindruck gemacht. Daß er ein Mann war, merkte ich erst, als wir nach etwa einstündiger Fahrt zum erstenmal anhielten und ausstiegen. Er begann uns, ganz frei sprechend und seltsamerweise ohne die sprachlichen Klischees, die einem seine Prosa verleiden konnten, klar, einfach und in tadellos gebauten Sätzen zu berichten, was ihm an seiner engsten Heimat bemerkenswert schien, und er wußte vieles, was auch uns alle interessieren konnte. Gescheit, gut informiert, sachlich. Aber nicht eigentlich das war es, was mir imponierend ins Bewußtsein trat als angenehme, sympathische Männlichkeit; es waren, so dumm es klingt, zuerst seine Beine, seine Art zu stehen, lässig und diszipliniert zugleich, ohne daß ihm sein Körper bewußt war; seine Art zu gehen, locker und gestrafft. Maskuline Gelassenheit und Sicherheit, ohne Spur von Kraftmeierei; Kraft mit einem Touch von Selbstverständlichkeit und Eleganz – aber Eleganz war nicht das richtige Wort; nichts von der Grazie eines Epheben haftete ihm an ... das heißt seinem Körper, denn ich beschäftigte mich ausschließlich mit seinem Körper, vor allem den Beinen und dem Gebrauch, den er davon machte. Merkwürdig, dachte ich, daß die Beine eines Mannes in einem normalen Anzug erotisch wirken sollen? Aber der Eindruck blieb, auch als ich ihn solchermaßen analytisch unter die Lupe nahm.

Wir befanden uns unterwegs auf der Straße, nicht weit von ... Wär' ich nur besser in Geographie! Wo ich einmal gewandert bin, finde ich ganz leicht wieder hin, meine Wegzeichen sind die winzigen, nur für mich bedeutenden Eindrücke: Das war doch die Stelle, wo die zwei traumschönen Segelfalter ... hier müssen wir daher rechts gehen ... oder: Diese vom Sturm aus dem Erdreich gedrehte mächtige Baumruine, aus deren lange schon totem Holz im Frühling damals noch lichtgrüne Blattknospen kamen, Wunder der Lebenserneuerung, wenn auch nur scheinbar, kurzfristig nur und zum Welken verurteilt, sobald der letzte Saft aus den dickeren Ästen aufgebraucht ist ... der Weg ist von dem Stamm blockiert, aber ich weiß, daß man dahinter weitergehen kann; ist auch der Weg schon halb zugewachsen, weil da längst niemand mehr geht ...

Aber Kartenlesen – ich hab' es zwar als Kind gelernt –, dazu habe ich keine Lust. Mir scheint, das ist Männersache, und alles soll man den Männern nicht aus den Händen nehmen und sagen: Das kann ich auch.

Wir befanden uns also im „Weiten Land Irgendwo".

Der junge Mann erzählte ein wenig aus der Geschichte des Landes und über das so dicht mit den menschlichen Schicksalen verflochtene Schicksal der Landschaft. Anfangs machte ich mir stichwortartige Notizen, weil alles, was er erzählte und was ich dabei innen und außen von der Landschaft wahrnahm, schon genügend Faszination für die Phantasie hatte, um daraus ein langes meditatives Gedicht zu machen, ja, ich spürte dieses Gedicht schon in mir, undeutlich noch, ohne Artikulation, geschweige denn Formulierung und rhythmische Bewegtheit anzunehmen ...

Genau habe ich nicht immer zugehört. Parallel zum Anschauen der Landschaft und dem Anhören des Berichts hat sich, auf einer anderen Ebene, ohne sein Wissen und ohne mein Zutun, die erotische Faszination in mir immer deutlicher durchgesetzt, und das Vergnügen an Natur und menschlicher Sprache, die Freude daran, soviel neues Detail aus unserer Welt zu erfahren, trat zurück – und kommt erst jetzt beim Aufschreiben wieder. Und das Vergnügen, das ich empfand, indem ich seine Beine betrachtete und seine Haltung, war weit größer. Er stand so gelassen und sicher da, das Sakko offen und auf einer Seite unten leicht zurückgeklappt, weil er die eine Hand im Hosensack hatte, während er mit der anderen da und dort hinwies ... Aber sein Gesicht habe ich noch immer nicht richtig angesehen. Nur diese unaufdringlich und ungewollt sich geltendmachende Körperlichkeit spürte ich andauernd in ganz zarten Wellen gegen mich anbranden und einwirken auf mich. Und nicht weniger genoß ich das Beobachten und Registrieren der Wellen, die in mir auf sein erotisches Fluidum Antwort gaben. Und trotzdem: Immer noch kam mir nicht der Verdacht, es könne mir selber etwas geschehen sein, das mehr wäre als ein flüchtiges Aufmerksamwerden auf ein fast unpersönlich sich zeigendes Phänomen.

Es begann dann zu regnen, und kaum war die Sonne von einer riesigen schwarzvioletten Wolke verschluckt, wurde es kalt. Wir stiegen in die Wagen und fuhren weiter.

Vorne neben ihn hatte ich meinen Mann dirigiert, dort gab es etwas mehr Platz für seine langen Beine. Ich hatte mich von allem Anfang an in den Fond gesetzt und sah genau zwischen den Köpfen der beiden Männer durch, halb links hinter meinem Mann, halb rechts hinter dem jungen Mann. Ziemlich nahe vor mir sah ich im abgewandten Viertelprofil nur einen dunklen Hinterkopf mit festem Haar – zur anderen Seite einen mit flaumigweichem silbergrauem Haar – und ein kleines Stück Haut, straff um die Form des kantigen Kieferknochens gespannt, und dieser Kiefer wurde nun erst von mir registriert als betont männlich: Was an dem jungen Mann an Tatkraft vorhanden war, drückte sich darin aus. Es gefiel mir. Nicht mehr und nicht weniger, es gefiel mir ohne weitere erotische Implikationen.

Als nächstes entdeckte ich diese leicht gebräunte, ein wenig rötlich gebräunte Haut, von ähnlicher Farbtönung, wie sie in den Stämmen der Rotföhren aufglühte, nachdem die erste Gewitterfront vorübergezogen war und die Wälder von Sonnenstrahlen gestreift wurden. Aber auch diese besondere Durchblutetheit der Haut hatte eher etwas Herbes und Keusches, sie ließ nicht an innere Hitzigkeit denken, auch zeigte sich, als es unvermittelt wieder sehr heiß wurde, nichts von Schweiß oder äußerlichem Erhitztsein auf dieser Haut. Sie war weder fein noch gegerbt, nicht glatt, aber auch nicht grobporig. Sicher fühlte sie sich angenehm warm und trocken an. Ich empfand sekundenlang heftige Neugier, ob das stimmte, und bekam Lust, diese Haut zu berühren, um zu erfahren, welche Sensation sie an den Tastsinn in meinen Fingerkuppen abgeben würde. Die Lust, über etwas hinzustreichen, ganz gleich, ob es ein Stoff ist, eine Haut, ein Blumenblatt oder eine Skulptur, ist ein sehr ausgeprägter, aber noch kaum bewußt erhellter Antrieb aus verborgenen Zonen; mit dem Tastsinn, dem Geruchssinn, dem Geschmackssinn rührt man ja an viel tiefere Geheimnisse als mit dem Hören oder dem Sehen, jenen zwei Sinnen, die wir herüberentwickelt haben und noch durch Apparate verstärken oder verfeinern können zu größerer Differenzierung, parallel zur Differenzierung unseres Denkens und Wissens und zur Erweiterung unseres Bewußtseins; die drei anderen Sinne würde ich die drei Ur-Sinne nennen, sie sind wie Wurzeln, die uns etwas aus dem Grund ältester Entwicklungsphasen heraufholen, etwas, wovon wir uns nähren, ohne dieser Substanz einen genauen, begrifflichen Namen geben zu können.

Kein Wunder also, daß man sich nach Beschnuppern, Kosten und Berühren sehnt, sobald Gefühle sich melden, die ja nicht aus dem später hinzugekommenen Bereich des reflektierenden oder analysierenden Verstandes kommen, sondern aus demselben uralten Bereich, der sich so schwer artikulieren läßt, ohne Verkitschung oder Vergröberung, Irrtümer jeder Art, Mißverständnisse, Lächerlichkeit und andere Verfälschungen zu erfahren durch die Verwendung der Sprache. ... Das angemessenste Wort, das mir dazu einfiel, ist immer noch „Erotik", als Ausdruck symbolhafter Begrifflichkeit eines an sich Unbegrifflich-Unbegreiflichen, wie alles von einem Gott Gegebene. (Bald darauf sah ich ihn mit eigenen Augen, diesen Gott, und er machte mich lächeln.)

Als Naturschützer vertrauenswürdige Amtsperson und als Sohn dieses Dorfes mit allen Einheimischen hier bekannt, konnte unser feinfühliger Jäger uns nun etwas bieten, das so sehenswert wie unzugänglich war, weil es sich auf einem Grundstück befand, zu dem man nur über eingezäunten Privatbesitz gelangen konnte.

Das Schloß Obersiebenbrunn war samt dem Parkteil ringsum, dem weiten Gutshof daneben und den Wirtschaftsgebäuden, die diesen einfaßten, an einen privaten Käufer veräußert worden, zu dem erstaunlich geringen Preis von sechs Millionen – immerhin handelte es sich um ein Prinz-Eugen-Schloß –, vielleicht weil man sonst selber zuviel hätte investieren müssen, wollte man es nicht weiterhin dem Verfall preisgeben; und nur von diesem Grundbesitz aus konnte man in den von einer Mauer umgebenen riesigen, in die Landschaft übergehenden Naturpark gelangen. Aber mein Jäger läutete am seitlichen Einfahrtstor zu den Wirtschaftsgebäuden, ein Mann öffnete, der aussah, wie man sich einen Gutsverwalter vorstellt, und der uns, als er den Jäger erkannte, ohneweiters einließ. Wir wurden ihm als eine Anzahl „bedeutender Persönlichkeiten des öffentlichen Lebens" aus Wien erklärt. …

Der Schloßbesitzer war nicht im Haus, so hatte der Mann am Tor uns gesagt, darum gingen wir jetzt einmal rasch um das Haus und warfen einen Blick in den Innenhof – eins jener Paradiese, die unsereinem verschlossen sind, aber später in der Erinnerung exzessiv in Besitz genommen werden können. Wir fanden, mit Bedauern, vieles renovierungsbedürftig und verwahrlost, vermutlich hatte der Besitzer nicht genug Geld für diesen Besitz, nichts über den Kaufpreis hinaus. Vielleicht gehörte er zu jenen nur mäßig Geld Habenden erster Generation, die nur kaufen können, aber nicht wissen, daß zum Haben das Sein gehört, das Verantwortlichsein für Besitz. Denn sogar die Beete vor dem Frontportal des Schlosses waren vom Unkraut fast zugewuchert, über das nur ein paar alte, hochstämmige Rosenbäume, leicht verwildert, emporragten. Und dieses kleine Stück Park zu betreuen und in Ordnung zu bringen, hätte nicht viel Geld gekostet. Der Anblick machte mich so traurig, daß ich rasch wieder zurückkehrte an die Hinterseite des Schlosses. Von dort führte eine breite grasige Schneise, mit halb überwachsenem

Fuß- oder Fahrweg in der Mitte, zwischen grünen Auwaldwänden und über eine Brücke kerzengerade auf einen kleinen hellen Bau zu, der allein mitten im Grünen lag. Das war der barocke Gartenpavillon, den uns mein feinfühliger Jäger versprochen hatte. Davor angelangt, zog er den Schlüssel hervor, wir stiegen ein paar Stufen empor und betraten den kleinen rechteckigen Saal. Und hier verging der trübsinnig machende Eindruck, den dem Verfall preisgegebene, einst wunderschöne Bauten hinterlassen: Schon am Nabelmotiv im Außenverputz hatte man den Baumeister unschwer erraten können, und dieses Werk des berühmten Hildebrandt war in gutem Zustand, nicht nur Mauern und Dach, nein, auch die zarten Girlanden und Bildfresken an allen Wänden und auf der Decke waren frisch und bunt wie neu, also vor kurzem erst restauriert.

Hier entdeckte ich zwischen antikisierenden, mythologisierenden Gestalten, Tierkreiszeichen und Liebespaaren aus dem Sagenbestand des klassischen Altertums mehrfach das Abbild jenes vorhin genannten Gottes, dargestellt als nacktes Kind mit Pfeil und Bogen, wie immer, und jetzt machte es mich lächeln, weil er seine üppige Nacktheit so selbstverständlich unschuldig zur Schau stellte ... indes wir ... (Ich erinnerte mich, mit welcher Selbstverständlichkeit mein Bruder und ich als Kinder nackt miteinander im Garten gespielt hatten, auch als wir schon viel älter waren als der pausbackige Bengel hier auf den Wänden; erst in den Jahren der Pubertät war, keineswegs anerzogen oder befohlen, etwas über mich gekommen, das mich hinderte, mich auszuziehen, wenn jemand dabei war; selbst vor meiner Mutter begann ich mich damals zu schämen – aber solche Hemmungen baut offenbar eine biologische Weisheit auf, als Schutz, weil mit dem Wachstum weiblicher Merkmale auch Gefährdung beginnt.)

Ich betrachtete den kleinen Schützen, der mit pfiffigem, verantwortungslosem Blinzeln zurückschaute, als wolle er mich besonders hinweisen auf das, was er mit seinen kindischen Spielen, unter Verwendung eines völlig harmlosen Spielzeugbogens, alles anrichten konnte. Der Pfeil hatte sein Ziel auf dem gemalten Bild erreicht.

Plötzlich fühlte ich mich ertappt. Ich fühlte mich angeschaut. Aufblickend sah ich in die lächelnden Augen des anderen, des feinfühligen Jägers, der soeben seine Erklärung der mythologischen Szenen unterbrochen hatte und sagte: „Aber das wissen Sie ja sicherlich ohnedies alles selbst." Und hier erst wurde mir deutlich klar: Der Pfeil hat sein Ziel erreicht. Indes er noch ein paar erläuternde Sätze über das Zustandekommen der Restaurierungsarbeiten hinzufügte, wandte ich mich von ihm und der verspielten Malerei ab, den großen Fenstern zu, durch die man, wenn man sich im Kreis drehte, nach jeder Himmelsrichtung einen Blick ins Grüne tun konnte, dessen Grasschneisen einst nach allen Seiten zwischen dichten Baumwänden weit in die Ferne hinausgeführt haben mochten. Im Westen und Osten aber waren sie schon gänzlich zugewachsen. Offenbar war nur die Schneise, vom Schloß bis zum Pavillon auf dem Schnittpunkt der grünen Bahnen, von Unkraut und Gestrüpp gesäubert worden, und auch ihre Verlängerung in der Geraden hinter dem Pavillon bot noch jene in fernste Ferne zielende barocke Perspektive. Rechts und links aber hatte das ungehinderte, regellose, das anarchische Wachstum der Pflanzen seine

Welt schon völlig zurückerobert ... Urwald. Undurchdringlich. Nicht begehbar in meinen Schuhen, nicht ratsam überhaupt für die verweichlichten Menschen unserer späten Generation. Und irgendwie entsprachen die äußeren den inneren Gegebenheiten – sehr rasch gelangt man ja von den harmlosen erotischen Spielen und Vergnügungen ins Gebiet des Triebhaften, wo es keinen Pardon mehr gibt für die, die sich ins Gestrüpp wagen, ohne richtig dazu ausgestattet zu sein, und die sich darin verirren.

Aktäon

IV.
Frauen

Nein, ich werde sein, was ich bin. Nein, ich werde, was ich tun will, so tun, wie ich will. Ich werde mich nicht kümmern um das Was und Wie der Männer. Ich werde mich nicht emanzipieren. Ich werde nicht mittun, keinesfalls wie jene aus ihrem häuslichen Dämmerdasein aufgeschreckten Frauen, die schon wieder gehorsam mittun mit den Männern, zumindest mit dabei gewesen sein wollen. ... Ich werde tun, was ich will, und es allein tun und so tun, wie ich bin.

Unveröffentlichtes Tagebuch

Mona Belinda, die Dame

Mona Belinda, die Dame, die allabendlich von ihrem Vater, dem Zauberkünstler, in zwei Hälften zersägt und danach wieder zusammengesetzt wurde, war etwa zwanzig Jahre alt gewesen, als der Dompteur mit einer Reihe Tiere, die ihm gehörten, zu dem großen Zirkus kam. Sie war eine Pracht fürs Auge, eine Schönheit von jener steifen, ausdruckslosen Feierlichkeit, an der die Dummheit einen unleugbaren, aber positiv zu wertenden Anteil hat, eine wundersame, mit starrem Nacken und runden Augen stolzierende Pute von fabelhafter Länge. Das dünne, abwärts gebogene Näschen erinnerte an einen Schnabel, ihr Mund war klein und in den Mundwinkeln gekränkt nach unten gezogen. Auf ihrem ebenmäßigen Gesicht ging nie etwas vor, es schien sich ein für allemal, beleidigt schon allein von der Vorstellung, daß es da Andersdenkende geben könnte, zur Maske des Erstaunens über die eigene Schönheit entschlossen zu haben.

Mona Belinda lachte nie, und wenn sie lächelte, verzog sich ihr Mündchen wie zum Weinen. Sie war ein unglückliches Geschöpf, und als sei sie sich ihrer Dummheit bewußt, zeigte sie sich stets bereit, zu tun, was jeder andere von ihr wollte, ohne überhaupt nachzudenken. Dennoch schlug ihr alles zum Unglück aus, und nichts weiter wollte ihr gelingen, als Abend für Abend, auf der Bühne von imponierender Länge und Schlankheit, ihren schönen Körper dem Publikum im paillettenbestickten Trikot zu zeigen; danach wurde sie in eine Schachtel gelegt wie eine Porzellanpuppe und durchgesägt. Der Zauberer öffnete die eine Hälfte der Schachtel und zeigte dem Publikum Mona Belindas tadellose, lange, abgesägte Beine. Dann öffnete er die andere Hälfte der Schachtel und zeigte ihr Oberteil. Nun wurden beide Hälften geschlossen und dicht aneinandergerückt, der Zauberer besprach sie mit seltsamen Worten, und Mona Belinda entstieg dem Gehäuse, starr und feierlich, wie sie hineingestiegen war. Nur ihr Gesicht schien jetzt noch darüber zu staunen, daß ihre verwunderliche Schönheit eine so unmenschliche Prozedur unversehrt überstanden hatte. In diesem Augenblick begann das Publikum meistens, nach einer atemlosen Pause, zu applaudieren und ihr minutenlang jene Bewunderung zuteil werden zu lassen, die einem so außerordentlichen Geschöpf gebührte. Klein und gewöhnlich sah der Zauberer an ihrer Seite aus, und seine dankenden Verneigungen wirkten, als mache sich ein unverschämter Lakai mit dem Glanz und Ruhm seiner Herrin wichtig.

Kaum aber hatte Mona Belinda die Manege verlassen, so erwies sich ihre ungewöhnliche Länge als Hindernis für jedes Glück. Sie war den Männern zu groß. Sie konnte tanzen, doch hätte sie in einer Girltruppe alle anderen Tänzerinnen um Haupteslänge überragt, sie hätte niemals einen passenden Tanzpartner gefunden, und für eine Solonummer fehlte es ihr an Temperament und Einfällen. Mona Belinda war keine Künstlerin. Ihr einziges verwertbares Talent bestand darin, so schlank und biegsam zu bleiben, daß sie sich schlangengleich jeweils in die eine oder andere Hälfte der Schachtel zusammenrollen konnte, indes der Zauberer dem Publikum die in dem doppelten Boden untergebrachten künstlichen Beine beziehungsweise den Oberteil einer Wachspuppe zeigte, die ihr aufs Haar glich.

Doch nicht einmal als wächserne, in zwei Teile zersägte Schönheit war ihr eine lange Karriere beschieden.

Mona Belinda liebte die Tiere, vielleicht, weil sich das Monströse in ihrer Schönheit milderte, wenn sie statt neben normal gewachsenen Menschen neben den Giraffen und Elefanten stand. Selbst im Kreise niedrig gebauter Tiere, bei Schlangen, Affen und Raubkatzen, wirkte sie sogleich wie eine Naturgottheit, und ihre unmenschlichen Dimensionen wurden zu übermenschlichen, fast zu göttlichen Maßen.

So erschien es zumindest dem jungen Dompteur. Und da kam ihm eine großartige Idee, wie dem Auftreten des schönen Mädchens im Zirkus der rechte Rahmen zu geben wäre. Er dachte sich eine neue Nummer aus: Adam und Eva im Paradies, umgeben von den friedlichen Tieren. Er selbst wollte als Adam auftreten, Mona Belinda sollte die Eva sein, und um den Größenunterschied zu vertuschen, sollte Eva auf einem Ruhelager unter dem Baum sitzen, indes er auf einem Podest dahinter stand, erhöht, damit er die Tiere gut im Auge behalten konnte und Evas horizontale Pracht mit seiner männlich aufrechten Höhe überragte.

Da ihr Vater den Plan guthieß, war Mona Belinda bereit, mitzutun. Doch beim Einstudieren der neuen Nummer ergaben sich unvorhergesehen Schwierigkeiten: die Tiere mochten Mona Belinda nicht, so schien es zumindest dem Dompteur damals. Sie wurden unruhig und störrisch, sobald sie in Mona Belindas Gegenwart arbeiten sollten, und der Dompteur mußte all seine suggestive Kraft aufbieten, um sie im Zaum zu halten. Nach jeder Probe war er schweißüberströmt vor Konzentration. Auch schien ihm, daß eine Minderung seiner suggestiven Fähigkeiten jeweils mit dem Auftauchen Mona Belindas vor dem Käfig oder in der Arena Hand in Hand ging. Das hätte ihm wohl Warnung genug sein müssen, aber er wollte seinen Plan nicht aufgeben, es verletzte seinen Stolz, daß dumpfe Tiere sich seinem Wollen widersetzten. Seine Kunst bestand eben darin, daß er anderen Geschöpfen seinen Willen aufzuzwingen vermochte, ohne äußerliche Gewalt anzuwenden. Auch bei Menschen war er ein begabter Hypnotiseur, vor allem bei Frauen hätte er spielend alles erreicht, wenn er nur gewollt hätte, einzig durch die befehlende Kraft der Gedanken, diese lautlose Überredungskunst seiner stärkeren Seele. Der Genuß, den er daraus zog, entschädigte ihn jedoch für sinnlichere Genüsse, und er lebte keusch.

Sehr langsam gewöhnte er die Tiere an Mona Belindas standbildhafte Gegenwart. Murrend und knurrend fügten sie sich, und als er die neue Nummer zum erstenmal ohne jede außerordentliche Sicherheitsmaßnahme geprobt hatte, als der Königstiger zum erstenmal, mit vor Auflehnung bebenden Ohren, Mona Belinda demütig die Füße leckte, wie ihm befohlen wurde, und die scheue Antilope das Futter aus ihrer Hand nahm, indes der stets gutartige Elefant seinen Rüssel über ihr schaukelte und mit dem Rüsselfinger den Apfel vom Baum der Erkenntnis brach, um ihn ihr sanft in den Schoß zu werfen, da durchströmte den Dompteur ein jubelndes Gefühl vermehrter Macht und erhöhter Persönlichkeit.

Ihre göttergleiche Dummheit und Teilnahmslosigkeit machte, daß Mona Belinda die Gefahr und das brauende Übelwollen der Tiere überhaupt nicht zu Bewußtsein kam. Hätte sie Angst gehabt, es wäre wohl unmöglich gewesen, die Tiere in ihrer Anwesenheit in

Schach zu halten, denn diese wittern die Angst anderer Geschöpfe und nehmen sie meist zum Auftakt für entfesselt losbrechende Wildheit. Kein Laie konnte würdigen, welches Risiko es war, die Antilope, deren ureigenstes Wesen fippernde Angst, ja geradezu ununterbrochene Angstbereitschaft ist, mit den Raubtieren gemeinsam auftreten zu lassen.

Aber Mona Belindas Furchtlosigkeit erstreckte sich nicht nur auf die Raubtiere, sondern auch auf den Dompteur. Sein dämonischer Blick, die Magie seines Willens, die Gewalt seiner Männlichkeit – all das glitt an ihr ab wie Wasser.

Er war ihrer abnormen Schönheit längst verfallen, doch war es ihm über der aufregenden und erschöpfenden Arbeit noch gar nicht zu Bewußtsein gekommen. Er liebte Mona Belinda, sie aber wiegte ihren langen Giraffenhals in staunender Selbstversunkenheit hoch über ihm und erwiderte seine glühenden Blicke mit dem kühlen, kreisrunden Putenblick, hinter dem alles und nichts sich verbergen mochte.

So schritt sie endlich an jenem denkwürdigen Abend voran, betrat die Manege, verbeugte sich vor dem Publikum und nahm ihren Platz unter dem Baum der Erkenntnis ein, ohne diesem auch nur einen neugierigen Blick zu gönnen.

Dann kamen die harmlosen Tiere, die Antilope, ein paar Affen und der Elefant, trabten grüßend und stumpf gehorsam einmal im Kreis herum und begaben sich auf ihre Plätze, um dort die einstudierten Stellungen einzunehmen. Ihnen folgte Adam mit einem Löwenpärchen und dem Königstiger.

Als alle richtig gruppiert waren, der Königstiger an Mona Belindas weiße Füße hingeduckt, die beiden

Löwen flankenreibend zu ihrer Seite, die Antilope aus ihrer ausgestreckten Hand fressend und der Elefant – da sich eine Schlange nicht so weit dressieren ließ – mit dem schlangenhaften Rüssel nach dem Apfel fingernd, sah der Dompteur seine Eva an und wünschte ihren Blick einzufangen. Sie jedoch schaute teilnahmslos ins Publikum, diesen Spiegel, in dem sich ihr eigenes Staunen tausendfach widerspiegelte, hoher Triumph ihrer Anbetung verlangenden Eitelkeit. Der Dompteur vermehrte den inneren Druck, mit dem er auf sie einzuwirken suchte. Sie reagierte nicht. Eine leise Unruhe bemächtigte sich der Tiere. Der Elefant warf den Apfel zu heftig in ihren Schoß, er entrollte ihrer zugreifenden Hand und blieb neben ihr im Sand liegen. Das war nicht vorgesehen.

Fragend erhob sie die Augen zu dem Dompteur, und er legte alle beschwörende Kraft in seinen Blick: sie sollte den Apfel liegen lassen, jede ungewohnte Bewegung mochte die Tiere befremden. Noch immer schaute sie ihn fragend an. Er wiederholte den lautlosen Befehl. Da beugte sie sich vor, streckte die Hand nach dem Apfel aus, und dabei bewegte sich ihr Bein, nach Balance angelnd, dicht vor dem Rachen des Tigers, der zornig zurückfuhr und sich duckte.

Es geschah nicht in diesem Augenblick. Es geschah erst eine Sekunde später, genau in dem Augenblick, da dem Dompteur klar wurde, daß Mona Belinda nicht zu hypnotisieren war, sie spürte seinen Befehl nicht, und das war es, was die Tiere verstörte: seine Schwäche, nicht Mona Belindas Geruch. Denn vor ihr war er willenlos und schwach. Dieser Erkenntnis folgte ein blitzschnelles, taumelndes Versinken in Angst und Unsicherheit, alle Macht entglitt ihm, er war nichts in den

Augen dieser schönen Puppe, er hörte sekundenlang auf zu existieren.

Die Tiere witterten es: das Zentrum, aus dem ihre Regungen und Handlungen gesteuert wurden, zerfiel in Nichts. Da brachen sie aus.

Der Tiger schlug einmal kurz zu.

Vielleicht hätte der Dompteur seine Geschöpfe nochmals in die Hand bekommen, wäre dies nur eine Probe gewesen. Aber es war die Galavorstellung, die entscheidende Vorstellung, vor tausend Augen, die auf ihn und seine Niederlage gerichtet waren. Das Publikum brach in panisches Geheul aus. Ohne Publikum – vielleicht – aber „vielleicht" ist kein Podium, von dem aus man seine Welt in Ordnung halten kann.

Er wußte selbst nicht, wie er die blutüberströmte Mona Belinda vom Boden aufgerafft und in Sicherheit geschleppt hatte. Inzwischen riß der Tiger die Antilope, die Löwen fuhren fauchend umher und peitschten mit den Schweifen den Sand, der Elefant trompetete laut und zerstampfte den Baum der Erkenntnis. Geistesgegenwärtig zogen die Stallburschen des Zirkus das Fallgitter auf, das von der Arena in den Löwenzwinger führte, und auch die übrigen Tiere flüchteten in ihre Käfige zurück.

Der Tiger blieb als großer Sieger im Rund und begann die Antilope zu fressen.

Der Königstiger

Sie aber stand morgens auf und fand neben sich eine ausgekühlte Mulde im Bett und das Leinen in zierliche Falten zerknittert. Sie strich alles glatt und stellte sich vor den Spiegel und sprach mit sich selbst:

Hier bin ich. Ich bin hier.

Hier stehen nebeneinander meine beiden Beine und tragen meinen Leib. Hier sind meine Hände, die ich gerne fest in die Hüften stemme. Mein Hals ist rund, und ich habe zwei Augen für beide Teile der Welt. Alles ist gut verfügt und weiß die Waage zu halten. Ich werfe mein Herz in die eine Schale, in die andere aber lege ich den Augenblick dieses Morgens. Und wenn er schwindet, so lege ich immer wieder den Augenblick hin und bleibe mit mir selber im Einklang.

Ich kann von dir jedes einzelne der Lose erwerben, die ausgegeben werden für diese Riesentombola, die man Liebe nennt, ich werde doch immer mich selbst gewinnen. Denn ich bin der Baum mit den unzerreißbaren Wurzeln, ich bin auch ein Bumerang und ein Haus auf festem Grund. Ich bin die Schale, das Gewicht, das Zünglein und die Hand, die die Waage hält. Meine Adern sind verzweigt wie Wasser, das eine Wüste berieselt, meine Fleischfasern sind das Netz, in dem sich die Welt verfängt. Mein Haar ist ein Band und ein Schleier und die Fahne auf einem Turm und ein Strick um deinen Hals. Meine Beine und meine Arme sind mein. Alles ist mein. Ich werde nützliche Dinge damit tun und rechtwinkelig die Welt auf meinen Schultern tragen. Und das ist *mein* Stück vom Kuchen.

Als sie die Straße betrat, drang die Sonne durch das Gewölk, und das Licht glänzte auf den nassen Büschen und dem reingewaschenen Asphalt, und sie hielt den letzten Augenblick an und dachte an viele runde Dinge, bunte Bilder und handfeste Griffe, die getan worden waren und immer wieder zu tun blieben, und nur ganz nebenbei und flüchtig hörte sie die Stimme des versiegenden Nachtwinds weit hinter ihrem überzeugten Dasein raunen: Unser Glück ist schmal wie die Schneide des Messers.

Prosadichtungen

Sie war mir schon mehrmals aufgefallen, sie war das, was man eine gute Erscheinung nennt, zu übersehen war sie nicht, eine elegante Person, obwohl ihre Schuhe genauso schiefgetreten waren wie meine und ihr rechter Strumpf vorne einen kleinen dunklen Wulst aufwies – die Naht der repassierten Laufmaschen.

Beim Fortgehen schloß sie sich mir an und sagte: „Ich wohne im zweiten Bezirk, nicht weit von der Reichsbrücke." – „Ich auch", antwortete ich. Und so benützten wir dieselbe Straßenbahn, stiegen bei derselben Haltestelle aus und schritten nebeneinander durch den Zierpark links von der Brücke.

„Wollen wir noch eine Zigarette miteinander rauchen?" sagte sie, während sie vor einer Bank stehenblieb.

„Gern!" sagte ich und mußte lachen, weil ich erleichtert war, daß der steife Konversationston endlich in heiter-banale Lässigkeit umzuschlagen begann. „Komisch – ich habe Sie für arrogant gehalten."

„Das tun die meisten", sagte sie knapp. „Wer nichts weiß, der baut sich Vorurteile auf, damit es etwas zu klatschen gibt."

„Leute, die hinter meinem Rücken reden, sind mir gleichgültig", sagte sie. „Früher habe ich mich strikt davor gehütet, ihnen Anlaß zu geben. Aber jetzt ... obwohl, man sollte sich nicht so gehenlassen ... das ganze Haus redet sicherlich schon darüber, daß ich ..."

Und dann begann sie zu erzählen:

„Leider habe ich tatsächlich Anlaß gegeben, über mich zu klatschen, ich war unbedacht. Ich habe das Gesicht verloren. Immer das Gesicht wahren! sagte Mama oder: Haltung! Immer Haltung! Ja, schon richtig, meinte ich, aber – aus Menschlichkeit ...? Dann allerdings ... Menschlichkeit stand bei Mama hoch im Kurs, dabei durfte man wohl einmal das Gesicht verlieren – nur das Gesicht, das man sich selber zuwandte, und das die anderen nicht kannten, die innere Haltung sozusagen, die durfte man nie verlieren, auch nicht aus Menschlichkeit.

Aber einmal habe ich einem fremden Mann vom Fenster aus gewunken und ihn heimlich bei mir eingelassen! Ich habe das Gesicht verloren. Es fing damit an, daß ich ihn – ich ihn! – hier im Park ansprach. Ich kam eben vom Arbeitsamt, wo meine Arbeitslosenkarte gestempelt wurde. Es regnete schon seit einer Weile, und nun fiel auch noch wäßriger Schnee auf die letzten Strauchrosen. Die Blüten waren schon schwarzgebrannt vom Frost. Und da saß ein Mann im Schneegestöber auf einer Bank, die Schultern hochgezogen.

Wenn einer bei solchem Wetter im Park sitzenbleibt, dachte ich, dann hat er nirgends einen wärmeren Platz und auch nicht das Geld für eine Schale Kaffee in einem der billigen Kaffeehäuser oder für ein Viertel Wein.

Immer, wenn ich vom Stempeln komme, neige ich dazu, mich selbst zu bemitleiden, nicht wegen des geringen Betrags der Unterstützung, sondern wegen dieses erbärmlichen Gefühls, dieses Geld unverdient zu bekommen ..."

Ich unterbrach sie: „Aber – das ist doch eine Versicherung, für die Sie jahrelang Beiträge eingezahlt haben."

„Nein", sagte sie. „Ich habe in dieser Branche auch schon gearbeitet, das ist kein Versicherungssystem, sondern ein Umlagensystem. Also denke ich immerzu: Du lebst von dem Geld eines jeden, der nicht selbst in der Kette der Arbeitslosen vor dem Schalter steht.

Nicht, daß man es dich allzusehr fühlen ließe – in der Stellenvermittlung sind sie sogar recht freundlich, vielleicht aber nur, weil sie dir dort nichts geben können, denn, was du brauchst, ist Arbeit, und sie haben keine Arbeit für dich. Eine Stellenvermittlung ohne Stellen, das ist ein glatter Leerlauf und eine Sinnlosigkeit. Und in diesen Gedankengang fiel das Bild des Mannes wie eine Erleuchtung. Es erhellte, daß es mir vergleichsweise nicht so schlecht ging ..."

Mir, der Zuhörerin dieser überraschenden Beichte, erhellten diese Worte ebenfalls meine Situation: Ich hoffte jedesmal insgeheim, daß man mir noch keine Arbeit würde anbieten können, denn ich benütze die Zeit der Arbeitslosigkeit dazu, endlich mit aller verfügbaren Kraft und Konzentration an einem Roman zu arbeiten. Beschämt holte ich meine halbleere Schachtel Austria-Drei hervor und bot auch ihr eine Zigarette an.

„Danke", sagte sie, sog hastig den ersten Rauch ein und fuhr fort zu sprechen:

„Ich hatte noch etwas Geld in der Tasche, mehr als nötig war, um in einem billigen, aber warmen Café als geschätzter Gast aufzutreten, und ich hatte das nicht einmal nötig, denn ich besaß noch ein Zuhause, ein Kabinett, in Untermiete zwar, aber doch vier Wände, einen Ofen und alles, was unbedingt nötig ist zum Leben. Mein Reichtum kam mir beim Anblick des Mannes zu Bewußtsein, und so ging ich auf ihn zu, um ihm die drei Schillinge für einen Kaffee in die Hand zu drücken.

Obdachlos? fragte ich.

Das Asyl ist erst um sechs Uhr abends offen.

Da der Mann mir das Glück meines geringen Besitzes deutlich gemacht hatte, schämte ich mich plötzlich, ihn für ein solches Erlebnis mit drei Schillingen zu entlohnen. Ihn einfach so abzuspeisen. Er bot mir ja außerdem noch weitere Glücksmöglichkeiten ... nicht das, was die Leute tratschen und auch Sie vielleicht denken, nein, nein, winken Sie nicht ab, Sie kennen mich so wenig wie ich Sie, und man sieht nicht so schnell hinein in einen anderen ... ich wollte sagen: Das Gefühl, nicht gebraucht zu werden, konnte ich an dem Mann loswerden. Er war offensichtlich so arm, daß er sogar von mir in meinem derzeitigen Zustand noch etwas brauchen konnte ..."

Wieder ließ sie den rechten Mundwinkel ein wenig sinken, aber diesmal sah ich schon, daß das nicht Weinerlichkeit ausdrückte, sondern eine innere Souveränität, die es ihr ermöglichte, sich unter allen möglichen Umständen über sich selbst lustig zu machen.

„Ich habe den Mann zum Essen eingeladen. Wollen Sie mit mir etwas essen? Und das sagte ich nonchalant wie eine Großfürstin und ärgerte mich entsetzlich darüber und konnte doch diese formale Vornehmtuerei nicht ablegen. Darum fuhr ich rasch fort: Das heißt – Schmalzbrot und Tee, mehr habe ich nicht zu Hause ...

Er murmelte etwas Zustimmendes, und ich bat ihn, im Hof des Mietshauses, wo ich wohne, zu warten. Wenn meine Vermieterin nicht daheim sei, wolle ich ihm aus dem Fenster winken. Merken Sie, in was für eine schiefe Situation ich mich da schon hineinmanövriert habe? Ich habe es auch sofort gemerkt, nur da war es zu spät ... Ja, und so ist es gekommen, daß ich vor den Leuten im Haus das Gesicht verloren habe ..."

Sie warf den Rest ihrer Zigarette fort und klappte die schäbige Handtasche zu. „Muß ich Ihnen noch mehr erzählen?"

„Nein", sagte ich betreten.

„So?!" sagte sie und zog mit gespitzten Lippen kurz etwas Luft ein, dann zog sie wieder auf diese besondere Weise den Mund schief. „Ich glaube doch. Sie wissen jetzt gerade nur genug, um ein Vorurteil aufzubauen. Es kann mir zwar egal sein. Sie kennen mich ja kaum ..."

Diesmal begriff ich rechtzeitig, was ich sagen mußte. „Aber ich freue mich, Sie kennengelernt zu haben, und wäre wirklich sehr froh, wenn Sie weitererzählen würden, was dann geschah."

Jetzt lächelte sie sogar, aber das Lächeln verlieh ihrem Gesicht merkwürdigerweise einen Ausdruck von Traurigkeit.

„Ja", sagte sie. „Danke. Es ist die Gelegenheit, daß wenigstens ein Mensch wirklich etwas von mir weiß. Ich bin nämlich selber noch immer erstaunt, was ich durch diese Episode in meinem Leben alles über mich erfahren habe ... Also: Ich erwartete ihn an der Tür, und er ging schüchtern hinter mir her und verschmutzte das Linoleum, denn zwischen Schuhsohle und Fuß quoll bei jedem Schritt Schneewasser heraus, und ich mußte die verräterische Spur sofort wegwischen. Verlegen stand er in meinem Kabinett und hielt die Hände an den Ofen. Ein geheizter Ofen ist ein Grund, das Leben schön zu finden, auch wenn man keinen Mann und kein Kind hat, an dem man sich wärmen und freuen könnte.

Ich ließ den Mann sich aufs Bett setzen und hängte seinen Mantel zum Trocknen über den Stuhl neben dem Ofen. Er hatte wirklich kein Hemd an unter dem schleißigen Rock, deshalb wollte er den schmierigen Schal nicht abnehmen.

Ich kochte Tee und schnitt Brote ab, dann holte ich den Schmalztopf aus dem Fenster. Mir ist das Essen nie besonders wichtig gewesen, und seit ich allein bin, ist es mir noch gleichgültiger geworden. Richtig gehungert habe ich nur in den ersten Jahren nach dem Krieg, aber damals lag keine Zurücksetzung darin, damals haben alle gehungert. Meine Moral wurde davon nicht untergraben.

Nachdem wir gegessen hatten, sah ich, daß der Mann immer noch fror und die Zehen in den nassen Schuhen unbehaglich bewegte.

Also sagte ich: Wollen Sie nicht ein warmes Fußbad nehmen?

Er nickte und lächelte, dann lachte er sogar zutraulich. Er hatte schöne weiße Zähne und sah jung aus, vielleicht dreißig. Ich bin neununddreißig. Zwar, meine Haare – noch gar kein Grau. Und auch die Figur – zumindest angezogen – mehr hat ohnedies noch keiner von mir zu sehen bekommen, außer im Schwimmbad."

„Erzählen Sie weiter", sagte ich.

„Ja ... das Waschwasser auf dem Ofen war warm geworden. Der Mann zog die Schuhe aus und stellte sie zum Trocknen dicht an den Ofen. Ich legte eine Zeitung auf den Boden und stellte das Lavoir darauf.

Während ich aus dem Kasten ein paar Zigaretten holte, hatte mein Gast die Füße ins Wasser gestellt und der Schmutz hatte sich rasch gelöst, es war ja nur Erde und Schneewasser gewesen. Als ich mich aber wieder umdrehte und seine Füße sah, erschrak ich: So schön waren sie! Schmal und weiß wie Porzellan, mit gewölbtem Rist und langen, gegliederten Zehen, ideale

Modelle für einen mittelalterlichen Meister, der einen Gekreuzigten malen will. Und bei diesem Gedanken erschrak ich nochmals, denn beide Füße trugen auf dem Rist schon die Nägelmale, zwei rote Stellen! Natürlich wurde mir sofort bewußt, daß es nur zwei Druckstellen von den vielmals gerissenen und zusammengeknoteten Schuhbändern waren. Das brachte mich auf eine neue Idee: Ich kramte zwei Bänder aus meinem Nähkorb, richtige Schuhbänder waren es zwar nicht, aber feste, graue Zwirnbänder, wie man sie zum Einfassen von Mantelsäumen verwendet. Die zog ich durch die Ösen seiner Schuhe, und da ich nun einmal dabei war, sein Schuhwerk zu verbessern, nähte ich auch die wegklaffenden Sohlen mit einer dünnen Hanfschnur am Oberleder fest. Es ging ganz leicht, die vorgebohrten Löcher waren am Oberleder noch deutlich sichtbar, nur von Schmutz verstopft. Er sah mir bewundernd zu, und ich spürte, daß mein Gesicht ganz heiß war vor lauter Eifer und Wichtigmacherei, weil ich endlich, endlich wieder einmal etwas tun durfte, das von jemandem gebraucht wurde. Ich kann mir vorstellen, daß ich da einen jener guten Augenblicke hatte, in denen man mir kaum mehr als dreißig Jahre gibt, wie immer, wenn ich glücklich und zufrieden bin.

Ich lebte mich immer besser in meine Hilfsaktion ein und kam auf den Einfall, ihm, da er ja kein Hemd hatte, ein weißes Sportleibchen anzubieten, wie es sowohl Männer als auch Frauen tragen."

„Und was hat der Mann gesagt, als Sie ihm Damenwäsche angeboten haben?"

„Gar nichts", sagte sie, „aber eins wurde ihm und mir angesichts der weißen Reinheit meiner Wäsche klar: daß er sich vorher den Oberkörper waschen mußte, um das Leibchen nicht gleich wieder einzuschmutzen. Ich stellte nochmals Wasser auf und entschied, daß ich ihm inzwischen den Rücken zuwenden und seinen Rock etwas flicken und ausbürsten würde. Ich arbeitete ganz versunken daran und hörte ihn ab und zu wohlig hinter mir schnauben und plätschern. Er kam mir jetzt vor wie ein zugelaufener junger Hund oder ein Kind.

Mhm! sagte er. Gute Seife – wie die riecht!

Davon hab' ich einen kleinen Vorrat, sagte ich. Sie bekommen ein Stück davon zum Mitnehmen.

Und dann mußte ich an meinen Vater denken, der ist Offizier gewesen und ein typischer Österreicher, das heißt, mindestens einer seiner Großeltern war ungarischer oder polnischer oder sonstwie slawischer Abkunft, und als Offizier ist er viel in den Kronländern herum in Garnison gewesen. Der eine Großvater war Serbe, und mein Vater hat eine Geschichte über ihn erzählt: Der Großvater hatte einst in Serbien einen ausländischen Gast, den ein geringfügiger Unfall in der Gegend in sein Haus geführt hatte. Diesem Gast hat er seinen kostbarsten oder einzigen wirklich kostbaren Besitz, einen echten türkischen Wandteppich, zum Geschenk gemacht, weil der Gast den Teppich so sehr bewundert und den Vorschlag gemacht hatte, den Teppich von ihm zu kaufen. Was immer dem Gast im Hause gefällt, soll man ihm schenken, hatte der Großvater gesagt. Und als mein Vater uns die Geschichte erzählte, da fügte er hinzu: Es ist zugleich ein Glück für den Geber, zu erfahren, daß Besitz nur zweimal wirklichen Wert hat, das erste Mal, wenn man ihn erwirbt oder bekommt, das zweite Mal, wenn man ihn weiterschenkt. In der Zwischenzeit gleicht irdischer Besitz nur einem ungehobenen Schatz, den man unter der Schwelle hat und nur findet und heben kann, indem man ihm durch das Geben seinen ursprünglichen Sinn und Wert wiedergibt."

„Das ist eine wunderschöne Geschichte", sagte ich, „darf ich sie aufschreiben? Ich bin nämlich Schriftstellerin."

„Schreiben Sie sie nur auf, ja, und ich könnte Ihnen Dutzende Geschichten erzählen, eine zum Beispiel, die mir einmal der Sohn eines türkischen Generals erzählt hat: daß bei den türkischen Bauern die Gastfreundschaft noch weiter ging, und obwohl es mir und sicher auch Ihnen fast unanständig erscheint, handelt sich's doch auch um Gastfreundschaft. Man habe, in barbarischeren oder auch kultivierteren Zeiten dem Gast sogar die Hausfrau oder die Tochter für die Nacht angeboten, damit in jeder Hinsicht für sein Vergnügen und sein körperliches Wohlbefinden gesorgt sei. Die Sitte bestehe noch in manchen Dörfern, aber nur mehr symbolisch, als Floskel, denn der gesittete Gast lehne höflich dankend ab und sage, er wolle sich gern mit der Ziege im Stall begnügen."

Hier mußten wir alle beide plötzlich lachen, und ich freute mich, daß diese fremde Frau, die eigentlich eine Dame war, trotz ihrer Erziehung so ganz ohne Prüderie über dergleichen zu reden imstande war.

„Ja", fuhr sie fort, „als ich eben diesen Gedanken hatte und ihn als eine für meine Denkweise abnorme Auffassung von Gastfreundschaft belächelte, da spürte ich zwei Hände auf meinen Schultern, und als ich den halb geflickten Rock losließ und aufspringen wollte, drückte mein Gast mich auf das Bett zurück und warf sich über mich. Ich wehrte mich energisch, das können

Sie mir glauben, und ich bin kräftig, aber ich wehrte mich, ohne wirklich Angst zu haben. Ich meinte, in seinem Überfall weniger die Lust am Gewaltsamen zu spüren als die Verpflichtung zu einer Tat, die er mir nach allem schuldig zu sein glaubte. Ich war für ihn vielleicht nichts als eine einsame, alte Jungfer, die sich nach Liebe sehnte. Wozu nimmt sonst eine Frau einen fremden Obdachlosen ins Haus, füttert ihn, reinigt ihn, wenn nicht in der Hoffnung auf einen Mann, nicht fürs Leben zwar, aber doch wenigstens für eine Stunde?

Als Bezahlung für Kost und Quartier, nicht aus Leidenschaft, sondern anstandshalber genommen werden – nein, das konnte und durfte ich nicht dulden. Ach, ich hätte mir gewünscht, daß einer mich wirklich, spontan und heftig begehrte!

Auch er kämpfte, da er nun einmal angefangen hatte, lange und heftig mit mir, als sei es ihm ernst, und vielleicht war es ihm auch ernst – was weiß ich denn? Aber da mußte ich wieder denken: Er läßt nur deshalb nicht ab, weil er spürt, daß dein Widerstand nicht hundertprozentig ernst gemeint ist, er glaubt, daß du dich nur anstandshalber wehrst, weil er dich nur anstandshalber vergewaltigen will ...

Wissen Sie, wie es mir heute erscheint? Kann sein, daß es uns allen beiden um die Haltung ging, indes einer vom anderen glaubte, er wolle doch nur das Gesicht wahren. Alles in der Welt ist voller Mißverständnisse, und wenn man mit jemandem reden will, gibt es nur Sprachverwirrungen, und darum erzähle ich die ganze Sache so wahrheitsgetreu wie möglich einer Fremden: Wir kennen einander ja nicht, Sie müssen mir nicht glauben, ich will Sie von nichts überzeugen, nicht einmal die Wahrheit will ich Ihnen beweisen. Aber mir selber wird das alles erst jetzt, beim Aussprechen so richtig klar, schreiben Sie ruhig alles auf ..."

„Mir wird immer erst beim Schreiben alles klar", sagte ich. „Ich führe Tagebücher über alles mögliche, sogar über meine Träume. Es wird dann vielleicht exemplarischer als die wirkliche Begebenheit werden: es wird eine Geschichte werden."

„Ja", sagte sie, „um durch Mißverständnisse und Verwirrungen durchzukommen, bis irgend einmal endlich alle Überlegungen, Haltungen und gewahrten Gesichter aufgehen in reiner Menschlichkeit. Das, das habe ich schon oft denken müssen, das wäre der Anfang vom Ende der Kriege. Wer aber soll den Anfang machen? Wer wagt es, als erster sein Mißtrauen abzubauen? Wer kann es riskieren, will er nicht in seiner Wehrlosigkeit umso tiefer verwundet oder erniedrigt werden? Er war mir an Muskelkraft voraus, ich ihm an Zähigkeit, er war von Hunger entkräftet, ich war vom Stolz bestärkt. Und so konnte keiner einen entscheidenden Vorteil erzielen, und wir ließen zuletzt erschöpft, zerrauft, verschwitzt voneinander ab. Zwei Besiegte, nicht zwei Sieger.

Gehen Sie! sagte ich keuchend vor Wut und Verachtung.

Er zog den Mantel an, murmelte etwas in fremder Sprache. Ich hörte seine Schritte gehetzt durchs Vorzimmer laufen, dann fiel die Tür ins Schloß.

Ich weinte lange, aber mein Zorn, der ließ sich nicht so lange aufrechterhalten, er schlug in Sentimentalität um, und ich wünschte, ich fände am nächsten Morgen eine der erfrorenen Rosen aus dem Park auf meiner Türschwelle, neben dem Abdruck der vollkommenen Heilandsfüße, die bei mir zu Gast gewesen waren. Nun, auch dieses wehleidige Stadium ging vorüber. Ich begann über die Geschichte nachzudenken, ich denke bis heute darüber nach, weil ich Klarheit gewinnen wollte. Sie müssen wissen, daß ich außer der ewig gleichen Alltagsroutine fast gar nichts erlebe. Ich wollte genau wissen, was ich erlebt hatte. Es war gar nichts Böses. Es war auch nichts Rührendes oder Erhabenes. Alles war durchaus menschlich. Verständlich. Mußte es sein, weil es ja erklärbar war. Er war einfach ein junger Mann, hungrig, auch nach der Wärme einer Frau, vielleicht jetzt auch fassungslos enttäuscht, weil ich ihm zuerst Hoffnung auf alle Wärme, die es geben kann von einer Frau für einen Mann, gemacht hatte – die Wärme von Ofen, Mahlzeit, Heim und Bett –, und weil ich ihm zuletzt doch Steine gegeben hatte anstatt Brot. Und ich – nun, ich war eine gutgewachsene, gesunde Frau, noch nicht alt, und auch ich war enttäuscht, weil der Mann, der mir seine spezifische Wärme hätte geben sollen – die Wärme von Schutz, größerer Kraft und Sicherheit –, sich nicht anders auszudrücken wußte als durch einen gewaltsamen Überfall.

Nun, es wird sich tragen lassen, wie manches vorher, zum Teil viel Schlimmeres!"

Sie stand auf, atmete tief aus, lächelte mit ironisch schiefgezogenem Munde, nickte mehrmals, sagte kurz: „Danke. Ich habe mich gefreut, Sie kennenzulernen. Verzeihen Sie meine Zudringlichkeit." Und ehe ich sie zurückhalten konnte, schritt sie hochaufgerichtet, auf hochmütigen, langen, damenhaften Beinen, davon.

Nun aber hatte sie das Nachdenken über das Erlebnis auf mich abgewälzt. Ich dachte nach, und es schien mir, ohne daß ich genau sagen könnte, wie, darin wirklich etwas Exemplarisches, eine allgemeine Konstellation ausgedrückt: dieses Problem unseres Nicht-zueinander-Könnens. Die Grenze der Sprache und das Verstehen einer fremden Mentalität mit all ihren Vorbedingungen an Erfahrung, Erziehung, heimatlicher Sitte, Zeit ...

Was ich dabei gewonnen hatte, war ein Stück Wissen in der warmkühlen Mitte unseres distanzierten Denkens und unserer von vielen Quellen und Rassen gespeisten österreichischen Eigenart; erzählt, gehört, durchdacht, begriffen.

Daß es denn so furchtbar schwerfällt ... Nun, wir können eben alle noch nicht aus unserer Haut heraus.

Erfrorene Rosen (von der Autorin gekürzt)

Die Schwangere

Wenn ich mir vorstelle, daß ich ein Kind von Tim bekomme, dann werde ich weiß wie ein Leintuch, und mir wird schwindlig vor Angst. Es wird so blond sein wie ich, aber seine Brombeeraugen haben, und nach der Matura wird es anfangen, Soziologie zu studieren und beinahe sein Doktorat sub auspicii praesidente machen. Aber dann wird es, kurz vor dem Doktorat, einen rothaarigen Studenten kennenlernen, und der ist der beste Stabhochspringer bei den Hochschulmeisterschaften geworden, und sie werden gemeinsam zu einer Olympiade fahren, und sie wird von ihm schwanger werden und ihn heiraten, und damit ist dann meine Tochter, wie Gertrud gesagt hat, „ein für allemal total aufgewacht", und total wach weiß man kaum noch, wovon man geträumt hat, weil man zuerst das Kind stillen muß und dann Frühstück kochen und Schuhe putzen und Staub abwischen, und man hat nicht einmal mehr Zeit, die allerletzten Prüfungen noch sub auspicii zu machen, und jeden Abend ist man müde und hat seine früheren Träume total vergessen.

Im Jahr darauf werde ich wieder schwanger, und diesmal ist es ein Junge mit dicken, schwarzbraunen Locken und einem süßen, roten, runden Kirschenmund. Er sieht Tim sehr ähnlich und studiert Volkswirtschaft, und er ist sehr gern auf der Welt. Später verdient er viel Geld und heiratet eine liebe Frau, die ganz anders aussieht als ich, eine mit viel Popo und Busen, und die Ehe ist glücklich, manchmal kochen sie gemeinsam das Frühstück, und sie bekommen fünf gesunde Kinder ...

Wenn es soweit ist, dann ist von mir schon lang nicht mehr die Rede, ich war ja nur eine Durchzugsstation für Leben, mein Bauch war meine Persönlichkeit, und die Kinder meines Tim so stark ähnlich schauenden Sohnes sagen nur noch: Die Großmutter, die haben wir kaum gekannt, sie ist früh gestorben. Aber der Großvater, der war ein Biologe und ein Professor und ein echter Wiener, und er hat soooo lustig sein können! An die Großmutter können wir uns nicht genauer erinnern, wir wissen nur, daß sie sehr mager war, vielleicht ist sie an der Auszehrung gestorben ...

Ja, sicher würde ich an der Auszehrung sterben, wenn ich jedes Jahr eins der fröhlichen, gesunden Kinder von Tim zur Welt bringen müßte. Und immerfort stillen – wie eine Kuh! Diese Kinder, mit ihren runden, roten Mündern wie Saugnäpfe würden mir alle Kraft und Vitalität aussaugen, diese ahnungslosen, unschuldigen kleinen Blutegel, die mich überhaupt nicht verstehen könnten, für die ich nichts wäre als ein Bauch, eine warme Höhle, und danach ein Euter, eine Quelle der Nahrung, aber ganz und gar keine Person. Und nachdem sie zur Welt gebracht sind, werden sie sehr rasch immer noch fremder. Eines macht sie zu Fremdkörpern in meinem Körper: daß keines davon es je verstehen wird, manchmal traurig zu sein, wie ich traurig bin; nicht wegen der vielen kleinen Anlässe zum Traurigsein, die es in jedem Leben so oft gibt, die aber nicht viel zu bedeuten haben und rasch wieder vorübergehen, die übergehen in Zufriedenheit oder Behaglichkeit oder Fröhlichkeit und später in eine kuhwarme Gleichgültigkeit.

Ich meine, so traurig sein, daß man ein schweres Joch auf den Schultern trägt, daran hängen zwei volle

Schöpfeimer, die wären jeder einzeln schon viel zu schwer für mich, aber sie sind mir angeboren, sind wie angewachsen. Sie halten einander im Gleichgewicht, darum kann ihr Gewicht mich nicht umreißen. Der ganze Druck der beiden Eimer liegt fest auf meinem Nacken, so kann ich sie gerade noch tragen, ohne in die Knie zu gehen.

In dem einen sind alle Tränen, die jemals *von jemandem* über sich selber geweint wurden, in dem anderen sind alle Tränen, die jemals *um jemanden* geweint wurden. Und ich trage die Traurigkeiten der Welt von Anfang bis Ende. Nichts kann mich trösten. …

Es kann mich auch nicht trösten, daß mir der Großvater aus der Bibel vorgelesen hat, was Jesus gesagt haben soll: „Wer mir nachfolgen will, der nehme sein Kreuz auf sich und folge mir nach." Denn ich kann niemandem nachfolgen, den ich gar nicht kenne.

Es kann mich auch nicht trösten, daß Tim seine Kinder liebt, und daß seine Kinder wieder Kinder haben werden, die sie lieben, und deren Kinder wieder, und so weiter bis in alle Ewigkeit.

Es gibt aber mehr traurige Kinder in der Welt als fröhliche.

Die Kinder des Negers in Paris, der aschgrau ist statt schwarz vor Kälte und Hunger, diese Kinder, geboren von einer kleinen, dürren Französin, die nachts in einem Vorstadtcafé die Fußböden reinigt und die Tische abwäscht und nie vor acht Uhr früh heimkommt, und ihre aschgrauen Kinder haben dann vor Hunger schon ganz riesenhafte schwarze Augen in den kleinen Gesichtern; und da kommt sie heim und holt aus ihrer Schürze und aus ihrer schäbigen alten Tasche alles, was an Speiseresten übriggeblieben ist, zumindest aber alle Reste von den langen Weißbrotstangen im Café, und auch der graue Vater der grauen Kinder mampft altgewordenes Weißbrot, während er mit seiner Decke und dem Nylonsack voll afrikanischem Folklorekitsch (made in Germany) aus dem Haus geht, um etwas davon an die Touristen aus Germany zu verkaufen, die Paris für eine Wunderstadt halten und nicht wissen, wie viele Leute dort hungern und frieren und sich zuletzt irgendwo zum Sterben verkriechen.

Diese Grauen, weißt du, mein lieber, mein lachender Tim, die sind *meine* Kinder.

Und dann noch diese braunen Kinder, deren vor Hunger faltig geschrumpfte Gesichter fast blau sind statt braun, und an ihren Zahnstocherbeinchen stehen die Knie heraus wie Knoten oder wie geballte Fäuste, aber wo soviel Elend ist, da ballt niemand mehr die Fäuste, dazu haben sie keine Kraft mehr.

Oder zum Beispiel die Kinder, die soeben in der Sahelzone verhungert sind, die hatten sicher nicht einmal mehr genug Flüssigkeit im Leib zum Weinen. Ganz trockene Augen. Alle Tränen um sie habe ich selber in den einen meiner Eimer weinen müssen, damit die zwei Lasten aus eigenem Leid und fremdem Leid immer gleich voll sind und im Gleichgewicht bleiben.

Und dann alle die kleinen Buben, die von einem irren Despoten eigenhändig erschlagen wurden, ehe er mit vielen Orden behängt zu einem Galadiner fuhr, um sich von allen europäischen Diplomaten die Hand schütteln zu lassen, die eben noch den Knüppel geschwungen hatte, um Kinder zu erschlagen ... keiner von diesen kleinen Buben war ein fröhliches Kind, und Tims Kinder werden nie erfahren, daß es solche Kinder gibt, so wie wir es immer nur ungefähr und mit einem halben Satz erfahren, wie es den Kindern ergangen ist, die in den KZ-Lagern geweint haben.

Und dann diese mit acht oder zehn Jahren schon uralten Kinder, die ihre noch kleineren Geschwister auf dem Rücken aus den schlimmsten Massakern herausschleppen, und die Kinder, die auf nicht mehr seetüchtigen Schiffen durch die Wüste des Meeres treiben und nirgends Landeerlaubnis bekommen, und wenn sie nicht vorher verhungert sind oder an Seuchen gestorben, dann gehen sie unbeweint irgendwo unter mit Mann und Maus oder sie werden von Haifischen gefressen, und keiner weint ihnen eine Träne nach. Darum muß ich um sie weinen, damit alles Leid der Welt auf meinem viel zu schwachen Nacken im Gleichgewicht bleibt zu den Tränen, die nicht um diese Kinder, sondern von irgendwem um sich selber geweint werden.

Und dieses Kind von Tim in meinem Bauch, dieser jetzt noch blinde kleine Molch, aus dem bald ein rücksichtslos seinen Saugnapf an meine Brust pressender, unschuldiger kleiner Blutegel geworden sein wird – er ist prall vor Entschlossenheit zu fressen, was ihn nicht frißt, zu leben, indes die anderen sterben, sich mit gesunden Fäusten anzuklammern an seinem Recht auf das Leben, sein Stück vom Kuchen mit Nägeln und Zähnen zu verteidigen gegen mich, gegen Tim, gegen alle ...

Und während Tim, muskulös und braungebrannt und fast platzend vor Lebensfreude, an unserem einsamen Fjord einen langen Strandlauf unternimmt, liege ich da und horche in mich hinein, in dieses beklemmende, pochende Besitzergreifen in meinem Bauch, das ich nicht gewollt habe, dem ich ausgeliefert bin, das an mir zehrt.

Ich fange an, weitsichtig zu werden, und sehe jede der kleinen Muscheln und jedes Steinchen und jedes Sandkorn stark vergrößert, und jedes ist ein kleines, rundes Köpfchen und sieht mich bleich und traurig an, aber es sieht mich nur mit seinem kleinen Gesicht an, denn das sind lauter Köpfchen mit geschlossenen Augen und mit lauter geschlossenen, für ewig verstummten Mündern, die nicht mehr saugen können, sondern eingesogen werden, umgeschichtet, beleckt vom Meer, das in immer neuen Anläufen aus der Weite und Tiefe der See hereingreift und sie überlagert und um und um dreht und wieder mit der Ebbe hinaussaugt in diese erbarmungslose See der ewigen Wiederkehr der ewigen Sinnlosigkeit.

Die See hat keine Seele. Und all die ertrunkenen Kinder sind ihr nichts als Steinchen und Sandkörnchen, eins wie das andere, gleich und gleichgültig, lauter Nichts, Myriaden von Nichts ...

Und wenn Tims Kind zur Welt käme, so fröhlich und unbedenklich wie er, so ohne irgendeine Beziehung zu den Aschenfarbenen, den Hungeräugigen, den Leidverstummten irgendwo anders auf der Welt – wenn Tims Kind in dieser Welt glücklich sein könnte, dann *müßte ich es hassen!*

Aber wenn es, wie sich die Welt so schnell und achtlos dreht, hinabgespült würde auf jene anderen, finsteren Orte der Erde, wo nur Schatten hinfallen und wo nur gelitten wird, auf eine Weise gelitten, die einen dazubringen könnte, sich zu schämen, weil man ein Mensch ist, und Gott ins Gesicht zu schlagen vor Empörung und Haß – wenn er nur ein Gesicht hätte! –, weil die menschliche Grausamkeit in seiner Schöpfung zugelassen wird ... Wenn mein Kind so unglücklich würde wie die Grauen der Erde, dann würde die Qual meines Kindes entsetzlich an meinem Herzen zerren, und der Eimer voll der Tränen um meines Kindes willen würde das Übergewicht bekommen, und unter heftigen Schwankungen zwischen dem Gewicht der Tränen um meinetwillen und der Tränen um meines Kindes willen würde das Joch mir den Nacken zerbrechen.

Und so bleibt mir nichts übrig, als dieses Joch abzuwerfen.

Und wenn die gefährliche Ebbe beginnt und Tim ein paar hundert Meter weiter oben am Strand, vernünftig und auf seine maskuline Weise überlegt handelnd, aus dem Wasser steigen wird und sich langsam in Trab setzen wird und dann rascher und zuletzt laute Schreie ausstoßend und wie ein Irrer mit den Händen in die Luft schlagend in rasendem Lauf auf die Stelle zustürzen wird, wo ich jetzt allein liege und schreibe, aber dann nicht mehr liegen werde, weil ich ganz langsam der Ebbe nachgegangen sein werde und sie überholt haben werde, bis sie mir die Füße weggerissen und mich unwiderstehlich mit hinausgerissen haben wird in die mitleidlose, seelenlose See ...

Drei Flötentöne

V.
Eine absurde Sache

Ich bin die Maus in der Falle. Den Speck in der Falle will ich nicht fressen, er ist mir vergiftet, wenn ich ihn fresse, werde ich sterben am Gift. Wenn ich ihn nicht fresse, werde ich sterben am Hunger. ... Da es einem denkenden Lebewesen unmöglich ist, das eigene Nichtsein total zu apperzipieren, auch wenn Vernunft und das Wissen ihm dies nahelegt, hoffe ich immerzu weiter, wider alle Vernunft.

Unveröffentlichtes Tagebuch

Wenn ich sehr traurig bin, schreibe ich Nonsense-Gedichte oder übersetze Christian Morgenstern ins Englische. Leute, die mich gut kennen, behaupten, daß ich ein fröhlicher Mensch bin.

Magazin

Mehr
gibt's
nicht
als am selben Tisch
mit lieben Menschen gähnen.

Sag ich

Die Welt steht kopf

In Wien hat sich kürzlich eine absurde Sache zugetragen, über die man lachen könnte, wäre ihr nicht einer unserer bedeutendsten Zeitgenossen, mein Jugendfreund Prof. Ottokar Kluge, Privatgelehrter (Anthropologe, Biologe und Philosoph) auf grotesk-tragische Weise zum Opfer gefallen. Zum Teil habe ich sie im Verlauf der Ereignisse von ihm selbst brieflich erfahren, zum Teil erst hinterher durch Nachforschungen und aus Gesprächen mit Leuten, die im Lauf seines letzten, schicksalhaften Lebensjahres mit ihm zusammengekommen sind. Manches habe ich auch, unterstützt von seiner Witwe, zu rekonstruieren versucht, weil mir die langjährige und intime Verbindung mit ihm und die genaue Kenntnis seines Charakters noch zu wenig begründete Anhaltspunkte zu bieten schienen. …

Ottokar Kluge öffnete am 7. Mai 1961 das Fenster seiner kleinen Wohnung im vierten Stock eines großen, vierkantig einen Garten umschließenden Gemeindebaus der Stadt Wien und blickte hinaus. Da sah er eine Figur, die sich durch die breite Haupteinfahrt näherte und die er, ihrer Fortbewegungsart wegen, nicht sofort erkannte. Bei genauerem Hinsehen ließ jedoch die dunkelblaue Dienstuniform keinen Zweifel darüber bestehen, daß es sich um Herrn Blank, den ihm wohlbekannten Briefträger handelte, mit dem er stets ein paar freundliche Worte wechselte, während er seine Post in Empfang nahm. Das Ungewöhnliche war, daß Herr Blank heute auf den Händen ging. Ottokar Kluge war es unbegreiflich, wie ein Mann von mehr als fünfzig Jahren diese schwierige sportliche Leistung so lange durchhalten konnte. Er verlor nicht einmal die Brille dabei. Die Posttasche, die er sonst, an einem Schulterriemen quer über Brust und Rücken geschnallt, neben der linken Hüfte baumeln hatte, trug er nun so, daß er den Tragriemen über die Fußsohlen gehängt hatte. Sie baumelte in Kniehöhe und behinderte ihn nicht beim Gehen, weil er auf den Händen ging.

Da Herr Blank ein stiller, korrekter, keineswegs dem Alkohol ergebener und auch nicht zu Dummheiten und Kindereien aufgelegter Mann war, suchte Kluge andere glaubhafte Erklärungen für das Seltsame, das sich da vor seinen Augen abspielte. Er fand dreierlei. Entweder: er, Kluge, träumte – was sich aber durch seinen hellwachen Zustand, kurz nach dem Genuß einer Schale starken schwarzen Kaffees widerlegen ließ; oder: er, Kluge war verrückt – was ihn unwahrscheinlich dünkte, da er es ja, seiner Ansicht nach, selbst hätte merken müssen; oder aber: Herr Blank war verrückt geworden.

Kluge entschloß sich zu der dritten Annahme und wählte sogleich die Telefonnummer des Polizeiinspektors Stumpf, der im selben Haus in dem Wohnblock gegenüber, auf Stiege Nummer 38 wohnte.

„Entschuldigen Sie, daß ich Sie so früh schon störe, Herr Inspektor", sagte er. „Ich fürchte, daß Sie hier eingreifen müssen, ehe ein Unheil geschieht. Der Briefträger Blank ist verrückt geworden. Werfen Sie doch, bitte, einen Blick aus dem Fenster und sehen Sie selbst, was er da unten treibt."

„Bitte sehr", sagte der Polizist erstaunt. „Wenn Sie meinen ...", und hängte ab.

Kluge trat wieder ans Fenster, und gleich darauf erschien drüben auch der Polizist, noch im Schlafrock, quer über dem Gesicht eine altmodische schwarze Schnurrbartbinde, der sein dunkelgefärbter, aufgebogener Schnurrbart die kriegerisch aufgezwirbelte Form verdankte. Kluge hatte bisher keine Ahnung gehabt, auf welche bewußte und künstliche Weise das Aussehen des Polizisten Stumpf nächtlicherweise der Witzblattschablone eines martialischen Büttels aus dem vorigen Jahrhundert angepaßt wurde. Innerlich notierte er, wie sonderbar es doch sei, daß ein Mensch, statt seiner Individualität froh zu sein, sich freiwillig dem alteingebürgerten Klischee anpaßte, obwohl er durch nichts und niemanden dazu gezwungen werden konnte. In keiner Dienstvorschrift stand geschrieben, daß Polizisten Schnurrbärte tragen müßten, in keiner Herrenmodezeitschrift fand man noch den wilhelminischen Es-ist-erreicht-Bart abgebildet.

Stumpf öffnete das Fenster, grüßte zu Kluge herüber, und zwar, indem er stramm salutierte, obwohl er nicht in Uniform war und keine Kappe aufhatte – wiederum ein Zeichen dafür, fand Kluge, daß das Unsinnigste an Reglementierung dem Durchschnittsmenschen vollkommen in Fleisch und Blut übergeht und ihm daher leichter fällt als irgendeine selbständige Geste. Der Inspektor beugte sich weit hinaus, so daß er den Briefträger eben noch sehen konnte, während dieser, vor dem Haustor der Siebzehnerstiege angelangt, einen Fuß vorsichtig aus der Lederschlaufe der Posttasche zog und mit dem abgewinkelten Knie geschickt auf die Türklinke drückte, indes sein anderes, steif in die Höhe ragendes Bein die schwere Tasche mit erstaunlichem Gleichgewichtssinn weiterhin in Balance erhielt und zum Himmel stemmte. Die Tür sprang auf, Herr Blank ging auf den Händen hinein und schloß sie sogar hinter sich auf die gleiche mühselige und unpraktische Weise, mit dem Knie.

„Na?!“ sagte Kluge unwillkürlich laut und gestikulierte zu dem Polizisten Stumpf hinüber, was ausdrücken sollte: Hab ich zuviel gesagt?

Stumpf schüttelte verblüfft den Kopf, tippte sich bezeichnend mit dem Zeigefinger an die Stirn, schloß das Fenster und zog mit einem energischen Ruck den Vorhang vor.

Kluge grübelte noch eine Weile über die Seltsamkeit des so plötzlich bei einem normalen Durchschnittsbürger wie Herrn Blank ausgebrochenen Wahnsinns, der ihn dazu trieb, auf den Händen zu gehen. Dann setzte er sich achselzuckend an seinen Schreibtisch und sichtete die Arbeit, die er sich gestern vor dem Schlafengehen pedantisch für den heutigen Vormittag zurechtgelegt hatte. ...

Er stellte bei sich fest, daß die geistige Störung zwar den Briefträger zu unsinnigen Handlungen drängte, ihn aber zugleich zu unglaublichen Leistungen auf dem Gebiet der körperlichen Artistik befähigte, die zu vollbringen er im Normalzustand gewiß nie und nimmer imstande gewesen wäre. Dieser Gedanke erschien ihm offenbar bedeutsam, denn er hat ihn, unter dem Datum des Tages, in seinem mit peinlicher Gewissenhaftigkeit geführten, „tägliche Stichworte“ betitelten Privattagebuch notiert. Danach erst legte er die Sache innerlich ad acta, zündete sich die Pfeife an und griff zur Morgenzeitung, die ihm der Junge des Trafikanten, ehe er zur Schule radelte, aus Gefälligkeit täglich in den Briefschlitz steckte.

Nach einer Weile läutete es. Kluge öffnete die Tür einen Spalt breit, riß sie aber dann, statt sie zuzuwerfen, ganz weit auf, wie man vor Schreck unwillkürlich Mund oder Augen weit aufreißt. Denn draußen stand der Briefträger Blank, und zwar auf nur einer Hand. Die zweite brauchte er, um die Posttasche, die er neben sich auf den Boden gestellt hatte, zu öffnen und die für Kluge bestimmte Post herauszusuchen. Er hielt die Briefe richtig, das heißt, jetzt für ihn verkehrt vor seine kurzsichtigen, bebrillten Augen.

„Guten Morgen, Herr Professor!" sagte er. „Nicht viel für Sie heute, Herr Professor."

Dabei lächelte er vermutlich freundlich, was aber für Kluge, verkehrt herum gesehen nur eine Grimasse ergab, weil der Lächelnde ja auf dem Kopf stand und sich seine Mundwinkel dementsprechend nicht aufwärts zu jener Mundform bogen, die wir als Lächeln kennen, sondern abwärts. Ottokar Kluge schauderte angesichts dieser makabren Mimik der Freundlichkeit, die er geradezu als Mimikri zu bezeichnen versucht war, weil sie die Freundlichkeit zu einer Fratze verzerrte; und es ist uns ja allen schon oft begegnet, daß sich die Bosheit hinter scheinheiligem Lächeln tarnt. Kluge fürchtete sich nahezu vor dem Wahnsinnigen, nahm sich aber zusammen und sagte, wenn auch mit gepreßter Stimme: „Guten Morgen, Herr Blank, danke sehr", und nahm die Briefe entgegen. „Halt!" fuhr er, sie hastig durchblätternd fort. „Da ist einer dabei, der nicht an mich gerichtet ist."

„Entschuldigen Sie, danke", sagte der Briefträger. „In letzter Zeit fällt es mir schwer, die Adressen zu entziffern."

„Das läßt sich denken!" erwiderte Kluge, der es erstaunlich fand, wie der Mann, dem der Kopf nach unten hing und der den Brief noch dazu normal hielt, überhaupt etwas entziffern konnte.

„Ja", sagte Herr Blank. „Man wird nicht jünger. Die Zeit läßt sich eben nicht zurückdrehen. Ich brauche eine stärkere Brille."

Er verstaute den irrtümlich an Kluge ausgefolgten Brief in der Tasche, schob eine Fußspitze durch die Lederschlaufe, schwang die Tasche elegant in die Höhe, grüßte und ging auf beiden Händen die Treppe hinunter.

Kluge eilte ans Telefon und wählte nochmals die Nummer des Polizisten Stumpf.

„Er war soeben bei mir", sagte er. „Hätte ich ihn nicht lieber zurückhalten sollen, bis die Polizei kommt, oder soll ich ihn von der Irrenanstalt abholen lassen?"

„Wer war bei Ihnen?!" fragte Stumpf amtlich-streng.

„Der Briefträger", sagte Kluge, erstaunt über die Begriffstützigkeit oder Vergeßlichkeit des Polizeibeamten, dem er den Vorfall ja erst vor einer halben Stunde zur Kenntnis gebracht hatte.

„Und warum, mit welchem Recht wollen Sie diesen ehrenwerten Mann zurückhalten und seiner gesetzlich geschützten Freiheit berauben?!" fragte der Polizist scharf.

„Aber, ich bitte, Sie! Er geht auf den Händen!" sagte Kluge.

„Na – und? Ist das etwa nicht erlaubt? Gibt es einen Paragraphen dagegen? Steht etwas darüber in meiner Dienstvorschrift? Schädigt er damit den Staat? Gefährdet er seine Mitbürger oder das öffentliche Wohl?"

„Das wohl nicht. Aber er ist doch nicht normal."

„Herr!!!" sagte der Polizist, der sonst immer respektvoll Herr Professor zu Ottokar sagte, und allein dieses an sich nichts Übles ausdrückende Wort sowie die Betonung, mit der es ausgesprochen wurde, machten aus dem geschätzten Mitbürger sogleich einen verdächtigen Delinquenten. „Herr!!! Nicht genug, daß Sie einen Mann, noch dazu einen beamteten Hüter des Gesetzes in Uniform, telefonisch zum Narren halten ..."

„Entschuldigen Sie schon!" warf Kluge ein. „Ob Sie soeben in Uniform sind oder nicht, kann ich ja durch die Telefonleitung nicht sehen, und vorhin waren Sie jedenfalls im Schlafrock mit Schnurrbartbinde."

„Herr!!!" brüllte Stumpf nun geradezu. „Noch dazu verleumden Sie einen Mitbürger, indem Sie behaupten, er sei nicht normal. Wissen Sie nicht, daß es gegen ein solches Verhalten sehr wohl einen Paragraphen gibt und Sie sich somit strafbar machen, wenn Sie derartige Sachen über jemanden in rufschädigender Absicht anderen Personen gegenüber behaupten?!"

Ottokar Kluge mußte vor Verblüffung nach Luft ringen und versäumte es dadurch, die kurze Redepause zu einer berichtigenden Antwort auszunützen, und inzwischen fuhr der Polizist schon fort zu sprechen, wenn auch in etwas weniger strengem Ton.

„Ich will annehmen – obwohl, das betone ich, mich niemand dazu verhalten kann, von einem Menschen ohne Beweis das Beste anzunehmen –, ich will also annehmen, daß Sie keine feindseligen Absichten gegen Herrn Blank hegen. Ich weiß ja, daß Sie ein Professor sind, und man verzeiht Angehörigen Ihres Standes manches, wegen ihrer sprichwörtlichen Zerstreutheit, was man anderen übelnehmen würde. Solange absurde Scherze sich in gewissen harmlosen Grenzen halten, amüsiert man sich sogar darüber, und ich als Polizist darf sie, als unschädlich, hingehen lassen. Aber wenn derlei Scherze zur üblen Nachrede ausarten, muß man sie unschädlich machen."

„Wie?" machte Kluge nur noch, dann hängte er einfach den Hörer ein. „Sinnlos, mit einem Analphabeten zu diskutieren", stellte er bei sich fest und versuchte, die Angelegenheit zu vergessen. Seine trainierte Konzentrationsfähigkeit ermöglichte es ihm, den Gedanken daran wegzuschieben und sich in seine Arbeit zu vertiefen. Aber lange währte seine Ruhe nicht. Es läutete, und draußen stand der Polizist Stumpf in Uniform, mit schön geschweiftem, aber nicht aufwärts- sondern abwärtsgeschweiftem Schnurrbart. Denn er stand auf den Händen.

„Sie haben mitten im Gespräch den Hörer aufgehängt, Herr Professor!" sagte er drohend, aber immerhin sagte er bereits wieder Herr Professor statt Herr. „Ich kann das nur als einen Akt der Unfreundlichkeit verstehen. Trotzdem bin ich persönlich herübergekommen, um Sie nochmals im guten aufmerksam zu machen, daß ... aber wie Sie da vor mir stehen, sehe ich, daß Sie nicht in der Verfassung sind, Besuch zu empfangen." Er warf einen zutiefst mißbilligenden Blick auf die Beine des Professors, der in Filzpantoffeln vor ihm stand. „Daher werde ich mich kurz fassen. Nur soviel zur Verwarnung: Wenn Sie mir nicht glauben, daß es sich bei den von Ihnen gegen Herrn Blank getanen Äußerungen um solche handelt, die gesetzlich als strafbare betrachtet und dementsprechend geahndet werden, so halten Sie bei Ihrem Rechtsberater Nachfrage ab. Ich meine es gut mit Ihnen! Adieu!"

Er warf nochmals einen strafenden Blick auf Ottokars Füße, salutierte knapp, machte eine stramme

Kehrtwendung auf den Händen und ging, den Kopf nach unten, die Treppe hinab.

Ottokar Kluge starrte ihm mit nicht sehr geistreichem Gesicht nach, ehe er langsam die Tür zuzog. „Verrückt ...", murmelte er. „Verrückt!" Aber beim zweiten Mal wurde er bereits unsicher. „Merkwürdige Duplizität der Fälle ... Oder nur eine bizarre Weise, mir zu verstehen zu geben, daß ich kein Recht habe, andere Leute zu hindern, wenn sie auf dem Kopf stehen wollen? So lange sie nicht die Welt auf den Kopf stellen, kann man sie ja wirklich nicht als gefährlich oder böswillig bezeichnen. Hm. Hm. Eigentlich nicht ganz witzlos. Das hätte ich dem Stumpf gar nicht zugetraut!" Er lachte, schüttelte den Kopf, lachte nochmals und wandte sich dann wieder seinem Schreibtisch zu. Wieder war es nicht für lange.

Als nächste läutete die Hausmeisterin, die einen Sammelbogen für die Blinden brachte. Auch sie stand auf den Händen, was bei einer so korpulenten Frau geradezu grotesk wirkte. Ihre Schürze hatte sie in der Höhe der Kniekehlen mit einem Gummiband zusammengebunden, sonst wäre sie ihr über das Gesicht heruntergehangen. Schürze, Rock und Unterrock bildeten eine faltige Krause wie die Staubfäden um das Mohnblumenköpfchen. Im Herzen dieser sah man die weißen Spitzen einer Leinenunterhose, wie sie seit den Tagen unserer Großmütter kaum noch ein Mann zu Gesicht bekommen hat, und es hätte auch nie jemand erfahren, daß derlei altfränkische Reizwäsche für Frauen überhaupt noch existierte, wäre die Hausmeisterin nicht auf dem Kopf gestanden. Der Professor konnte die Tatsache dieser Leinenhose nicht übersehen, sie befand sich ungefähr in der Höhe seiner Taille. Es spricht jedenfalls für die solide Qualität der damals gebräuchlichen Wäsche, dachte er unwillkürlich und blickte, halb indigniert, halb gerührt auf die spitzenbesetzten Hosenröhren, die bis an den Ansatz der prallen Waden reichten, auf denen ein paar wulstige Krampfadern unter den Strümpfen vortraten. Auch diese hätte er wohl nie bemerkt, wären sie ihm nicht von der Kopfstehenden dicht vor die Augen gerückt worden.

„Wie anders doch die Welt aussieht, wenn man sie einmal aus einem ganz ungewohnten Blickwinkel betrachtet" – diese Notiz steht in Kluges Privattagebuch gleich unter der ersten Eintragung dieses Tages.

Die Hausmeisterin kicherte verschämt und zierte sich wie ein Backfisch, sie drehte den Kopf seitwärts und schlug die Augen nieder, was natürlich für Kluge ein höchst unorganisches Zuklappen der Lider von unten nach oben war.

„Entschuldigen schon!" sagte sie. „Na – macht nix, Herr Professor, ich hab sowas schon öfter gesehen, ich schau eh nicht hin – ich bin nicht mehr neugierig, Herr Professor. Und da hätt ich die Sammelliste für die Blinden. Bitte um eine Spende und die Unterschrift rechts."

„Ich habe doch erst vorige Woche ...", sagte Ottokar zögernd.

„Ja", sagte sie. „Das war aber für die von Geburt an Blinden, und heute ist es für die später Erblindeten, und das vom vorigen Monat, das war für die Kriegsblinden, aber blind sind sie alle, und man darf niemanden benachteiligen, nicht wahr, Herr Professor?"

„Gewiß", sagte Kluge. „Kommen Sie doch, bitte, einen Moment herein, Frau Faul." Er nahm ihr die Liste aus der Hand und gab die Tür frei.

„Aber Sie sind mir einer!" kicherte sie in verschämter Entrüstung. „Hineinkommen! In der Verfassung! Was Ihnen nicht einfällt!"

Kluge kam gar nicht auf den Gedanken, daß *seine* Verfassung es sein könnte, die ihr Anlaß gab, sich zu genieren, er glaubte, sie wolle nicht gern mit bis an die Knie entblößten Beinen und vorguckender Hosenspitze die Wohnung eines Herrn betreten, der ja übrigens auch noch immer in morgendlich intimer Kleidung vor ihr stand, statt im korrekten Tagesanzug. Er war um diese Zeit sonst immer fertig angezogen, aber heute hatte die Häufung ungewöhnlicher Ereignisse und Störungen seinen meist pedantisch eingehaltenen Zeitplan etwas durcheinandergebracht.

Frau Faul war übrigens bekannt für ihre altväterliche Prüderie. Sie war nur wenige Jahre verheiratet gewesen, und zwar mit einem alten Pensionisten, der zur Zeit der Eheschließung mit ihr schon über siebzig gewesen war und den sie, böser Nachrede zufolge, geheiratet hatte, weil sie nach seinem Ableben in den Genuß seiner Pension und in den Besitz seines Schrebergartens kommen wollte. Gelegentlich ließ sie da und dort vertraulich und nicht ohne verschämten Stolz verlauten, daß sie mit ihrem Mann „selbstverständlich" nur eine Josefsehe geführt habe – wobei sie das merkwürdig angewandte Wort „selbstverständlich" nicht weiter erläuterte – und daß sie mit ihren nun fast fünfzig Jahren „selbstverständlich" noch eine unbescholtene Jungfrau sei. Worin Wert und Verdienst einer von niemandem je in Gefahr gebrachten, längst überalteten Jungfräulichkeit liegen sollten, bleibe dahingestellt, meinte der Professor insgeheim, aber von einer so verschrobenen Weibsperson ist „selbstverständlich" nichts anderes zu erwarten als diese Sorte albernster Prüderie und Ziererei. Auch er wandte dabei das Wort „selbstverständlich" an, woraus man ersieht, daß Selbstverständlichkeit eine relative Sache zu sein scheint.

Er unterschrieb den Sammelbogen rechts und setzte links den Betrag ein, den er spenden wollte, dann reichte er ihr die Liste, den Bleistift und einen Geldschein durch den Türspalt hinaus. Sie dankte und watschelte mit wogendem Fleisch auf den Händen weiter, hinauf in das nächste Stockwerk. Er sah ihr heimlich nach und stellte fest, daß ihr Gang – ein Hüften und Busen schüttelndes Watscheln – sich durch die neue Fortbewegungsweise nicht verändert hatte. Nur ihre krampfigen Waden und verdickten Knöchel, sonst ein des Mitleids würdiger Anblick, wurden einem auf diese Weise geradezu aufdringlich unter die Nase gehalten, und so wirkte ihre Häßlichkeit denn als freche Provokation, ein Ausdruck des fleischgewordenen Ordinärseins. ...

Der Umstand, daß Kluge jede seiner Notizen mit dem Datum des Tages versah, an dem er sie geschrieben hatte, erlaubt uns festzustellen, daß er auch sein letztes, grundlegendes, theoretisches Werk am selben Tag, vermutlich gleich nach dem Auftreten der Hausmeisterin, in Angriff genommen hat. ...

Es ist das inzwischen im Druck erschienene Buch „Gedanken zur Philosophie des Absurden", das damals noch einen zweiten Titel hatte, einen Arbeitstitel: „Die Welt steht kopf".

In der Klinik behandelte man Ottokar Kluge mit Elektroschocks und Insulin, und diese höchst wirksame

Methode machte ihn für die nächsten Monate zu einem ohnmächtig dahinvegetierenden Bündel aus Fleisch und Knochen, ohne Erinnerungsvermögen und Energie. Einige Zeit nach jeder solchen Behandlung kehrte zwar die Bewußtheit seiner selbst und seines augenblicklichen Aufenthaltsorts zurück, wenn auch alles, was vor seiner Einlieferung lag, im Abgrund des Vergessens versunken war, wie nie gewesen. Da empfand er es, nach all den seelischen Belastungen, die er zwar vergessen hatte, unter deren zerrütteten Auswirkungen er jedoch noch litt, fast als Annehmlichkeit, wochenlang im Bett liegen zu dürfen, sich um nichts zu kümmern und einfach alles an sich geschehen zu lassen. Stand er auf, so durfte er hier sogar auf den Füßen herumgehen, ohne daß Schmähungen und Angriffe auf ihn niederprasselten, denn er galt ja als ein Narr, und das ist im Narrenhaus natürlich der Normalfall und regt niemanden auf. Innerlich empfand er sich als durchaus normal, und nur seine Umgebung ängstigte ihn ein wenig durch offensichtlich närrisches Verhalten, wobei er die Ärzte und Pfleger mit größerem Mißtrauen betrachtete als seine echten oder unechten Mitnarren. In langen, eleganten, wie Motorradkombinationsanzüge unter den Knien um die Waden geknüpften weißen Mänteln eilten die Ärzte lautlos und beschwingt auf den Händen von Bett zu Bett, ein stereotypes Lächeln optimistischer Ermutigung auf den Gesichtern festhaltend, das, auf dem Kopf stehend ausgeführt, durchaus den Eindruck von Verstellung und satanischer Hinterhältigkeit machte. Sie traten täglich mehrmals an die Betten und fragten mit milden Stimmen: „Wie geht es? Na prächtig, prächtig, wir sehen es ja. Machen Sie nur so weiter", und diese Worte wiederholten sie ohne Ansehen des Patienten in unparteiischem Wohlwollen an jedem Bett, auch dort, wo der Kranke grimmig Protest gegen seinen Zustand, das Essen oder die Behandlungsweise erhob. Ottokar war klug und normal genug, mitzuspielen, sich nie zur Wehr zu setzen und auf alles ja zu sagen, denn er erinnerte sich in einem von der Behandlung weniger verdunkelten Moment des Sprichwortes: „Zu Narren soll man immer ja sagen."

Natürlich gelang diese geschickte Anpassung nicht von heute auf morgen. Anfangs versuchte er es immer wieder, einem der Ärzte klarzumachen, daß das Ganze ein Mißverständnis sei, doch sie antworteten nur unbeirrbar sonnig: „Natürlich ein Mißverständnis, wir wissen es ja. Regen Sie sich nur ja nicht auf." Behauptete er, er sei gesund und normal und werde hier irrtümlich festgehalten, so antworteten sie: „Wer sollte das besser wissen als wir, die Ärzte?" und brummten ihm noch einige weitere E-Schocks auf. Da erst begriff er, daß er ausgeliefert war und es hier nur eines gab, bedingungslos mitspielen. Benahm er sich zunächst noch ein wenig närrisch, so stärkte dies das Selbstbewußtsein der Ärzteschaft, es bestätigte die Richtigkeit ihrer Diagnose. Später beschloß er, die Narretei planmäßig und Schritt für Schritt abzubauen, so daß sie sahen, wie die Heilung auf Grund ihrer Therapie gute Fortschritte machte, was auch die Richtigkeit dieser Therapie bestätigte.

Bei all dem litt er natürlich unter der tödlichen Isoliertheit eines Menschen, der sich niemandem eröffnen, kein Wort von dem, was er weiß, verlauten lassen, keinen eigenen Gedanken äußern darf; der ununterbrochen auf der Hut sein und die dümmsten Sachen sagen mußte, weil alles, was ihm als normal und vernünftig erscheint, hier von allen anderen, Ärzten, Schwestern, Pflegern, höchstens als „Symptom" einer geistigen Erkrankung gedeutet wird.

So hatte etwa einer der Patienten, ein unterernährter junge Maler, die Erlaubnis erwirkt, einen Druck von Paul Klee über seinem Bett aufzuhängen, und seither sagte jeder Arzt, der in das Zimmer kam, nach einem eingehenden Blick auf den Druck, zu der ihn begleitenden Schwester: „Symptomatisch, finden Sie nicht?" Und der junge Maler, sonst ein sehr ruhiger Mensch, ärgerte sich so darüber, daß er dem Anstaltspersonal gelegentlich erregte Vorträge über moderne Kunst zu halten versuchte, weswegen er sehr lange nicht entlassen wurde. Eines Tages begann er ernstlich zu toben, riß den Druck von der Wand und zerfetzte ihn in kleine Stücke, die er eins nach dem anderen gierig aufaß. Als die Schwester hereinkam, erklärte er, er habe es satt. Er verlangte einen anderen Druck als Zimmerschmuck, etwa eine Alpenlandschaft oder einen stillen See bei Sonnenuntergang. Bald darauf wurde er als geheilt entlassen. Aber zwei Tage später war er wieder da: Er hatte einen Einbruch in eine Kunsthandlung verübt, dort alle Landschaftsdrucke und kolorierten Sonnenuntergänge auf einen Haufen gelegt, Benzin drübergegossen und den Haufen angezündet. Das ganze Geschäft war abgebrannt.

Auch bei Ottokar gab es, obwohl er keinerlei Kunstwerke in die Klinik einzuführen versuchte, genug der Symptome, vor allem jenes, daß er sich nicht entschließen wollte, auf dem Kopf zu stehen. Es schien ihm nach einiger Zeit, als bestünde sein seelisches und geistiges Leben, sein Wille, seine Urteilsfähigkeit, kurzum seine gesamte Persönlichkeit einzig und allein aus einem wirren Haufen verschiedenster Symptome, die lose durcheinanderwogten, ohne jenen alles einzelne übergreifenden, ordnenden und zusammenfassenden Zusammenhang, der daraus ein Ganzes höherer Ordnung gemacht hätte, eine individuelle menschliche Person nämlich. Anscheinend gab es für die Fachmedizin nicht das geringste abweichende Merkmal der Seele, worin das Individuum sich von anderen menschlichen Individuen unterscheiden durfte. Und schließlich, dachte Ottokar resigniert, hat die Wissenschaft ja auch für den Körper mit Recht und Richtigkeit etwas Ähnliches erkannt: eine ungeheure Quantität einzelner Atome, in bestimmter Weise zueinander geordnet; das ist der menschliche Körper.

Es gehört wahrhaft Seelenstärke, unerschütterlicher Selbstbehauptungswille und ein unbestechlicher Wirklichkeitssinn dazu, in einer solchen Situation nicht tatsächlich verrückt zu werden und zuletzt ohnmächtig mitansehen zu müssen, wie die Persönlichkeit sich auflöst und in einen Haufen sinnloser Einzelelemente zerfällt.

Ein wenig half ihm anscheinend dabei einer seiner Mitgefangenen, will sagen: einer seiner Mitpatienten, ein schöner, edler junger Mann, der einen weichgewellten Christusbart und ein glattes, weißes Wollgewand trug und für den die Diagnose lautete: Größenwahn. Denn er hielt sich für den wiedergekommenen Christus. Von ihm ging eine Ausstrahlung von Würde, Güte und Reinheit aus, die überzeugte. Nichts brachte ihn je aus der sanftmütigen Ruhe, unter der allerdings eine tiefe, unauflichtbare Traurigkeit zu herrschen schien. Mit ihm führte Ottokar hie und da ehrliche Gespräche, wenn sonst niemand im Zimmer war, denn der junge

Mann ging frei herum, tröstete die anderen Kranken und hatte sogar eine so beruhigende und abklärende Wirkung auf die meisten, daß auch die Ärzte seinem Treiben nichts in den Weg legten. Eines Tages erzählte er Ottokar seine Geschichte. Er sei stets fromm gewesen und habe sich, plötzlich von dem Gefühl bewogen, daß die Lehre des Christentums oft mißdeutet und mißbraucht worden sei, eine Weile ausschließlich mit Bibelforschung beschäftigt. Dabei sei ihm auf einmal die Erleuchtung zuteil geworden, daß er selbst es sei, Christus. Er war wiedergekommen, ehe die Zeit reif war für das Gericht, um den Nachweis zu führen, daß seine Lehre, die ja eine ewige Wahrheit enthalte, auch in diesem Jahrhundert voll und ganz ihre Verwirklichung finden könne, wenn nur genügend Menschen guten Willens lebten. Er habe, ohne sich zu erkennen zu geben, im stillen gewirkt, die Seinen überall aufgesucht, und er müsse sagen, daß genug vom guten Willen und von der ewigen Wahrheit vorhanden sei, allerdings als Stückwerk, da und dort in den Seelen zerstreut, sogar in den atheistischen Seelen, die gar nicht an ihn glaubten. So habe er nun als nächstes versucht, sich den Seinen zu erkennen zu geben, indem er ihnen sagte, wer er war, und daß jedes Körnchen Wahrheitsliebe, Güte, Hoffnung und Opfermut durchaus Er selbst, Er in ihnen, sei. Aber die Seinen erkannten ihn nicht. Nun, so habe er beschlossen, sich seinen Feinden zu erkennen zu geben, vielleicht mochte es die Seinen überzeugen, wenn sie ihn nochmals gekreuzigt sähen.

„Nun, wie Sie sehen", schloß der junge Mann tieftraurig, „man hat mich nicht einmal gekreuzigt, man hat mich einfach ins Irrenhaus gesteckt. Und dabei weiß ich doch, daß auch dieses aufgeklärte Jahrhundert, seine Wissenschaft, seine Technik, seine Erkenntnisse mit den ewigen Wahrheiten keineswegs im Widerspruch stehen, wenn man es nur richtig sehen wollte."

Der Jüngling half Ottokar auch ein wenig darüber hinweg, daß man ihm die höchste Marter der Persönlichkeit angetan hatte, nämlich, daß man sein Erinnerungsvermögen mit chemisch-physikalischen Eingriffen für eine Weile ausgeschaltet hatte. Die ungeheure, abgründige Leere seines Bewußtseins machte, daß er oft in Versuchung geriet, sich mit sich selber nicht mehr identifizieren zu können, daß er nicht mehr sicher war, wer er eigentlich sei. Todesangst umkrallte dann sein Herz mit der unabweislichen und doch unbeweisbaren Ahnung, er wisse fast nichts von sich, er müsse sich um jeden Preis erinnern; diese Leere sei gewiß einst von Milliarden Erlebnissen, Erfahrungen und Erkenntnissen ausgefüllt gewesen. Zugleich erzeugte ihm diese sehr richtige Ahnung ein wahrhaft höllisches Schuldgefühl, als hätte er sich selbst, sein Leben, seine Vergangenheit, alle seine früheren Gedanken, Leistungen und Taten schuldhaft preisgegeben. Er machte Anstrengungen, sich zu erinnern, die ihm den Schweiß aus allen Poren trieben, doch fast ohne Erfolg. Hier konnte der junge Größenwahnsinnige ihn ein wenig trösten. Er war ja schon jahrelang hier und hatte einiges über die derzeitigen Behandlungsmethoden und ihre Folgen aufgeschnappt. Und so nahm er ihm solche Ängste zum Teil, indem er ihm sagte, sein Gehirn sei der Erinnerungen nicht für ewig beraubt, man habe es nur für eine Weile entlastet, damit es zur Ruhe komme. Erfahrungsgemäß stellte sich bei allen so behandelten Patienten die Erinnerung später voll wieder ein.

Ottokar war nur zum Teil beruhigt. Er wandte ein: Es sei unkontrollierbar, wieviel auch dann weiterhin an Erinnerung fehlen werde, weil niemand es wissen könne und der Patient es auch nicht mehr wisse. Vielleicht kehre ihm nur ein willkürlich durcheinandergewürfelter Teil der Vergangenheit ins Bewußtsein zurück. Wer wolle das wissen?

Gottergeben wartete Ottokar, daß er, Ottokar – dieser ihm nur wenig Bekannte, der er gewesen, samt allem Seinigen, nach dieser unerträglichen „Entlastung" des Bewußtseins endlich wieder vom Persönlichkeitstode auferstehen möge. Und der junge Größenwahnsinnige bestärkte ihn lächelnd und meinte, er werde ganz gewiß, geheilt und ganz gemacht, dereinst auferstehen.

Ottokar schenkte ihm halbwegs Glauben; aber nur, soweit es das Wiederkommen des Gedächtnisses betraf. Allerdings war auch diese Hoffnung von vielerlei Ungewißheiten bedrängt und belastet: Wer sagte ihm denn, woran er sich erinnern werde? Am Ende an gräßliche Dinge, die er getan hatte? Wie sollte er wissen, ob er nicht einen Mord oder sonst ein abscheuliches Verbrechen begangen hatte?

Ein Teil seiner Persönlichkeit ist jedoch die ganze Anstaltszeit über vor Anfechtungen bewahrt geblieben, nämlich jener, den man den Sitz seiner „Fixen Idee", nur auf seinen eigenen Beinen stehen zu wollen, nennen könnte. Unverbrüchlich war ihm, im Wachzustand, in halben Betäubungszuständen und sogar bis in seine Träume hinein, mit der zutiefst verankerten, wenn auch logisch nicht begründbaren Überzeugungskraft eines religiösen Glaubens – eines bewußt: Sein Gewissen verlangte kategorisch von ihm, daß er sich seine Vernunft von nichts und niemandem auf den Kopf stellen lasse. Er wäre bereit gewesen, für diese Überzeugung zum Märtyrer zu werden. Mit Freuden wäre er als Blutzeuge für diese seine Wahrheit gestorben, obgleich einer solchen Wahrheit damit nicht im geringsten gedient gewesen wäre. So hielt er diese innere Wahrheit innerlich fest und hielt sich zugleich an ihr fest, wie an einer Stütze, und das erhielt ihn bei allem, was er erleben mußte, dennoch geistig gesund und am Leben. Sein Herz blieb unwandelbar, mochte auch sein Herzfehler sich infolge der E-Schocks verschlimmert haben.

Er machte auch hier Beobachtungen und führte sein privates Tagebuch heimlich weiter, und zwar vertraute er es dem Pseudochristus an, der es bei sich trug, und den niemand verdächtigte oder belästigte, weil sein Wahn zwar als unveränderlich und unheilbar, aber doch als völlig ungefährlich und berechenbar galt.

Ottokar stellte fest, daß einige der Patienten gleich ihm daran festhielten, auf den Füßen zu gehen. Sprach er sie jedoch, in der Hoffnung, gleichgestimmte Geister in ihnen zu finden, daraufhin an, so lächelten sie blöde, reagierten gar nicht oder gaben sinnlose Antworten. Es war ihnen also gar nicht bewußt, daß ein Körnchen höherer Vernunft in ihren Wahnhandlungen nach Ausdruck drängte.

Je weiter, nach Meinung der Ärzte, ihre Heilung fortschritt, desto häufiger stellten sie sich ganz freiwillig auf den Kopf. Zuletzt gingen sie stets auf den Händen, und bald darauf wurden sie als geheilt entlassen.

„Die Anpassung scheint hier als der wichtigste Parameter für die Gesundheit und Normalität des Geistes zu gelten", sagte Ottokar zu dem größenwahnsinnigen

Jüngling. „Wenn ich hier je wieder herauskommen will, bleibt mir nichts übrig, als gegen mein besseres Wissen und Gewissen reibungslose Anpassung zu heucheln."

„Tun Sie es ruhig", sagte der Christus sanft. „Ihre Sünde ist Ihnen im voraus vergeben. Sie sind ja nur ein Mensch. Ich hingegen darf mich nicht anpassen. Kein Jota darf zurückgenommen werden. Darum werde ich wohl bis zum Jüngsten Gericht hierbleiben müssen. Aber es spielt mir keine Rolle, ich habe ja die ganze Ewigkeit."

Ottokar begann danach, zunächst nur ab und zu, um sich nicht durch allzu plötzliche Anpassung verdächtig zu machen, später immer häufiger, zuletzt jedesmal, wenn er Zuschauer hatte, kopfzustehen.

Die Welt steht kopf (unveröffentlicht)

1. 1. 1985
Es erscheint doch zu grotesk, sich vorzustellen, daß derselbe Gott, der die Gestirne, das Meer, die ungeheure Einsamkeit der Wüsten und die tödlich-schöne Pracht der Eisberge, aber auch Grashalme, Blumen und Schmetterlinge erschaffen hat und für sie sorgt, wiewohl sie nicht säen und ernten, nicht nähen und weben; und der überdies durch seinen Sohn sagen ließ: „Gebt Gott, was Gottes ist, und dem Kaiser, was des Kaisers ist", mit diesem Ausspruch auch für unseren Finanzminister gesorgt haben soll! Ebensowenig scheint es glaubwürdig, daß er den Charlie B., unseren Bundeskanzler oder auch den Oppositionsführer als seine „Ebenbilder" im Sinne gehabt habe bzw. daß er auch all diese Herren persönlich erschaffen haben sollte und sie kraft seiner göttlichen Gnade in ihren gut bezahlten Positionen erhält, genau so wie er die Gestirne kreisen läßt und die Blumen und Schmetterlinge erhält.

Nicht glaubhaft will mir auch erscheinen, daß er ihnen den ihrem Amte zukommenden Verstand gegeben habe. Es könnte eher sein, daß ein untergeordneter oder gar ein ungeordneter untergeordneter Geist aus dem Lakaienklüngel seines Compagnons, des Satans, sich, ohne beaufsichtigt zu werden und ohne dazu beauftragt zu sein, unserer niedrigen irdischen Seinsebene bemächtigt hat und sich freut, darin nach Lust und Laune sich ergeht und im Menschenbereich herumfuhrwerkt.

Es mag aber auch denkbar sein, daß jener übergroße Schöpfer Himmels und der Erden Palette und Pinsel längst aus der Hand gelegt hat und es den kleineren Engeln überließ, die unwichtigeren Details und dekorativen Schnörkel des Kolossalgemäldes fertig auszumalen, so wie auch der große Maler Raffael es den Anfängern in seiner Werkstatt anheimstellte, zu Füßen seiner wunderschönen Madonna die beiden übellaunigen, in ihrem eigenen Fett lümmelnden Englein Charlie und Freddy hinzupinseln, die lange Zeit versehentlich als Werk seiner Meisterhand angesehen wurden ...

25. 7. 1986

Ich versuche mir vorzustellen, daß Gott der „geneigte Leser" ist, der sich über das Buch neigen wird, in dem mein Leben aufgezeichnet steht ... So viele leere Seiten! Nicht einmal mit Szenen aus Trivialromanen beschrieben, die man zum Zeitvertreib liest; nur mit der Leere der Langeweile, unter der ich zwar wirklich gelitten habe. Ob unter etwas gelitten zu haben aber auch schon genügt, um sich beim Jüngsten Gericht damit herauszureden?! (Joh. Apokalypse nachlesen!)

Oder ich rede mir ein, daß der „geneigte Leser" die Gelegenheit nützen könnte, die leeren Seiten mit seinen eigenen Textvorstellungen zu füllen wie ein gewissenhafter Lektor, wodurch das mit meinen eigenen Texten vollgekritzelte und teilweise leergebliebene Buch „Mein Leben" natürlich viel schöner würde.

Eine Schriftstellerin denkt sich Gott natürlich als Schreibenden. Dem entspräche ein Justizminister, der sich Gott als Justizminister vorstellt, wie er Gnade vor Recht ergehen läßt, vielleicht wie er Listen anfertigt über Sträflinge, die amnestiert werden sollen, und die er dann dem Präsidenten (wem?! welchem?!) nur zur Unterschrift vorlegt;

demgemäß würde ein Koch sich IHN vorstellen, wie ER die fade Brühe eines durchschnittlichen Menschenlebens vorkostet und eine Prise Salz beifügt;

ein Heizer aber könnte sich vorstellen, daß Gott ein Heizer wäre, der die zerlesenen Broschüren unzähliger Kriminalromane ins Höllenfeuer wirft, auf dem ER sein eigenes Süppchen kocht, womit dem Gesetz, dem guten Geschmack und der Gerechtigkeit Genüge getan würde.

Oder ist ER ein Buchhalter, der das Finanzamt hinters Licht führen will, indem er mit seiner großmütigen Vergebung aller Sünden wie mit einem Fläschchen voll Tintentod alles wegbeizt, was wir unter viel Schweiß und Tränen in unser falsches Kontobuch geschrieben haben?

Unveröffentlichtes Tagebuch

Galgenlieder
Christian Morgenstern

Die Luft

Die Luft war einst dem Sterben nah.
„Hilf mir, mein himmlischer Papa",
so rief sie mit sehr trübem Blick.
„Ich werde dumm, ich werde dick;
du weißt ja sonst für alles Rat –
schick mich auf Reisen, in ein Bad,
auch saure Milch wird gern empfohlen; –
wenn nicht – laß ich den Teufel holen!"

Der Herr, sich scheuend vor Blamage,
erfand für sie die – Tonmassage.

Es gibt seitdem die Welt, die – schreit.
Wobei die Luft famos gedeiht.

Die Schildkröte

Ich bin nun tausend Jahre alt
und werde täglich älter;
der Gotenkönig Theobald
erzog mich im Behälter.

Seitdem ist mancherlei geschehn,
doch weiß ich nichts davon;
zur Zeit, da läßt für Geld mich sehn
ein Kaufmann zu Heilbronn.

Ich kenne nicht des Todes Bild
und nicht des Sterbens Nöte:
Ich bin die Schild – ich bin die Schild –
ich bin die Schild-krö-kröte.

Gallow's Songs

Jeannie Ebner

The air

The air once felt that it would die.
It cried: "Godfather in the sky!"
"Please help!" it cried with tearful eyes,
"you surely always know advice!
I'm growing clumsy, sticky, fat,
Please send me on vacation to a bath
for rehabilitation with a healing cure.
Some say that sour milk would help for sure!
The Devil certainly could help by magic spell!"

God did not want to be disgraced. He found
air-massage useful: kneading air by sound.
Since then our world makes noise like hell,
but our air again feels pretty well.

The turtle

I'm growing older day by day,
I'm thousand years of age.
A Gothic king 't was by the way
who raised me in a cage.

Time 's going on but I don't know
what happened all that time.
A merchant keeps me now on show
to them who pay a dime.

I don't know death and all that sort
that otherwise annoys.
I am the turtle, I'm the tort –
the tort – the tort – tortoise.

Der Seufzer

Ein Seufzer lief Schlittschuh auf nächtlichem Eis
und träumte von Liebe und Freude.
Es war an dem Stadtwall, und schneeweiß
glänzten die Stadtwallgebäude.

Der Seufzer dacht an ein Maidelein
und blieb erglühend stehen.
Da schmolz die Eisbahn unter ihm ein –
und er sank – und ward nimmer gesehen.

Die beiden Esel

Ein finstrer Esel sprach einmal
zu seinem ehlichen Gemahl:

„Ich bin so dumm, du bist so dumm,
wir wollen sterben gehen, kumm!"

Doch wie es kommt so öfter eben:
die beiden blieben fröhlich leben.

Galgenlieder

The sigh

A sigh was skating on ice by night
    and dreamed of joy and love.
It was near the ramparts and very white
    gleamed the houses high above.

The sigh remembered a pretty girl
    it stood still and was glowing within.
So the ice began melting and in a whirl
    it sank and was nevermore seen.

The donkeys

In gloomy mood a donkey said:
"I'm stupid!" talking to his mate.

"I am too stupid and so are you,
let's die, there's nothing else to do."

But as it came, he and his wife
both just lived an. For such is life.

Gallow's Songs

Ich bin der Saurier, der es versäumt hat, rechtzeitig auszusterben. Mein Kopf ist sehr klein, gemessen an den emotionell geladenen Massen meines unförmigen Körpers. Ich habe diesen winzigen Kopf an einem sehr langen Hals, den hänge ich melancholisch über alle eure Zäune und Gartenmauern und strecke ihn durch eure Fenster und staune demütig in eure fremde Welt hinein. Alle eure Häuser und eure Welten sind umzäunt, eingekapselt, beschützt und geeignet, mich auszuschließen. Bitte, habt keine Angst! Ich bin immer noch ein Pflanzenfresser, sehr langsam im Euch-Begreifen, noch langsamer in der Bewegung, und ich brauche so wenig – fast nichts von den unzähligen Gegenständen, mit denen ihr euch jede Aussicht verstellt. Mit euren Apparaten, Wagen, TV-Geräten, Kameras, Waschmaschinen und Stereo-Anlagen weiß ich nichts anzufangen. Mein uralter Radiokasten dient mir nur noch als Blumentischchen und wird versehentlich manchmal begossen, Knospen hat er aber keine getrieben. Habt keine Angst. Ich will euch nichts nehmen.

Ich bin nicht aggressiv, und nichts Lebendiges dient mir als Beute. Ich mache auf keinen Fall eine Revolution. Ich bin sanft. Zwar bin ich ein Ungetüm, aber doch nur ein Relikt der Vergangenheit, und ich kann mich nicht mehr vermehren. Ich bin häßlich, gemessen mit eurem ästhetischen Maßstab, aber so selbstverständlich wie das Gras.

Tötet mich nicht! Ich tu niemandem etwas zuleide. Ich bin nur der vielleicht letzte, verirrte, grüne und glänzende Grashalm, der durch eine schmale Ritze in eurer Betonwelt dringt. Rupft mich nicht aus!

Mein Singen – unterdrücken kann ich es nicht, aber dämpfen, ganz leise, diskret, reduziert zum Geflüster, kaum hörbar im Lärm eurer Zeit – es soll euch nicht stören.

Ja, ich bin – mea culpa, ich weiß! – noch ein Dichter.

Drei Flötentöne

Dilemma

Für Alfred Gesswein

Dichter sind wehrlose Pflanzenfresser
und haben
viele natürliche Feinde.
Wenn es der Zeitgeist befiehlt,
werden sie freigegeben zum wahllosen
Abschuß.

Aber es sind die Dichter
trotz allem nicht auszurotten,
sie brauchen so wenig zum Leben
und nisten ganz hoch
in verfallenden Häusern, hinter dem
Vorhang,
oder in unzugänglichen Felsen,
ausgeliefert der Selbstentfremdung,
verschont von der Zeit, in ihrer Einsamkeit.

Die meisten Menschen sind Jäger,
viele auch fleißige Sammler.
Der Nutzwert von Dichtern
ist ihnen kaum zu beweisen.

Gedichte und Meditationen II

Da der Poet Gedichte schreibt . . .

Poesie und Trivialität

Da der Poet, wie du wohl weißt,
Gedichte schreibt – nicht wie's oft heißt,
sich aus den Fingern zuzelt, wenn er Nägel beißt,
holt Poesie er aus dem heiligen Seelengrunde,
denn in der Welt des Fleisches geht sie vor die Hunde,
doch sie entweicht geweihtem Dichtermunde,
und Stund um Stunde, die ihm zugemessen,
reimt es und keimt es aus ihm weltvergessen,
bis daß die innere Stimme schweigt.
Er atmet auf. Dann geht er aber essen.

Der lachende Dritte

Das Oder und das Entweder
führten mit Tinte und Feder
seit langem erbarmungslos Krieg.

Bist ein Mandl oder ein Weibl,
bist ein Stierl oder bist du ein Kaibl,
eine Sie oder bist du ein Er?
Wer zuletzt lacht, der ... Aber wer?!

Ein Professor der Philosophie,
den sie fragten, sprach: „Ende nie!
Das Problem – ich löste es gerne –
liegt meinem Denken zu ferne.
's ist semantisch, doch auch pädagogisch.
Ihr Zweibeide seid zwei, das ist logisch,

's gibt kein Eder und kein Entwoder,
sondern nur ein Entweder-Oder!
Ihr seid, gleich dem Guten und Bösen,
nur sprachliche Antithesen,
weil ein Drittes nicht denkbar ist."

Er war, wie man sieht, ein Logist,
weshalb er gedankenvoll schwieg.
Das kecke Sowohl-als-Auch
hielt sich vor Lachen den Bauch
und genoß seinen kampflosen Sieg.

Im Sprachlabor

In seinem Sprachlabor bist du zu Gast,
Ernst Jandl beugt sich über die Re-Torte,
sie schön in Portionen aufzuschneiden.
Noch ehe du davon gekostet hast,
da explodiert sie, tausend Worte
zersprengend mit Gewalt.
Ja, sagt Ernst Jandl, das ist halt
beim Experimentieren nicht ganz zu vermeiden!

Die Mähre und die Möhre,
die machten einst Bekanntschaft.
Sie setzten sich zusammen
und forschten nach Verwandtschaft.
Da fanden sie Muränen,
das Moor, die Moritat
und einen Nachtmahr, der nur
die Mär zur Oma hat.

Der Nachtmahr ward Professor
der Universität.
Und weinend schlich die Möhre
zurück ins Rübenbeet.

Die Raben

Die Raben, schwarz und feierlich,
sie plustern das Gefieder
und stelzen biedermeierlich
im Garten auf und nieder.
Sie kommen, sagt man, neuerlich
in jedem Winter wieder.

Krah-krah! Krah-krah!
Jetzt sind wir da.

Kein Vogel singt. Nur Wintergäste,
nur Raben krächzen im Geäste,
sie kennen keine Lieder.

Sie stelzen stumm und feierlich
im Garten auf und nieder.
Und legst du ihnen Nuß und Brot
vor ihre Abendbäume,
so krähn sie ungeheuerlich
noch nachts durch deine Träume.

Roundtable-Gespräch zum Thema: Wir verstehen einander ...

Ich bin ein geradliniger Charakter,
sagte der Stockfisch zur Elster.
Immer diese Schwarzweißmalerei,
sagte die Elster zum Hut.
Moral – Gott behüte! sagte der Hut zur Flunder.
Reden Sie keine Plattheiten,
sagte die Flunder zum Stockfisch.
Ich bewundere ihn glühend,
sagte das Bügeleisen.
Die Elster freute sich diebisch,
die Flunder war einfach platt.

Hans Weigel beschloß, daß unser Kollegenkreis, Maler wie Dichter, zu Heimito Doderers sechzigstem Geburtstag ihn mit einer Festschrift (als Unikat) ehren sollte. Dazu äußerte Doderer bestürzt: „Eine Festschrift!! Nun ja, aber nur eine grobunzüchtigen Inhalts!“

Stoßseufzer

Verlangt wird zwar von dieser Publikation,
dem Inhalt nach von grober Unzucht zu berichten,
doch fällt's mir schwer, die Unmoral
poetisch oder surreal
im Geiste zu verdichten.
Nur in der Wirklichkeit – da könnt man's schon!

Ein Mann als Autor hat es allemal
und so auch hier (wie meistens) leichter.
Er geht auf jeden Fall in medias res
und stößt mit seiner Feder tiefer oder seichter
ins Pornographische oder Transzendentale des Metiers.

Hüllt sich das Laster schamhaft in die Kleider
der wohlgesetzten Worte wie beim Dichten,
verweigert Pegasus die Apperzeption
(im Doderer'schen Sinn) mir leider!
Als femininer Autor schreibt man Lesebuchgeschich-
ten.
Zwar in der Wirklichkeit – da könnt man's schon!

Wer schimpft, der kauft

Wer einen Staatspreis kriegt, der schimpft. Sodann –
zwar mit geballter Faust – nimmt er ihn dennoch an,
bedankt er sich wie meist,
gilt er als subalterner Geist.
Drum sagen alle, die das wissen, nie
ihr Dankeschön. Doch Preise nehmen sie.
Durch Österreichbeschimpfung nur wird man Genie,
dem man in Deutschland fleißig applaudiert,
und dort bedankt man sich auch ungeniert,
denn das gehört in Deutschland ja zum guten Ton.
Allein bei uns hat schimpfen eine lange Tradition.

Zukunftshoffnung

Die Absolute Wahrheit und das Ein-für-Allemal,
das jüngste Liebespaar der freien Universität,
die standen feierlich vor dem Altar,
um ihren ewigen Bund zu sanktionieren.
Der Rektor nahm die Trauung vor und sprach: „Obzwar
bei Moses und bei andren großen Tieren
kein Wort davon geschrieben steht,
kann heutzutage unsre Wissenschaft
die Weisheit Gottes schon auf jeden Fall
analysieren und die Schöpfung imitieren.
Wir sind allmächtig, ewig, im Computer dauerhaft."

Der Teufel lächelte: „Ihr klugen Frommen!
Ihr braucht nicht mehr Gebote und Propheten.
Auch Sir Carl Popper wird gebeten,
samt Moses und Gottvater abzutreten.
Seid unbesorgt, mein Reich wird demnächst kommen!"

The Owl

"I'm flying through the dark, not blind,
not out of mind, because for me
it's light as day at night.
The darkness of the human mind
seems just a twinkling out of sight
compared to wisdoms light.

Not sparrow, goose or fowl – that's me:
Athenas pet as wise as she.
My shriek cuts like a sword
the dumbness of your word.
I am the owl! The owl!" said she.
"The most important bird!"

(To whom it may concern)

Unveröffentlichte Gedichte

VI.
Ihr bunten Dinge der Welt

„Immer hab' ich gelauscht auf das, was nicht spricht."

Unveröffentlichtes Tagebuch

... ich lebe von Worten und mit Worten und möchte Bescheid wissen über die Namen der Gegenstände und das Inventar dieser Welt, wenn ich in dem großen Bilderbuch Gottes blättere, in dem ohnedies schon so viele Seiten fehlen, weil wir alles, ALLES, ALLES zerstören im Tausch gegen Kunststoffe, Blech und Beton, den Tanz der Schmetterlinge gegen die Raserei der Autos, das Singen der Vögel gegen das Knallen der Auspuffe ...

Unveröffentlichtes Tagebuch

Nach ein paar Wochen bekam der verschrumpelte Kaktus oben einen weißen Wattetupfen, daraus entwickelte sich ein langer grüner Knospenansatz, der so rasch wuchs, daß man beinahe zusehen konnte, und der doppelt so lang wurde wie das ganze armselige Gewächs. Oben wölbte sich eine dicht zusammengedrehte Blütenknospe, eingehüllt in grüne Deckblätter. Und dann war es soweit, daß die Knospe anfing aufzublühen.

Er blüht nur eine Nacht, hatte Franziska gesagt. Und so setzten wir beide (die Beiden, die nebeneinander lebend jedes den eigenen Lebensroman lasen und doch immer die Nähe des Partners spüren wollten) uns an das Fenster, um das Aufblühen der Kaktusblüte gemeinsam zu erleben. Wir löschten das Licht im Zimmer. Die Hofbeleuchtung unter uns, der Mond und ein paar Sterne spendeten genügend Licht, um die Blüte weiß aufschimmern zu lassen. Ihr Schatten fiel an die Wand neben dem Fenster, stark vergrößert, so daß man die Bewegungen der sich allmählich aus ihrer zusammengedrehten Spirale lösenden weißen Blütenblättchen mit freiem Auge, ohne Zeitraffer, verfolgen konnte. Sie entfaltete sich zu einem Doppelkranz weißer Blätter und wurde zu einer Doppelblüte am selben Fruchtstiel: eine weibliche und eine männliche, Stempel, Narbe und Blütenstaub goldgelb im Doppelkelch, Zeichen der fast irrealen Hoffnung auf Befruchtung hier oben, wo keine Insekten sich hinauf verirrten, die für eine Befruchtung zwischen unserem Kaktus und anderen irgendwo in der Nähe stehenden anderen Gewächsen derselben Gattung hätten sorgen müssen.

Aber der Wind, der durch das Fenster kam, mochte für die Erfüllung dieser Blumenhoffnung sorgen, da Männchen und Weibchen dicht nebeneinander blühten.

Mein Mann holte die Taschenlampe und leuchtete einmal kurz in den Kelch hinein – es geht nichts über die männliche Neugier und den Forscherdrang! Da zuckte die Blüte leicht zusammen und fing an, die Blütenblätter wieder spiralig zuzuschrauben, so wie sie sich entfaltet hatten. Erschrocken knipste mein Mann die Taschenlampe aus. Da hielt die Blüte eine Weile still, dann fing sie wieder an, sich zu öffnen.

„Komm, feiern wir das Fest der Kaktusblüte", sagte ich, und er holte eine Flasche Wein aus dem Kühlschrank und zwei Gläser.

Wir sind an diesem Abend ein paar Stunden stumm neben dem Fenster gesessen, und der Wein duftete, und wir wurden leicht trunken von der Freude über das Kaktuswunder, das sich da vor unseren Augen begab. Oder waren wir trunken von dem intensiven, geradezu erotisierenden Duft, den die Blüte verströmte?

Wir wissen viel, unsere Mutter, die Erde, hat uns vieles gezeigt und gelehrt. Nie haben wir aufgehört, sie zu beobachten und zu befragen. Wir werden weiterfragen, solange es Menschen gibt. Aber sie sagt uns immer nur: So ist es. Das alles gibt es. Die wichtigste Frage kann sie uns nicht beantworten, weil sie die Antwort nicht kennt: Da muß doch einer sein, der die Antwort weiß, einer, der das alles weiß, weil er alles geschaffen hat, was es gibt? JEMAND. Nicht etwas und nicht nichts. Nur jemand kann wissen, warum.

Ich fragte das Wasser: „Warum fließt du?"

Es antwortete: „Weil ich das Wasser bin."

Ich fragte den Wind: „Warum wehst du?"

Er antwortete: „Weil ich der Wind bin."

Ich fragte die Sonne: „Warum scheinst du?"

Sie lachte mir ins Gesicht: „Warum fragst du?"

„Weil ich der Mensch bin, das Fragewesen."

„Mein Wesen ist es, zu scheinen. Weiter frage ich nicht."

„Mein Wesen ist es, zu fragen warum."

„Nun ja", sagte sie und verzog sich langsam hinter den Horizont. „Aber, sag doch: Warum fragst du?"

Wer hat die Spinne befähigt, ihr listiges Netz zu spinnen, das sie braucht, um die zum Leben nötige Beute zu fangen? Und wozu dient die Schönheit ihres zarten Gespinstes, wenn es, mit tausend winzigen Tauperlchen behängt, in den ersten Strahlen der Morgensonne wie Diamantsplitter blinkt?

Wer gab es der Muschel ein, sich ein Gehäuse zu bauen, um den weichen Leib zu schützen? Ein wenig Gallerte, findig wie ein gefährdeter Bunker-Erbauer im Krieg. Und wozu die Schönheit all dieser Gehäuse, in allen Farben von Weiß und Rosa, leuchtendem Orange, Braun und Perlmutterschillern in den Tiefen der See, wo keiner sie sieht, der über die Möglichkeit verfügte, Schönheit zu erkennen? Was ist das, Schönheit? Wer gab der Schnecke die Spindel ein, schöner als jede von Menschen errichtete Wendeltreppe, um die sich das Gehäuse immer feiner und zarter emporschraubt bis an die Spitze?

Wer lehrte den Borkenkäfer, seine Brut in dem winzigen Loch im Holz so abzulegen, daß das geschlüpfte Insekt mit dem Kopf zur Öffnung liegt, um mühelos herauskriechen zu können, weil die Ablegestelle zu eng wäre, um sich darin umzudrehen. Und diese Enge bedeutet Schutz vor dem Schnabel des Spechts.

Wer bist du, JEMAND, der die Samenkörner alle gleich aussehen läßt, und doch jede Pflanze, jede Blüte ein wenig anders als die anderen?

Und wer war es denn, der in einem winzigsten Teilchen der Materie, dem Gen, nicht nur die Eigenschaften der Gattung vollständig angelegt hat, sondern auch das Individuum? Mich zum Beispiel samt allem, was ich bin und was zu mir gehört, von den Haarspitzen bis zu den allerfeinsten Ausläufern von Empfindung und Erkenntnisfähigkeit, und samt dem Drang, die Welt, wie ich sie sehe und erlebe, in Sprache zu übertragen, und samt der vergeblichen, aber nie erlahmenden Hoffnung, die Herrlichkeit der Schöpfung in Worten nachdichten zu können, sie zu übertragen aus ihrem sprachlosen Vorhandensein in eine Sprache, die wir als Gattung selbst erfunden und in Jahrhunderten immer mehr verfeinert haben, und die doch unzureichend ist. Und die außerdem jeweils nur ein kleiner Teil der Mitmenschen auf diesem Erdball versteht.

Und wie soll ich die ganze Wirklichkeit, die mich überhäuft mit Varianten und Details, überschwemmt mit Eindrücken, Bildern, Geräuschen, aufnehmen und sie zugleich übersetzen in Worte?

War es das, was DU mit mir gemeint hast? War es DEIN Wille, oder ist es nur der meine: Eigenwilligkeit. Widersetzlichkeit?

Ich kann mir noch so oft vornehmen, nicht mehr nachzudenken über solche Dinge und keine Fragen mehr zu stellen, die mir niemand beantworten kann – es denkt weiter in mir. Es will nachdenken. Es? Oder ich?

... und hat sein Geheimnis bewahrt

Vor ein paar Jahren bin ich zum erstenmal krank gewesen. Ich lag zwei oder drei Wochen im Krankenhaus, in einem Einzelzimmer, weil meine private Versicherung für die Kosten aufkommen mußte. Da kam jeden Tag ein junger Arzt, um mir fünf kleine Ampullen Blut abzuzapfen, die zu weiß Gott welchem Zweck ins Labor gesandt wurden. Mir hat es jedenfalls weder genützt noch geschadet, es hat keinen notwendigen Hinweis auf die Ursache meiner Erkrankung gebracht, meine Selbstdiagnose besagte ungefähr: „Nun, ich wollte auch einmal krank sein, mit gutem Gewissen faulenzen, mich von Freunden besuchen und bedauern lassen und ohne Störung durch Telefonanrufe, Post und Haushaltsarbeiten viel Ruhe und Zeit zum Schreiben haben." Rilke hat das einmal viel schöner ausgedrückt: „Einmal nicht selber die Wünsche bewirten mit kärglicher Kost!"

Der junge Arzt war sehr groß und sehr schmal, so ähnlich wie Franz Kafka, der Dichter, bei dem ich auch immer das Gefühl habe, sein elegantes, leichtknochiges Körpergestell sei fast unirdisch oder zumindest unfleischlich, ein feines Gebilde aus Elfenbein gewesen, und es diente nur dazu, den sensiblen kleinen Kopf zu tragen, damit dieser nicht frei und haltlos in der Luft schweben müsse.

In Gedanken habe ich dem jungen Arzt den Namen „Daddy Longleg" gegeben. So heißt bei englischen Kindern der Weberknecht, ein Insekt, das als Glücksbringer gilt. Wenn sich so ein zartbeiniger Geselle bei uns in der Wohnung aufhielt, pflegte meine Mutter ihn zu schonen. „Er ist kein Ungeziefer", sagte sie, „er ist nützlich und vertilgt kleineres Ungeziefer, er bringt Glück. Vor dem brauchst du dich nicht zu ekeln, er ist keine Spinne, und er heißt ‚Daddy Longleg'." Und ich habe all das von meiner Mutter übernommen.

Das Blutabnehmen hat keinen Schrecken für mich, so wenig wie der Anblick eines Weberknechts an der Wand neben meinem Bett mir ein Grausen verursacht, aber der empfindsame junge Arzt meinte wohl, mich durch irgendein Gespräch von dem Einstich der Nadel ablenken zu müssen. Merkwürdig ist nur, daß er sogleich beim erstenmal auf ein durchaus fernliegendes Thema kam, über das wir uns dann ausführlich unterhielten, weil es uns beide interessierte und wir viel darüber wußten: Schmetterlinge. So habe ich dann, ein paar Tropfen Blut für wissenschaftliche Forschungen spendend, sehr viel über diese schönsten und merkwürdigsten Erscheinungsformen der Tierwelt von ihm erfahren, und ihm konnte ich erzählen, daß man sie in China angeblich auch Seelenvögel nennt. Nur eine Frage, die mir beim Anblick eines großen blauen Enziankelchs auf einer aperen Stelle mitten im Schnee der Kitzbühler Alpen in den Sinn kam, als sich ein Zitronenfalter leicht wie ein Hauch auf dem Blütenkelch niederließ, die wagte ich dem Mann der Wissenschaft doch nicht zu stellen, sondern habe sie anderswo als lyrisches Produkt formuliert: „Ich wüßte gern, ob Blumen auch an Engel glauben ..." Aber von dem Arzt habe ich bestätigt gehört, daß Zitronenfalter zu den Schmetterlingen gehören, die überwintern und daher schon früh im Jahr zu sehen sind.

Der junge Mann hat instinktiv das für ein Gespräch mit mir geeignete Thema gefunden, er begann ohne Umschweife mit der bei einem Krankenbesuch nicht gerade alltäglichen Frage: „Haben Sie schon einmal einen Osterluzeifalter gesehen?"

„Nein", sagte ich ergriffen und spürte den Einstich der Nadel tatsächlich nicht. „Ich weiß zwar, daß Falter oft nach der Pflanze benannt werden, auf der sie ihre Eier ablegen, weil ihre Raupen sich von dieser Pflanze ernähren. Aber ich weiß nicht, woher die Falter das wissen, auch nicht, wie eine Osterluzeiblume aussieht, ja nicht einmal, ob es diese Blume überhaupt gibt."

„Von meinen Eltern habe ich ein kleines Bauernhaus und einen Garten in der Steiermark geerbt", sagte er. „Dort gibt es die Osterluzeifalter jedes Jahr in meinem Garten."

Es klang ein wenig nach Heimweh, wie er es sagte. Und nun erzählte ich ihm meine Schmetterlingsgeschichte, die ich in Wien erlebt habe. Damals war freilich noch nicht die Rede davon in Zeitungsberichten, Büchern und Vorträgen, daß wir derzeit dabei sind, die Schöpfung Gottes zu zerstören, weil unsere Dummheit, Habgier und Geltungssucht sie rücksichtslos für unsere Zwecke gebrauchen möchte und wir aus eigener Machtvollkommenheit die Natur ersetzen wollen durch menschliches Machwerk: Roboter, Käfer, Gliederfüßler, Spinnen, Raupen, Schlangen, Elefanten, Schildkröten, Raubvögel, aber alles aus Metall und Plexiglas, in Bewegung zu setzen durch den skrupellosen Mißbrauch natürlicher Energien, der Schwerkraft, der Wasserkraft, der Elektrizität und der Strahlungen.

Damals verstand ich noch nicht, daß das, was mein Mann mir eines Tages heimbrachte, eine Kostbarkeit war, die bereits den Rang einer Rarität zu erreichen begann. Zumindest für Zoologen, und natürlich für Poeten und andere Narren, die die Schönheit an sich für einen Schatz halten. Mein Mann brachte eine flache Schachtel, die er vorsichtig auf dem Fensterbrett abstellte. Er nahm den Deckel ab und sagte: „Schau!"

In der Schachtel lag mit weit ausgebreiteten Flügeln der schönste und größte Schmetterling, den ich in unserem Land je gesehen habe. Mit einer Spannweite von etwa 15 cm fand er gerade noch Platz auf dem einzigen weißen Kuchenteller, den ich besaß. Der Leib war etwas dicker als bei den mir bekannten Tagfaltern, die Flügeldecken ein dunkles Milchkaffeebraun, eingesäumt von weißen Zacken und einer Schnur veilchenblauer Punkte, und auf allen vier Flügeln befanden sich violette, weiß umrandete Augen wie beim Tagpfauenauge. Also war es ein Nachtpfauenauge. Vorne am Kopf hatte es lange, weiß gefiederte Fühler.

Wir schwiegen und staunten andächtig. Dann sagte ich: „Woher ..." – „Gefunden", sagte er. „Schon tot?" fragte ich, denn mich erschreckte der Verdacht, er könnte ihn mir zuliebe getötet haben.

„Er hat sich auf die Türschwelle vom Arbeitslabor zum Innenhof niedergelassen, mit ausgebreiteten Flügeln, aber offenbar nur, um zu sterben. Ich habe etwas aus dem Kellermagazin geholt, wo wir die größeren Ballons mit Chemikalien aufbewahren, und als ich zurückkam, saß er immer noch an der gleichen Stelle. Ich bückte mich und blies leise unter seine Flügeldecken. Er zitterte und bewegte die Fühler, also lebte er noch. Ich stellte meinen Glasballon drinnen ab und ging nach einer Weile wieder an die Tür. Er saß immer noch an derselben Stelle, und auch als ich ihn ganz vorsichtig mit dem Finger am Hinterleib berührte, regte er sich nicht mehr und machte keinen Versuch, wegzufliegen und ein Stückchen weiterzurücken. Nur die weißen Fühler vorne bebten noch leicht."

„Die meisten sterben nach der Eierablage", sagte ich. „Und zuletzt klappen sie die Flügel zusammen und fallen seitlich um."

„Deshalb habe ich ihm ein paar Tropfen Äther vor den Kopf hingegossen, und da hat er sofort aufgehört mit den Fühlern zu zittern und auch die Flügel nicht zusammengefaltet."

Ja, damals wußte ich noch zu wenig, vor allem nicht, daß diese Schönheit vielleicht bald zur Seltenheit werden könnte, weil sie vom Aussterben bedroht sind, die wunderbaren chinesischen Seelenvögel. Sonst hätte ich ihn vermutlich präparieren und unter Glas einsargen lassen, obwohl mir eigentlich konserviertes Leben widerstrebt und den dünnen Trauerschleier der Melancholie über mein Bewußtsein breitet, ganz anders als der helle scharfe Schmerz der Vergänglichkeit allen Lebens, in dem sich ja der Wille und die Hoffnung auf unsterbliches Leben äußern.

Der Schmetterling lag einige Monate lang auf dem weißen Teller, und ich konnte ihn jeden Tag anschauen. Könnte ich malen, ich hätte ihn wenigstens in Aquarellfarben auf Papier festgehalten. So aber verlor er nach einiger Zeit einen seiner feinen Fühler, dann den zweiten. Und allmählich zerfiel er zu Staub. Es gab damals, nach dem Krieg, in meinem Bekanntenkreis auch noch niemanden, der einen Photoapparat besessen hätte, mit dem man Farbaufnahmen hätte machen können. Wir alle hatten ganz andere, lebensnotwendige Dinge im Kopf, und irgendwie schien mir auch, daß ein Erinnerungsbild die sanfteste Weise sei, ein solches Wundergebilde aufzubewahren.

Der junge Arzt hatte meine Schilderung aufmerksam angehört. „Es könnte ein ‚Wiener Nachtpfauenauge‘ gewesen sein“, sagte er. „Ich habe gehört, daß es das gibt, aber ich weiß nicht genau, wie es aussieht. In einem meiner Schmetterlingsbücher steht etwas darüber. Wissen Sie, daß dieser Falter so kurzlebig ist, daß er nicht einmal Freßwerkzeuge oder einen Verdauungstrakt hat? Er lebt nur ein paar Tage, paart sich, das Weibchen legt die Eier ab und stirbt. Die Raupen verpuppen und häuten sich mehrmals, sie leben übrigens von den Götterbäumen. Und es dauert sieben Jahre, ehe wieder ein lebender Schmetterling ausschlüpft.“

In diesem sehr heißen Sommer bin ich am späten Nachmittag, sobald die Sonne hinter dem neuen hohen Gemeindebau rechts untergegangen war, in unseren Garten gegangen, um die Betonfläche der Autoabstellplätze mit dem scharfen Strahl des Gartenschlauchs, der innen an der Hauswand um eine mit einem Handgriff drehbare Spule gewunden wird, ein wenig abzuspritzen. Das Wasser verdampft schnell, und dann strahlt die Hitze nicht mehr so unerträglich bis in die Wohnung hinauf. Viele Frauen hier im Haus arbeiten gern ein wenig im Garten, und so haben wir, nicht abgezirkelt wie die Beete in einem Park, eine Wiese, die je nach Jahreszeit blau von Veilchen, weiß von Gänseblümchen und gelb vom Löwenzahn ist, und wer einen abgeblühten Schneeglöckchenstock oder eine Primel im Gartentopf hat, der setzt die Pflanzen im Garten irgendwo aus, und sie wachsen weiter. Weil ich den Gartenschlauch schon abgewickelt hatte, fing ich an, die dichtbelaubten Kastanienbäume von unten her mit einem scharfen Strahl abzubrausen.

Und hier fand meine Schmetterlingsgeschichte ihre erfreulichste Fortsetzung. Der Wasserstrahl hat etwas aufgestört, das sich unter dem Blätterdach gegen das Sonnenlicht geschützt zum Tagesschlaf hingehängt hatte: Zwei übergroße Schmetterlinge flogen dicht an mir vorbei, voran der Größere, das Weibchen, milchkaffeebraun mit vier bunten Augen, wie ich wegen der schwerfällig taumelnden Flugbewegung gerade noch wahrnehmen konnte, und hinterher ein etwas kleinerer. Das „Wiener Nachtpfauenauge"? In unserem Garten, mitten in der Stadt! Wir haben ja hier in dem Gärtchen dahinter einen Götterbaum stehen, von dem sich seine Raupen ernähren. Ein Männchen und ein Weibchen, also werden wir in sieben Jahren nochmals mit dem Auftauchen dieses Wunders rechnen können! Sieben Jahre sind eine lange Zeit, wenn man alt ist. Wird man es noch erleben?

... und hat sein Geheimnis bewahrt

Spaziergang auf einer steinigen Uferböschung am Ufer der Ache, bei St. Johann in Tirol. Eine schmale Kiesbank hatte sich ins Wasser vorgeschoben. Verführt von der Glätte der feuchten Kiesel zog ich die Schuhe aus, um mit den empfindlichen Sohlen, wie einst als Kind, die Freude des Tastens auszukosten. Ab und zu bückte ich mich nach einem besonders schönen Stück. Die Glätte der Oberfläche, die flachen und gerundeten Formen, die Abgeschliffenheit jeder scharfen Kante verrieten die jahrelange Arbeit des Wassers – eine mir selbst unbegreifliche Freude überkam mich, wie immer, wenn ich einem Sieg des Weichen gegen das Harte beiwohnen darf, dem Wirken jener unendlich sanften Gewalt, die Geduld heißt.

Ich fand flache, ovale Scheiben aus einem orangebraunen, porösen Stein, gelbliche Feuersteine, geäderte und unscheinbare graue Kiesel, die aber, so lange sie im Wasser lagen, in mäßiger Buntheit glänzten. Lange betrachtete ich einen Steinfladen, der von einem moosgrünen Ornament tangartig überzogen war, als hätte sich der Abdruck einer Urpflanzenart darin bewahrt. Auf der Rückseite gab es Einschlüsse aus weißem, kristallinischem Stein, vielleicht Marmorsplitter. Dann fand ich einen taubengrauen Brocken mit einem unregelmäßigen Netzwerk haarfeiner, weißer Adern durchzogen, ein anderer war purpurbraun und violett gescheckt, auf einem gelblichweißen Grundmaterial, dessen Tönung an einigen Stellen in ein müdes Fleischrosa überging.

Die in Kraft verwandelte Weichheit des Wassers hatte aus der in Geduld verwandelten Härte der Steine

Schönheit entwickelt. Gibt es noch Hoffnung, daß ... Nein. Die Steine verloren in meiner warmen Hand sehr rasch die Leuchtkraft ihrer Farben, als ob durch die Vereinigung mit einem ihnen fremden Element, mit organischem, bluterfülltem Leben, alles wieder vernichtet würde. Der Schimmer der Oberfläche schwand im Trocknen, eine Anzahl toter, unansehnlicher Formen blieb zurück. Tauchte man sie wieder ins Wasser, waren Reiz und Buntheit sofort wieder da. Es erinnerte mich an jene traurigen Träume, in denen man Schätze findet, einen Haufen Edelsteine, die sich aber bei der Berührung in Staub und wertlosen Plunder verwandeln.

Der größte Stein in meiner Hand hatte ein Ornament aus verschiedenem Grün, das sich als Maserung rund um den ganzen Stein zog, ähnlich den Jahresringen in der Schnittfläche eines durchgesägten Baumstammes. Ich warf ihn fort, und er zerbrach beim Aufprallen, genau den Ringen folgend, in einige ovale Scheiben. Die Exaktheit des Bruchs kam so überraschend, daß sie wieder eine jener vagen Aufwallungen von unbegreiflicher Glückseligkeit auslöste, wie die Empfindung von Glätte und Härte unter den Sohlen. Sie kam meiner Vorstellung entgegen, daß irgendeine große, gelassene, intelligent geplante Gesetzmäßigkeit im nur scheinbar Zufälligen der Naturerscheinungen verborgen ist.

Verwunschene Hoffnungen, Genüsse, Gedanken schlummern in all diesen Steinen und warten, daß wir sie erlösen. Eines der klarsten Gefühle aus meiner ganz frühen Kindheit, das heute so selten, so weit weggerückt ist, verschollen in meiner eigenen, von Plänen, Notwendigkeiten, Befürchtungen, Wünschen gehetzten Arbeitswelt, die mich verkrüppelt und unfähig macht zu dieser Kleinkinderempfindung: die Liebe zum Gegenstand. Wie viele Dinge habe ich damals geliebt, die völlig zwecklos waren. Ich habe sie gesammelt, meist waren es Geschenke des Zufalls, Funde. Ich habe sie in einer Schachtel auf Rosenblättern aufbewahrt. Man konnte mit ihnen nicht im gebräuchlichen Sinne spielen – wozu aber braucht man denn das Gebräuchliche? Sie dienten keinem Bedarf. Sie waren nur da und erregten etwas in mir. Sie waren Berührung von weiß Gott woher.

Da war ein kleiner, weißer, runder Stein, gefunden im Föhrenwald bei Wiener Neustadt, auch er vielleicht aus einem verflossenen Meer, einem ausgetrockneten Quell, in langen Zeiträumen glattgeschliffen vom lebendigen Wasser. Ich nahm ihn, wenn ich allein war, aus der Schachtel, um das Gefühl zu erproben, das er in der Hand erweckte. Ein vages, andeutungsweises Gefühl, das wohltat.

Auf Spaziergänge nahm ich ihn manchmal mit, aber keine Frage eines Erwachsenen hätte erreicht, daß ich meine geschlossene Faust öffnete. Diesen Schatz zu zeigen, wäre Verrat eines lebenswichtigen Geheimnisses gewesen, dessen Wesen sogar mir selber verborgen war. Immer brachte ich ihn mit heim, kein selbstvergessener Reiz eines Spieles ließ mich den Stein in seiner ruhigen, runden Gegenwärtigkeit vergessen. Im Sommer wurde die Hand heiß und erwärmte den Stein. Im Winter froren die Finger von der ausstrahlenden Kälte des Steins. Doch daß er da war, einfach da war, tat wohl.

Wann und wie er mir später abhanden kam, weiß ich nicht. Ich habe ihn lange gesucht, vergeblich gesucht, und dann vergessen. Aber ich glaubte, und glaube es heute noch, daß ich etwas Lebenswichtiges erfahren könnte, wenn ich ihn wiederbekäme.

Eine gewisse Zeit meines Lebens ist die Steinliebe wieder zum Vorschein gekommen. Ich studierte Bildhauerei in der Kunstakademie. Das war in den Kriegsjahren. Die meisten Plastiken, die ich sah, dienten menschlichen Absichten, praktischen, moralischen, ästhetischen, politischen, propagandistischen Zwecken. Kaum eine davon vermochte die große Liebe wieder zu erwecken, die mich als kleines Kind mit meinem Stein der Weisen verband. Sie alle waren nicht reines, zweckfreies Dasein. Sie wecken nicht die eingesargte Erinnerung an den großen Glanz des Unsichtbarseienden. Wir beladen sie mit unseren Absichten, sie schlagen oft heftig mit den Gliedmaßen um sich. Manche versuchen zu schweben. Aber nichts kann mehr auf sich beruhen, was der Mensch entschlossen in die Hand nimmt, statt es leise, staunend, ahnungsvoll zu berühren.

Jeannie Ebner 60

Ich will die Erde behalten mit ihren Jahreszeiten

Nein, keinen Himmel für mich

Nein, keinen Himmel für mich!
Ich will die Erde behalten
mit ihren Jahreszeiten. Ich will
im Winter den majestätischen Schnee
und die lieblichen kalten
Rauhreifzierate, die glitzernden Herrlichkeiten
einer Kristallwelt ohne Wärme und Weh;

im Frühling das hingestrichelte kindliche Gras,
ersten Aufblick staunender, süßer Blütengesichter,
dann die Mondlicht duftende Juninacht,
dann rotgelbes Reifefeuer und Fruchtfleischgefunkel
im Herbst, sein triumphales „Es ist vollbracht!"

Laßt den Himmel doch oben im Himmel bleiben,
saugt Seligkeit nur aus dem Hier und Jetzt!
Eure bleichen Jenseitshoffnungen soll
der Sturmwind aus euren Herzen vertreiben!

Dann endlich Winterstille. Gemurmel im Dunkel.
Nichtsein und Schlaf sind vor jede neue Metamorphose
gesetzt.

Vorfrühling

Licht über allem Lichte, ströme wieder ins Dunkel
der Winternächte, in denen wir kümmernd hausen!
Glanzexplosion der Liebe, hoch überm matten
Gefunkel

unsrer Lichtjahrmillionen fernen Gestirne:
Wie redet ihr dort miteinander?

Unhörbar. In Ewigkeit die alten Schöpfungsworte
brausen,
lautlos das Ohr überspringend, aufzuckend im Hirne.
Welche Zärtlichkeit trägt mich da an dein Lichtherz
empor,
diesen strahlenbrechenden Spiegel des unermeßlichen
Herzens?
Ahnung und Atem. Angst. Denn der seligen Auferste-
hung zuvor
hinstirbt der Menschensohn, der innige Herr allen
Schmerzens.
Wie liebt man Gott, Jesus? Inneseiend? Selbander?

Laß mein Fragen unerhört im Antwortlosen ver-
klingen.
In meiner Sprache durchlöchertem Saatkorb gesam-
melt
hab ich das Menschenunmögliche, als Hoffnung her-
vorgestammelt:
Sieh diesen Halm aus Frühlingserde dringen!
Klein und zaghaft, nicht wahr? Doch im ausatmenden
„Es werde!"
fällt gleichermaßen Licht auf Planeten und Staub-
körner hin.
Darum sprich nur ein Wort. Ich und die liebend erlöste
Erde
antworten jeden Frühling neu mit lobendem Grün.

Juni

Juni. Ein Zauberwort
sprach der Sommer im Schlaf.
Der fließende Strom sucht kein Ziel mehr,
die Zeit zerfällt
in schwirrende Augenblicke.

Die glasflügelige Mörderin, die Libelle,
hängt mit dem Kopf nach unten
an einem Sumpflilienblatt.

Gras – weißt du noch, wie das war:
Ruhen im Gras am Weiher
und tagelang, tagelang, tagelang träumen:
Alles ist gut …

Juni. Ein Zauberwort.
Rühr keinen Finger. Dreh dich nicht um!
Aber schon wird's dir bewußt:
Da! Die Libelle fliegt auf.

Leichtfüßig

Auf einer Wiese liegend in den Himmel schauen:
Wie schön ist alles, auf den Kopf gestellt!
Aus Erdenschwere wird Luftleichtigkeit,
die Halme taumeln über mir im Grünballett.
Oh, Schwindligsein – wie wird die Erde weit!
Auf hunderttausend spitzen, grünen Füßchen tanzt eine Juniwiese
den Wiener Walzer auf dem himmlischen Parkett.

Im Juli

Mohnkränze um den Hut winden und nachtwärts
schaun:
Aus den Wäldern atmet ein lauer
Duft nach gesättigtem Laub.
In den Sommerstaub
sinken Regenbogen aus blauer
feuerumsäumter Trauer.
Ähren unter dem Mantel heimtragen die alten Fraun.

Heuernte

Die mit Rechen über Wiesen gehn
im nüchternen Arbeitsblau,
im heiteren Kopftuchwehn,

messen mit jedem Schwung Ewigkeit aus,
schreiten mit jedem Schritt
Raum ab im Erdenhaus.

Wie schöne Krüge sind ihre Leben
im täglichen Gebrauch.
Wer wird mich an den Mund heben?

Herbstliches Liebeslied

Meine Augen, meine Beine, meine Arme, wo sind die geblieben?
Ich glaube, du bist meine Augen.
Seit du fort bist, kann ich nicht mehr sehen den Himmel
oder Sterne oder Schnee.
Alles ist grau. Du bist meine Augen.

Was soll ich arbeiten?
Meine Hände können nicht ruhig sein
und können nicht unruhig sein.
Ich habe zwei Hände zuviel,
seit ich nicht mehr die Deinen halte.

Wohin sollen meine Beine gehen?
Es gibt nur eine Straße, einen Torbogen,
einen dunklen Gang, eine Stiege und eine Tür.
Aber das Nest ist leer.

Vor dem Winter fliegen die Vögel fort.
Ich bin alt, habe graue Haare.
Im Frühling kommen die Vögel wieder.
Aber du kommst nicht zurück.

Wer wird mir meine Augen, meine Beine, meine Arme wiedergeben?
Ich bin alt geworden, ich bin alt.

Liebeslied im Oktober

Du sollst nicht fragen, woher ich gekommen bin,
ich kann dir nur einen fremden Namen sagen.
Wende die Seiten leise.
Wir haben Körbe voll von leerem Stroh getragen,
die Körner wirft Gott den Vögeln hin.
Wir gehn leer aus. Gott ist sehr weise.

Durch die Nacht hin rauschen die wilden Türken-
tauben mit ihrem girrenden Schrei.
Wer hebt ein Herz, das zu schwer ist?
Mit dem Wind kann nur reisen, was leichthin und un-
gefähr ist:
Herbstlaub und Wolken im Wind, Segel, die nachtwärts
ziehn.
Zu vieles verstreut und zu vieles mühsam zusammen-
getragen ...

Hier beginnt Schnee zu fallen heute und morgen.
Fruchtlose Träume wandern an deinem Fenster vorbei,
um bettelnd beim Nachbar ein Licht zu borgen.
Sehnsüchtig hör ich die Vogelschwärme nach Süden
jagen.

Du sollst nicht fragen, warum ich fortgegangen bin.
Gott wendet die Seiten sinnend:
Schnee fällt auf mein Gewand, Korn grünt in deinem
Land.
Ich liebe dich wie rote Beeren, rinnend
durch eine achtlose Hand.

November

Sonne, die rote Oktoberbeere,
brannte noch feurig und süß.
Da tritt zu diesem Rot ein Blau,
bewußt und schneidend: Himmel,
der schon reine Kälte ausstrahlt.
Noch einmal holen die Sinne aus
zum scharfen Schwung würziger Farben.
Tänzelnde Feenboote: Goldlaub
segelt zitternd im Teich
und schwebender Entenflaum.
Aber nirgends sah ich so blitzendes Gold
wie im Aug einer jagenden Katze,
die hungrig zum Schlag ausholt.

Dezember

Fest schließt sich der Wurzelmund. Kalt
eingezogen die Sinne, borkig die Haut.
Ein Vogelflaum unterm hängenden Grau,
sinkend, steigend und sinkend
wie Gezeiten der frostklaren Stille.
Lautlos und leicht rührt sich manchmal
in wenig Erde, die einsinkt.
Du frierst noch. Es riecht nach Salz und Schnee.
Warte: Dann nimmt dich dein Schlaf
unter den pelzigen Hirtenmantel.

Gesammelte Gedichte
Juni: Gedichte und Meditationen II

VII.
Schreiben ... schreiben ... schreiben ...

In meinem Kopf wurde geschrieben.

Unveröffentlichtes Tagebuch

Außen Stille schaffen, dann innen. Die Gedanken fortschicken, den Willen abschalten. *Alles* für möglich halten. Alles erwarten, aber nichts Bestimmtes. Lauschen, innen, außen, mit der Feder, die von der Hand geführt wird ... Wenn Worte vorüberkommen, mitschreiben. ... Das ist kein Rezept. Das ist ein erfahrener Vorgang.

Magazin

Ein Gedicht ist wie ein Kind, das ganz allein
in einem Garten spielt.
Da findet es ein Wort, das glänzt.
Es fragt sein Wort nicht: Bist du auch aus
Gold?
Oder ein Stückchen weggeworfnes
Stanniolpapier,
das noch nach Schokolade riecht,
ein Flaschenscherben oder gar
ein Brillant?

Es hat sein Wort gefunden,
spricht es leise vor sich hin
und wiederholt es, lauter, lauter, lauter,
es ruft es singend aus
wie jene Alte vor der Bretterbude
den Wachspapierrosettenstrauß bei einer
Tombola:
„Und jedes dritte Los gewinnt!"

Ein Gedicht ist eine schöne junge Hexe,
erst vierzehn Jahre alt, noch mager und
natürlich.
Sie wird, wie einst die jungen Hexen vor
Jahrhunderten
verbrannt.

Gedichte und Meditationen

Das weisse Pferd

In den Nächten kam manchmal ein weißes Pferd an mein Fenster, um mich zu holen. Zuerst hörte man leisen Hufschlag von ferne herankommen, dann stand es auf einmal lautlos da. Den Hals gewölbt wie einen Bogen aus Elfenbein mit gespannter Sehne, streckte es den Kopf in mein Fenster, schnaubte leise und sah mich in ruhiger Erwartung an.

Ich sprang aus dem Bett und glitt vom Fensterbrett auf den Rücken des Tieres. Es wendete langsam und trug mich dann leicht und lautlos fort über die vom Mond besänftigten Wege und Hügel.

Ich lag auf dem Rücken des Tieres, den Arm um seinen Hals geschlungen, die Wange in die weiche Mähne geschmiegt. Die beschwerlichen Gesetze des Seins waren aufgehoben: Obwohl das Pferd weder gesattelt noch gezäumt war, gab es kein Abgleiten; keine Schwere und kein Tasten nach Gleichgewicht störten die ruhevolle Sicherheit meines Leibes. Dunkel brauste das Jahrtausend an uns vorüber, verwandelte in schwarzes Laub die vielen, spurlos verwehten Gesichte. Der Schimmel nahm im Flug ein Blatt zwischen die Lippen und kaute daran. Dann wandte er den Kopf und reichte es mir. In seinen Augen war tiefer, schwarzer Glanz und der Purpur der Schwermut. Ich aß von dem Laub. Es schmeckte köstlich und bitter.

Indessen glitt der Schimmel wie ein Lichtstrahl über die dunklen Wege der Vergangenheit.

Nun legte ich mich auf den Rücken, die Finger unterm Kopf verschränkt, und sah in den Himmel. Der spannte sich über uns, unbeweglich, eine gerade, endlose Fläche aus dunklem Silber, ohne sich am Horizont zu neigen. Ein optisches Gesetz war aufgelöst. In Sphären zwischen der Gebundenheit der Erde und der ungebogenen Unendlichkeit des Himmels flogen wir hin, wissend, daß die Ewigkeit den Boden der Zeit niemals berührt, und dies als Bildnis wahrnehmend in Landschaften ohne Horizont. Vor uns lag das Nichts, auf das unser Flug gerichtet war, ohne es je zu erreichen.

Wie nur war es möglich, daß wir nach endlosem Ritt durch den unbegrenzten Raum uns wiederfanden an jenem Fenster, das den Ausblick eröffnet hatte? Kühle wehte herein, und ich zog mein Gewand fester um mich. Die Schwere des Daseins befiel mich als Müdigkeit.

Den Schimmel sah ich schon weit in den Wiesen, er kaute mit gesenktem Kopf am nassen Gras, dann setzte er sich in Trab, und mit leise verhallendem Hufschlag verschwand er fern am wiederhergestellten Horizont.

Prosadichtungen

Meine Mutter hatte nicht ganz unrecht mit ihrer Ansicht, daß man nicht allzuviel grübeln sollte – ein Philosophieren kann ich ja meine Denkversuche mit höflicher Rücksichtnahme auf die ehrwürdige Fakultät und ihre gelehrten Vertreter nicht gut nennen: Ich bin Schriftstellerin, ich soll erzählen, oder, weil das seit einer Reihe von Jahren von Autoren, die weit prominenter sind als meine feminine Wenigkeit, abschätzig als müßiges „Geschichtlerzählen" abgewertet wurde, ich soll nicht erzählen um des Erzählens willen, sondern um mit dem, was ich an gesellschaftlicher Ungerechtigkeit anprangere, revolutionären Zorn zu erregen und bürgerliche Sattheit zu provozieren.

Ich weigere mich aber!

Es war nie meine Absicht, zu provozieren.

In einer Zeit wie dieser, da allgemein von der Kunst verlangt wird, daß sie provozieren müsse, wird diese Weigerung natürlich auch als provokant empfunden. Zumindest von den Kollegen.

Aber ich will nicht provozieren, ich will evozieren, bis die Engel herabkommen. Ich möchte die alten Zeiten und die schlummernden Vergangenheiten wieder auferstehen lassen. Die frühen Bilder will ich in mir wachwerden lassen, denn mein visuelles Gedächtnis ist viel verläßlicher als jenes für geordnete Abläufe, Daten und Erkenntnisse. Davon läßt sich mit Hilfe der Bilder nur soviel neu beleben, als mein heutiger Erwachsenenverstand daraus ableitet oder hinzufügt. Ob das dann aber noch echte Revenants sind, die Gestalten, die mir da wiederkehren – oder gar Zombies?

Aus meiner heutigen Erwachsenensicht sind etwa die frühen zwanziger Jahre nur eine beliebige Etappe auf dem langen Weg unserer Geschichte, die ins letale Stadium der Selbstvernichtung abendländischer Kultur, wenn nicht gar der Menschheitskultur (und vielleicht der ganzen irdischen Welt) gelangt ist. Wer weiß, ob die nachlässig aufgezogene Spieluhr, die unsere Geschichte mechanisch abhaspelt, nicht plötzlich stehenbleiben wird, ehe der letzte Ton der Melodie erklungen ist? Und vielleicht muß dieser letzte, das lange Lied vollendende Ton gar nicht mehr erklingen: Es wird dann kein Ohr mehr da sein, um ihn zu hören.

Solche immer wiederkehrende Gedanken lähmen mich, und auch mein schlechtes Gewissen wirkt lähmend, sobald ich mich hinsetze, um einfach zu schreiben, während ringsum, ganz nahe und in der weiten Welt, das Unerhörte, das Gräßliche in all seinen grausamen Möglichkeiten sich zuträgt. Was soll man nur tun, wenn man das alles weiß und von der Zukunft noch viel Schlimmeres erwartet, ohne auch nur das mindeste abwenden zu können?!

„Das für jeden Mann heute so tief beschämende Gefühl der Ohnmacht den Zeitereignissen gegenüber", sagte Heimito Doderer zu mir, als wir einmal allein über dieses Thema sprachen. Es klang nicht provozierend, es klang resigniert. Er hatte mich angerufen, weil er es in seiner Wohnung vor Kälte nicht aushielt, seine Heizung wurde repariert, so lud ich ihn zu einer Plauderstunde mit Tee ein und legte seine Bücher gestapelt auf den Tisch, aber seine Hand zitterte so sehr, daß die erbetenen Autogramme ganz anders aussahen als seine übliche, sehr pedantische, winzigkleine Schrift. Er war wohl innerlich schon ganz und gar mit seinem bald zu erwartenden Tod beschäftigt, den er nicht ohnmächtig, sondern männlich ertragen wollte; um sich noch kampflustig mit der ganzen Welt zu befassen, dazu reichte die körperliche Kraft nicht mehr aus. Die lähmende Gewißheit, daß es für alles schon zu spät war, im Privaten wie im Welt-Allgemeinen, das war es wohl.

Ich aber fragte mich und frage mich jetzt wieder: Berechtigt das Wissen um diese so tief beschämende Ohnmacht dazu, wie ein Jogi dazuhocken und die weltvergessende Rettung der eigenen Seele zu betreiben? Ja, nicht einmal um die Rettung meiner Seele durch Schreiben geht es mehr, es geht höchstens noch um das kurze Glück des Ausruhens im Vergessen der Wahrheit, für eine Stunde, für zwei Stunden – so lang das Schreiben währt. Und das ist alles. Und das soll möglichst so weitergehen bis zu dem Moment, da der Mensch die eigene Gattung auslöscht ... Danach wird uns allen, auch mir, nichts mehr wehtun. Heimito von Doderer tut schon lange kein Bein mehr weh. Im Grund kann ich es vielleicht schon gar nicht mehr erwarten, bis es endlich soweit ist.

Obwohl ich mich gewissenhaft bemühe, Angst vor dem nächsten Krieg und der Atombombe zu produzieren: Da ist nichts, was mich in Panik versetzen könnte; außer, natürlich, die allgemein übliche, jedem Geborenen zustehende Todesangst, der keiner auf die Dauer entgeht, diese sehr banale, alltägliche Angst aller menschlichen Wesen in allen Epochen von Anfang an und bis an das Ende des persönlichen Lebens. Na – und?!

Wo sind sie geblieben, die Indus-Ganges-Kultur, die Maya-Kultur, wohin sind sie entschwunden, die ihre

Höhlenmalereien von Lascaux so ernst nahmen? Gattungen und Generationen, die es nicht mehr gibt. Europa besteht noch als das, was es aus sich gemacht hat, aber eines Tages wird es nicht mehr sein. Das Abendland wird untergehen.

Dennoch: Kein Erschrecken, keine panische Angst. Nichts kann uns geschehen, außer, daß mit der menschlichen Gattung zugleich unsere Erde stirbt. Aber „Weltuntergang"? Nein. Die Welt ist unendlich größer. Es wird höchstens ein Stern verglühen, einer unter Myriaden Sternen, die schon verglüht sind.

Warum also nicht noch vorher ein Gedicht schreiben über den Mond, die blühenden Wiesen, die heiligen Bäume, warum nicht bis dahin noch sich vergessen im Schreiben, ganz ohne schlechtes Gewissen?

Das sagt mir mein Verstand. Das Gewissen wird aber nicht vom Verstand regiert, es speist sich aus den Genen, den Neuronen, aus Nervenleitungen, aus der Erbmasse von Jahrtausenden. Oder von Gott. Beide sind keine Erzeuger, deren man sich zu schämen hätte, weder der Gott noch die Materie, dieses inkarnierte Ergebnis unendlicher Entwicklungen und Möglichkeiten. Alles, was *nur* denkbar ist, enthält nicht ein Fünkchen Sinn, nicht die Wärme, nicht den Trost, den uns schon der Anblick einer fliegenden Schwalbe oder die frische Farbe des Frühjahrsgrases geben kann, oder der Geschmack einer reifen Frucht. Oder ein geglücktes Gedicht.

Daß Denken nicht Glück ist, beweist natürlich keineswegs die Verächtlichkeit des Denkens, sondern höchstens die Unwichtigkeit des Glückszustands. Der lehrt uns nichts, er läßt uns entspannt sein und rasten. Lernen ist Leiden. Und der Mensch lernt nur am eigenen Leib. Für fremde Leiblichkeit ringsum oder gar für Leiber weit vom Schuß fehlt offenbar den meisten Leuten die Phantasie. Was wir vielleicht bald alle werden lernen müssen, das wird ohnehin keine Leiber mehr übriglassen und ist daher ein sinnloser Lernprozeß, ein sinnloser Leidensprozeß, der nichts mehr einbringt und nichts mehr ändert und nichts ungeschehen macht.

Die „Engagierten" freilich glauben's nicht, sie marschieren und schreien in ihrer Angst und schreiben noch dagegen an, indes mir's beliebt, den letzten Tönen der ablaufenden Spieluhr zu lauschen.

Trotzdem befällt mich, sobald ich mich wieder an den Schreibtisch setze, eine Unrast, die mich antreibt und doch ganz ziellos umhertreibt, eine, die hindert, statt anzuspornen zu der von weniger skrupelbeladenen Kollegen geübten Art des Schreibens von Romanen, im voraus gut durchdachten Prosakompositionen, die sauber konstruiert und nebenbei leicht lesbar sein sollten, damit eine große Anzahl von Lesern es dem Autor ermöglicht, von seiner Arbeit zu leben ... Nein, es ist eigentlich nie meine Weise gewesen, so zu schreiben. Alles, was ich an guter Literatur zustande gebracht habe, waren Funde, und nichts zu suchen, zu beabsichtigen, zu konstruieren, das war mein Sinn. Es gelingt mir aber nichts mehr. Ich finde nichts mehr.

Fang einfach an, sage ich mir, fang irgendwo an! Aber womit? Nimm die dritte Person Einzahl und begib dich in die Mitvergangenheit.

Zum Beispiel so: „Sie war ein unbeschreiblich anmutiges Geschöpf. Sie stand da, noch halb im Schatten der Bäume, als würde sie im nächsten Augenblick heraustreten ins Licht ..."

Nein, so darf man heute wirklich nicht mehr beginnen! Warum, um Gottes willen, ein „unbeschreiblich" anmutiges Geschöpf?! Weil nur das Unbeschreibliche zu beschreiben der Mühe wert ist?

Noch etwas anderes ist hinderlich: Ich verstehe plötzlich nicht mehr, warum die Erzähler in der *Mitvergangenheit* darstellen, was sich der Leser doch vergegenwärtigen soll, und zwar, der Hoffnung des Autors gemäß, mit der gleichen Intensität, mit der sie ihr eigenes gegenwärtiges Leben empfinden.

Warum rückt die erzählende Literatur durch die Verwendung der Mitvergangenheit immerzu alles ins Vergangene, was erzählenswert erscheint? Sie entrückt es der dünnen, eigentlich nur gedachten Linie, die Vergangenes und Zukünftiges trennt, nur anscheinend trennt, denn in Wirklichkeit ist die Gegenwart eine irreale Grenzlinie, die sich fortwährend fließend verschiebt, von den vergangenen Augenblicken zu den künftigen. Also ist diese Linie, die man die Zeitform der Gegenwart nennt, überhaupt keine Zeit, unentwegt zieht sie weiter, schiebt sich von einem Zeitpunkt zum nächsten wie der Horizont, während man auf ihn zugeht, fortwährend den Ort wechselt und immer weiter zurückrückt.

Oder sollte man eher sagen: Nur die Gegenwart verharrt am selben Ort wie wir, nämlich am momentanen Zeitpunkt (Punkt ist aber ein Ortsbegriff), an dem wir soeben halten, während in Wahrheit die Zukunft und die Vergangenheit, untrennbar voneinander, sich als strömende Einheit in andauernder Bewegung befinden und an uns und dem Ort, den wir Gegenwart nennen, vorübergleiten, von keiner gedachten Linie voneinander getrennt oder trennbar. Zeit fließt durch uns hindurch. Sie läßt sich nicht anhalten. Wie ein Gespenst durch Wände geht, geht sie durch uns hindurch. Sie geht uns durch und durch als Schauder.

„Sie war ein anmutiges Geschöpf ..."

Früher hätte ich eine Erzählung so begonnen, und ich hätte nicht einen Augenblick daran gedacht, daß dieser Satz entweder den Tod des anmutigen Geschöpfs voraussetzte oder auch nur implizierte, zumindest jedoch das inzwischen vollzogene Dahinwelken seiner Anmut. Keinem der früheren Romanleser scheint es je aufgefallen zu sein, daß er sich das anmutige Geschöpf des Dichters logischerweise als gealterte, vielleicht plump und faltig gewordene Frau, ja, ebensogut als im Sarg liegendes lebloses Stück Materie vorzustellen habe zu genau dem Zeitpunkt, da er den Satz las: „Sie *war* ..." Und was war, ist nicht mehr und wird nie mehr sein.

Welch ein melancholisches Gefühl hätte den Leser beschleichen müssen, weil diese Anmut nicht mehr gegenwärtig war, sondern schon der Vergangenheit angehörte! Aber nein, er merkt nichts, vor sein inneres Gesicht tritt sie soeben aus einem, nehmen wir an, lichtgrünen Buchenwald, träumerisch und arglos. Sie weiß nichts von ihrem Tod, weiß nicht, daß sie von ihrem Autor zum Tod verurteilt wurde, und auch nicht, daß sie von vielen Lesern beobachtet wird. Ganz naivste Unwissenheit, grazil wie ein Reh tritt sie hervor, sie, die doch *war* und nicht ist.

Für den Autor eines Romans bleibt, während er, sich selbst vergessend, aufgehoben, entrückt aus allen grausamen Realitäten durch die überwältigende Macht des intuitiven Schauens, den traurigen Satz hinschreibt, im Untergrund seines Bewußtseins eine beunruhigende Ahnung, daß nicht ist, was war. Aber er entläßt diese Ahnung nicht ins hellere Reich der Erkenntnis, mit einem Wort, er simuliert Ahnungslosigkeit gegenüber der Tatsache, daß seine Behauptungen sich nur als Wahrheiten verkleiden.

Er hat sich der Wahrheit wie der Wirklichkeit und der Zeit, in der er lebt, entzogen. Sollte er nicht fairerweise in der Gegenwart schreiben?!

Man stelle sich den sprachlichen und geistigen Balanceakt vor, den es bedeuten würde, einen ganzen langen Roman von Anfang bis Ende entlang der gedachten Linie der Gegenwart zu erzählen. Grammatikalisch ließe sich das schon machen, natürlich! Auch als Leser eines altmodischen Romans könnte man beim Lesen jeden Satz im Kopf ins Präsens transponieren, derlei hat man ja in der Schule geübt. Aber wieviel Wohlklang und schwermütige Nuancierung, wieviel Dunkel und Helligkeit gingen dabei verloren!

Geheimnislos und ohne magische Verwandlung würde vieles zur nackten Konstatierung gerinnen durch die sachliche Feststellung etwa: „Sie ist ein anmutiges Geschöpf." Punkt. Worauf der, dem diese Mitteilung gemacht würde, eventuell innerlich antworten könnte: „Sie? Wer?" oder: „Schade, daß du sie mir nicht vorstellen kannst." Denn in der Gegenwartsform wäre die romantische Erwartung auch schon zerstört, die von der Märchenahnung des „Es war ... es war einmal ..." evoziert worden ist. Und ich bin nicht zu stolz, solchen Leser-Erwartungen, solchem Verlangen nach Geheimnissen zu entsprechen.

Nur behaupten die Superintellektuellen von heute, so kann man heutzutage nicht mehr erzählen. Schluß mit dem Erzählen! rufen sie aus und schreiben weiter Erzählungen, aber durch Theorien sind sie vor dem Zeitgeist, wer immer das sei, gerechtfertigt. Und die anderen lassen sich einschüchtern und fügen sich dem Befehl der Maßgeblichen und sind im übrigen für die Freiheit der Kunst.

Ich weigere mich zwar, aber auch mich befällt, sobald ich mich an den Schreibtisch setze, eine nervöse und zugleich lähmende Unrast, die mir alles zunichte macht, noch ehe es geschaffen wurde. Wenn ich aber nicht schreiben kann, habe ich das Gefühl, nicht leben zu können, mehr noch: nicht mehr leben zu wollen, und nochmals mehr: nicht zu leben. Ich war ... Ich bin nicht mehr.

Nachts kommen Worte leise zu mir herein. Sie umstehen mein Bett und schauen mich beschwörend an, beharrlich, aber sanft, ohne Aggression. Sie wollen nur gesagt sein. Sie wollen so gesagt sein, wie sie vor mir stehen, und nicht anders.

Warum hat Walther von der Vogelweide nicht geschrieben: „Ich gehe zu der Aue" oder „Ich ging zu der Aue ..."? Fiel ihm nicht ein. Er schrieb: „Da kam ich gegangen zu der Aue ...", und man sieht und hört den anmutigen und leichten Schritt des Mädchens, in das der Dichter sich hineinversetzt hat, man ist voll Erwartung und Herzklopfen, Freude und Bangigkeit wie sie. Und das alles ist hingezaubert durch den genauen Rhythmus der Worte, die so aufgeschrieben wurden, wie sie eben vor dem Dichter standen, ohne Seitenblicke auf die Theorien superkluger Zeitgenossen, die es damals sicher auch gegeben hat – vor allem unter jenen, die keine Dichter waren.

Das ist die Magie der Worte, wie sie nachts ungerufen aus dem Dunkel treten und aufgeschrieben sein wollen. Und in meinem Körper antworten alle Organe, voran das Herz, klopfend; dann mit Atemnot bittend die Lunge; die Leber mit Unlust, und sogar die Blutgefäße krampfen sich zusammen, der Schweiß bricht aus und wird kalt. Ohne Worte, sagt mir alles, kannst du doch nicht leben. Du bist krank. Dir fehlt etwas.

Die Worte, die mir fehlen, personifizieren sich im Traum, sie tragen etwas dünnes, leblos Daliegendes herein und bahren es vor mir auf: Da! Sie wird sterben, deine Seele, deine Idee von dir selbst, wenn du keine Worte dafür findest.

In der Früh bin ich müde, unlustig. Unrast treibt mich umher, sie führt aber nicht zur Tat. Ich sehe schon seit langem die Schönheit der Welt nicht mehr, obwohl ich die Welt noch sehe und sie sich gewiß nicht wesentlich verändert hat, seit ich sie nicht mehr in Worten beschreibe.

Für das meiste von dem Vielzuvielen, was Menschen für wünschenswert halten und haben wollen, habe ich mir im Laufe meiner Jahre jene Indifferenz erworben, die auch in den geistlichen Übungen des Ignatius von Loyola erwähnt wird. Sie gibt mir eine gewisse Freiheit, diese Gelassenheit im Geben und Nehmen, im Verlieren und Verzichten, ohne daran zu leiden. Und da ich immer sehr weniges hatte, wurde mir ja auch sehr oft „alles andere hinzugegeben", wofür ich nicht selber gesorgt hatte.

Eben noch sah ich den lichtgrünen Frühlingsbuchenwald bildhaft vor mir, ein glückliches Konzentrat aus den vielen Bildern, die beim Wandern durch Buchenwälder in meine Augen eingegangen sind zu Zeiten, da ich die Schönheit der Welt noch sehen konnte, so oft sehen konnte, daß es für mich längst nur den einen, ewigen Buchenwald gibt, der zum Inbegriff von Grün und Frühling und Freiheit und Freude geworden ist.

Nun sehe ich nichts, sehe das anmutige Geschöpf nicht mehr, das da vorhin durch den lichten Wald gegangen kam, sehe nur noch die Worte vor mir auf dem Papier, und es wäre vielleicht besser, diese Betrachtung statt ins Tagebuch auf lauter lose Blätter zu schreiben und diese zu kleinen Papierschiffchen zu falten und einmal da, einmal dort eins auszusetzen auf den Lachen, die in diesem verregneten Frühsommer vom letzten Regen stehengeblieben sind; auf dem Teich im Stadtpark und den Teichen in Schönbrunn, auf dem trübe verschmutzten Donaukanal und dem seichten Rinnsal, in das sich im Sommer der Wienfluß verwandelt, der zur Zeit der Schneeschmelze rauschend und reißend sein tiefes Betonbecken durchstürzt.

Traumboote aussetzen! Wozu noch Worte machen?!

Würde es nicht die Phantasie der Menschen auf glücklichere Weise beflügeln, wenn sie auf irgendeinem Wasser so ein kindlich-heiteres Papierschiffchen fänden, das sie einladen würde, mitzureisen, zurückzugleiten in Erinnerungen aus ihrer Kindheit, die dann als anmutiges Elfenwesen aus dem Wald auf die Wiesen gegangen käme, um ihnen nachzuwinken, bis ihr weißes Schiffchen weit hinter unserem Horizont sich auflöste und unterginge?

Besser ist es, in solchen Traumbooten zu reisen, als von Wort zu Wort und von Satz zu Satz und von Tag zu Tag die Behauptungen der mitvergangenen Geschöpfe meiner Phantasie zu verfolgen.

Papierschiffchen

Die Fäden

(Selbstporträt einer Schreibenden. Am Schreibtisch 1963)

Ich bin immer so dagesessen, die Füße parallel nebeneinander gelegt, die Schultern gerade, die Unterarme vor mir auf den Tisch gelegt, auf dem auch das Schreibheft bereitliegt und die Füllfedern, alle beide, damit ich nicht aufgehalten bin, wenn die eine leer ist mitten in der Zeit, in der ich alles rasch und genau mitschreiben muß, was vorgeht. Die Übertragung ist nicht nur furchtbar rasch und ohne jede Pause, sondern auch so leise, daß sie unhörbar wird, sobald irgendwelche Gedanken rascheln, und seien es noch so flüchtige, etwa der Nebengedanke: Jetzt ist die Feder leer, ich muß sie rasch nachfüllen und darf dabei an nichts denken, was mich ablenken könnte.

Ich sitze immer so da und lausche auf das Unhörbare, das immerzu vorgeht. Ich halte den Kopf etwas geneigt, damit ich nichts sehe als das Schreibpapier vor mir, damit kein Gegenstand mir entgegensteht und mich ablenkt, denn auch die Wahrnehmungen der Sinne machen feine Geräusche, die den Vorgang, den ich das Eigentliche nenne, überdecken. Die Gedanken rascheln und die Wahrnehmungen rauschen ganz leise, einförmiger als die Gedanken, dahin, ohne jede bestimmte Artikulation und ohne Unterbrechungen.

Ich bin schon immer so dagesessen und habe gelauscht auf das unhörbare Sirren, mit dem all diese haardünnen Fäden von überallher gleichzeitig auf mich zugeschossen kommen, die in mir an einem Punkt zusammentreffen und sich verknoten oder eigentlich zu einem einzigen punktförmigen Wissensknoten zusammenschmelzen. Man kann das kombinatorisches Denken nennen, wenn man will, aber das trifft die Sache nicht, weil man beim Benennen solcher Geschehnisse überhaupt nicht wollen darf. Das Ganze eines solchen Knotens aus ineinanderschmelzenden Fäden – als hielte man an Nylonfäden, die sich kreuzen, eine Flamme, die sie sofort zu einem festen Klümpchen verschmelzen läßt –, dieses Ganze ist natürlich mehr und etwas anderes als die Summe seiner Teile, es ist ein übergreifendes Wissen all dieser Einzelheiten, die es gleichzeitig und untrennbar verschmolzen in sich enthält.

Ich bin schon immer so dagesessen und habe im Augenblick der Verschmelzung die Füllfeder immer schon in der Hand gehalten und die Zeichen, obwohl sie untrennbar verbunden sind, doch zugleich wieder einzeln aufgenommen und aus dem Knoten herausgezogen, wie sie ja auch von selber den Knoten wieder verlassen, um, nach der Durchquerung meines Ich, nach allen Richtungen hin als feine, kerzengerade laufende Fäden oder Strahlen, manchmal auch als Strahlenbündel oder Parellelenbündel, weiterzusirren, hinaus ins Weltall. Ich weiß nicht, wie viele andere Wesen sie schon durchquert haben, ehe sie mich erreichten, um den bewußten Knoten zu bilden, ich weiß auch nicht, wie viele sie noch, unterwegs zurück ins Weltall, durchkreuzen werden, nachdem sie den Ichknoten in mir wieder verlassen haben. Durch diese dünnen Strahlen ist alles mit allem verbunden, und ich bezeichne daher, nur um irgendein Bild, eine Darstellungs- oder Mitteilungsweise für das so unanschauliche wie unübersichtliche Geschehen zu haben, das Ganze als ein Gewebe. Weil der Raum, nach gewissen neueren Annahmen, gekrümmt sein soll, stelle ich mir vor, daß diese Fäden irgendwo im fernen Raum aus einem punktförmigen Knoten austreten und als einzelne Strahlen alles durchschießen und dabei in eine Reihe fester kleiner Knötchen schmelzen, um zuletzt, nach einem unvorstellbar weiten Weg, wieder in jenen ersten Knoten zu münden und in ihm zu verschmelzen. Jede Person nenne ich einen solchen Knoten, jedes Individuum wie ich selber eines bin, obwohl ich nicht genau weiß, ob der Knoten ein Teil von mir ist oder ich ein Teil des Knotens bin oder ob der Knoten und ich bis zur völligen Deckung zusammenfallen, also identisch sind, während alles andere, etwa Eigenschaften, Worte, Taten, Gedanken, Wille, Wahrnehmungen, Gefühle, nichts weiter sind als ephemere Erscheinungsformen dieses Knotens, die ihn umgeben wie eine Aura, die aus nichts Wirklichem besteht, sondern nur eine Illusion ist, nur das Geflimmer zahlloser von anderswo in mein Ich tretender und es wieder verlassender, als einzelne unsichtbar feiner Strahlen. Dieses Geflimmer als Ganzes genommen nennt man Wirklichkeit. Das Wort paßt annähernd, weil es die Assoziation zu Gewirke (Gewebe) zuläßt und auch die volkstümlichere zu Gewirkst (Verstrickung in wirre Schwierigkeiten). Das Ich gibt es nur, so lange der Knoten ganz dicht in eins verschmolzen ist, das heißt also, in Wirklichkeit gibt es das Ich immerdar, weil dieser Knoten kontinuierlich entsteht und ist und zerfällt, alles zugleich, und zwar so rasch, daß keine noch so geringe Zeitspanne zwischen diesen drei Phasen liegt und somit auch keine zwischen den stets erneuerten Knoten. Diese einheitlich und ständig flimmernde Sache mit einem gleichsam substanziellen Knötchen darin ist nur das Ergebnis einer für uns unvorstellbaren Schnelligkeit eines uns unbekannten Prozesses. Den ersten – natürlich nur gedachten – Knoten im Unbekannten nenne ich manchmal Gott, nur um irgendein Wort dafür zu haben. Von ihm gehen alle Strahlen aus, und in ihn münden sie alle wieder, und dies seit je und für immerdar.

Ich bin immer schon so dagesessen und habe mitgeschrieben. Als ich noch ein Kind war, hat man mich richtig beurteilt, man sagte damals: Das Kind ist so versponnen. Und tatsächlich bin ich ja eingesponnen in ein Netz dünner Fäden. Als ich erwachsen war, sagten sie weniger liebevoll: Sie spinnt. Das ist natürlich falsch ausgedrückt, wofür aber niemand etwas kann, außer (vielleicht) die Sprache. Ich spinne nicht. Ich werde gesponnen. Oder ich bin gesponnen (versponnen, verwoben, verbunden, verschmolzen, verknotet) von allem und mit allem.

Die Gewohnheit, stets Schreibheft und Füllfedern bei mir zu haben – sitze ich zufällig im Kino oder im Restaurant, habe ich sie trotzdem bei mir, im Geiste eben –, entstammt allerdings keiner passiven, sondern einer aktiven Sprachform, einer Eigenmächtigkeit. Ich werde nicht geschrieben. Ich schreibe. Ich schreibe mit, weil ich allem auf die Spur kommen möchte: den Fäden, ihrer Herkunft, dem Vorgang des Zusammenschmelzens oder Zusammengeschmolzenwerdens zu etwas Punktförmigem, ihrem neuerlichen Trennungsprozeß, ihrem weiteren Verlauf, ihrem Zielpunkt; am liebsten auch dem Sinn oder der Absicht, die hinter diesem unaufhörlich Wirksamen steht, aus dem eine sogenannte Wirklichkeit gebildet ist. Gewiß könnte ich, während ich so dasitze, auch denken oder etwas wahrnehmen. (Ich nehme allerdings nicht gern etwas wahr, von dem ich nicht einmal weiß, ob es wahr ist.) Es erscheint mir aber, daß ich weniger Täuschungen verfalle, wenn ich nicht Dinge wahrnehme und Gedanken denke, sondern mich ausschließlich mit den unsichtbaren Fäden befasse, aus denen, genau genommen, Dinge und Gedanken bestehen. Die Dinge existieren ja auch nur durch ununterbrochene Knotenbildung, und zwar sind die Knoten so nahe beisammen, daß die (in unglaublicher Dichte) in jeden Knoten eindringenden bzw. ihn verlassenden Fäden eine Aura bilden und, für unser Auge, die Täuschung hervorbringen, es sei kein leerer Raum zwischen den Knoten, man habe vielmehr einen festen Körper vor sich. Seit ich mich bemühe, keinen Körper mehr fest ins Auge zu fassen, sondern nur noch Strahlen, weiß ich, daß es keine Körper gibt. Natürlich gibt es auch keinen leeren Raum, sondern nur Gebiete oder Zustände, wo die Knoten etwas weiter auseinanderliegen, samt ihrer kleinen Aura aus Strahlenbüscheln, die, für unser Auge, noch mit zum Knoten zu gehören scheinen. Von dem Punkt an, wo die Fäden schon weit genug auseinandergelaufen sind und kein sichtbares Gewebe mehr bilden, reden wir von Zwischenraum oder Leere.

Nun ist es ja längst mir und allen anderen klar, daß unsere Augen nicht geeignet sind, den wirklichen Zustand zu sehen, und unsere Sprache ungeeignet ist, wirkliche Sachverhalte richtig zu beschreiben. Daß ich trotzdem versuche, diese zu beschreiben und jene zu sehen, ist, wie gesagt, eine Eigenmächtigkeit. Warum ich es tue, weiß ich nicht. Im Grunde ist es ein unmögliches Unterfangen, die Fäden auf das Papier übertragen zu wollen, sie zu diesem Zweck zu Wortknötchen zu verschmelzen, deren jedes nur eine abstrakte Chiffre für Millionen Fäden ist, und diese Fäden dann aus den Knoten der Worte weiter ausstrahlen zu lassen, weiß Gott wohin und wozu, vielleicht, um auf diese Weise in jenen, die Lesende sind, weitere Gewebe herzustellen, was die Gesamtheit der Wirklichkeit nur unnötig erweitert und kompliziert. Wenn man mich fragt, behaupte ich, um mir Ruhe zu verschaffen, die ich dringend brauche, mein Gewebe sei ein getreues Abbild der Wirklichkeit. Wenn mein Gewebe möglichst wenige sichtbare Körper beschreibt und nur ein flimmerndes Spinnen von Fäden darstellt, kommt es dem Eigentlichen am nächsten und entspricht noch am ehesten der Wahrheit. Welcher Wahrheit? Ja, das weiß ich nicht. Aber:

Ich bin immer schon so dagesessen. Seit jeher. Denn die Fäden laufen nicht nur aus dem Raum auf mich zu, sondern auch aus der Zeit, die ich, ehe ihre Fäden mich erreicht haben, Vergangenheit nenne; dort, wo sich mit ihnen immerzu der Knoten meines Ichs bildet, nenne ich sie Gegenwart, und dort, wo sie bereits wieder aus mir ausgegangen sind, nenne ich sie Zukunft. Das ist wieder eine Eigenmächtigkeit, denn für gewöhnlich erleben wir den Ablauf umgekehrt: Die Zukunft kommt immer auf uns zu und die Vergangenheit meinen wir immer schon hinter uns zu haben. Unser Denken ist an Sprachstrukturen gebunden und erlaubt keine genauere Fassung der Tatsachen. Natürlich gibt es die drei Zeiten in Wahrheit nicht, weil ja immerzu Strahlen eintreffen, also immerzu Vergangenheit einlangt und da ist, und weil ja immerzu Knoten da sind, also ewige Gegenwart in mir herrscht und weil auch immerfort Strahlen von mir ausgehen, also auch immerdar Zukunft ist, und zwar alles gleichzeitig.

Als ich ein Kind war, sagten sie nicht nur, ich sei versponnen, sie sagten auch, ich sei eigenwillig und wolle stets mit dem Kopf durch die Wand. Ich wollte aber nur mit dem Kopf durch die unsichtbare Wand und war in allem anderen sehr fügsam. Als ich erwachsen war, versuchten sie, mich mit Wortgespenstern zu schrecken: Die Sünde (ein Gespenst mit einem großen, schleimigen Maul), das Sakrileg (ein Gespenst mit vier Stelzen statt Beinen), die Hybris (ein Untier mit vielen Schlangenköpfen). Das sind aber auch nur drei Wortknoten mit Gloriolen aus Geflimmer, weiter nichts. Sie bestehen auch nicht aus Wirklichkeit, sie gehören einer gewissen Art von Illusionen an, die ich bei mir „Die Schatten der Wahrheit" nenne. Es handelt sich nämlich um ein wirres Durcheinandertanzen von schwarzen Schatten, sobald die Wahrheit an einer Lichtquelle von besonderen Qualitäten vorübergeht, an einem Gedankenblitz etwa. Die Wahrheit selbst sieht man nicht. Man muß froh sein, wenn man überhaupt etwas sieht, und sei es nur der tanzende Schatten von etwas Unbekanntem.

Soeben überfällt mich die furchtbare Ahnung, daß ich in diesem Augenblick (also immerfort) beim Schreiben vom Eigentlichen abgekommen bin. Statt der Fäden, auf die ich so versessen bin, habe ich lauter Knoten dargestellt, Bilder. Vergleiche. Symbole von scheinhafter Qualität. Daß ich das weiß, nenne ich Hölle. Wenn es mir, hie und da, gelingt, nichts anderes zu wissen als dieses Strahlenfädengespinst, keine Körper, keine Bedeutungen, nichts Wahrnehmbares, nichts Denkbares, nichts mit Worten Beschreibbares, dann nenne ich diesen Zustand Himmel. Kaum bin ich im Himmel, beschreibe ich ihn auch schon, zumindest innerlich in meinem Bewußtsein, ich kann nicht anders, und dabei begehe ich dieselben Fehler und Mißgriffe wie vorhin, werde ein Opfer der Worte und bin wieder in meiner Hölle.

Die Hölle ist. In Vergangenheit, Gegenwart, Zukunft, immerdar.
Der Himmel ist und war und wird sein immerdar.
Ich war, ich bin, ich werde sein immerdar.

Das Alleräußerste und Reinste, was man mit unserer Sprache erreichen kann, ist, glaube ich, in diesem und ebenso einfachen Sätzen enthalten. Der Satz besteht aus lauter nicht wirklichen, nicht körperhaften, weitgehend abstrakten Wortknoten. Nur unsere an Irrtümer gebundene Denkgewohnheit trägt falsche Vorstellungen in diesen Satz hinein. Man sollte dergleichen nicht denken, es bekommt davon sofort einen Inhalt, wie die Jungfrau, die nicht weiß, wie sie zu einem Bankert kommt. Nichtdenken ist aber sehr schwierig. Eine Nichtbeschäftigung auszuüben, gehört zu den härtesten Arbeiten. Am besten ist es, immerfort so dazusitzen und diesen Satz gedankenlos immer wieder vor sich hinzuschreiben, bis einem Hören und Sehen vergeht, bis einem alles vor den Augen flimmert, bis nichts mehr da zu sein scheint als der reine Zustand, ein Zustand, der aber leider nur ein fünf Sekunden währender Lichtblick ist. Ich weiß dann: Ichweißnichtwas.

Hinterher bin ich sehr heiter und still und gewichtslos.
Und etwas später wieder bin ich sehr traurig.

Jeannie Ebner 60

7. 11. 1987
Schon allzulang währt jetzt die Zeit der grauen Schleier, die sich auf alles legen. Dabei weiß ich doch aus der Erinnerung, daß die Welt bunt ist, voller Komplementärfarben, feurig und süß, aus Kontrasten bestehend.

Als kleines Kind schon habe ich zum süßen Grießkoch gern ein Stück gesalzenes Schwarzbrot gegessen. Süß hinterläßt sonst einen faden Nachgeschmack.

Du sagst, ich muß schreiben, denn das Gelübde muß eingehalten werden, das ich abgelegt habe, als ich einundzwanzig war und befürchten mußte, mir jede Entscheidung für oder gegen das Schreiben ein für allemal selbst aus der Hand geschlagen zu haben durch meinen bedenkenlosen Lebenswandel und meinen Leichtsinn.

Wie immer, wenn ich sehr verzweifelt war, ging ich stundenlang spazieren. Es regnete dicht und senkrecht auf meine Kapuze und den gummierten grünen Regenmantel aus imprägnierter Seide. Und es betäubte mich, dieses ohne Windesatem und Bäumerauschen monotone Klatschen des Wassers. Immer im grauen Gehäuse des fallenden Wassers wie unter einer großen Glocke gehend, seit Stunden rastlos gehend, aus der Stadt hinaus, überland auf Straßen und Feldwegen, nur um in Bewegung zu sein, weil das meine Bangigkeit linderte und in Rastlosigkeit, in Bewegung verwandelte; unter der Geräuschglocke des strömenden Regens redete ich mit mir selber und mit DIR, von dem ich nichts Gesichertes wußte – aber irgendwie schien mir's, als sei da EINER, zu dem sagte ich innerlich ununterbrochen: „Nein. Nein. Nein. Ich will nicht. Nicht heiraten. Kein

Kind. Alles andere lieber als das. Wenn du mir hilfst, so tue ich ein Gelübde: Nie wieder will ich durch Leichtsinn und Genußsucht riskieren, vom Weg abzukommen, den ich für den meinen, den einzig richtigen halte. Ich will unter allen Umständen daran festhalten, diesen Weg zu gehen, den Weg des SCHREIBENS, und nie wieder mich selbst in eine Lage bringen, die das verhindern könnte!"

Und weil ich so intensiv an diesem Wunsch festhielt, kam es für mein Gefühl wie eine Antwort, als ich auf dem büscheligen Gras des Feldrains stolperte, vornüberkippte und mit beiden Händen dicht neben einem vierblättrigen Kleeblatt landete. Zufall. Zufall? Oder Antwort? Aber von wem? Für mich war's eine Antwort. Der Pakt war angenommen worden, besiegelt durch das glückbringende Zeichen „Vierblättriger Klee". Meine Angst war wie weggeblasen.

Und ich habe mich daran gehalten, fünfzig Jahre lang. Kein Kind. Viele Bücher hab ich bekommen, aber kein Kind. Mit sexueller Moral hatte das nichts zu tun. Ich habe trotzdem gelebt und geliebt, nur etwas rücksichtsloser gegen die Männer, von denen ich von da an Rücksicht verlangte. Und sie haben Rücksicht genommen. In der Sorte erotischer Liebe, die nichts als Lust will, gibt es keine Rücksichtnahme meinerseits. Entweder sind beide einig und glücklich ganz ohne Angst, oder der Abschied findet statt vor jeder Erfüllung. Auch für Frauen ist Liebe kein Grund, zum Opfer zu werden für männliches Vergnügen. Es war eine angenehme Überraschung, immer wieder zu erfahren, daß liebende Männer fähig sind, ein Opfer zu bringen, und daß sie sich nur umso mehr um mich bemühten, weil es galt, Opfer zu bringen.

Wer nur hat es den Frauen eingeredet, daß immer sie es sein müßten, die sich opfern und alles Risiko am eigenen Leib zu spüren bekommen? Natürlich in all den von Männern geprägten Kulturen waren es die Männer, die es den Frauen eingeredet haben. Aber warum glauben die meisten Frauen daran? Es war für mich so früh schon und so leicht, zu erfahren, daß man umso mehr geschätzt wird, wenn man viel von seinen Geliebten verlangt.

Ich habe unter all den schwierigen Umständen, in die mich das Schicksal gebracht hat, durchgehalten und mein Gelübde nicht vergessen. Armut – ich schrieb; Arbeitslast – ich schrieb; keine Wohnung – ich schrieb; nicht einmal einen Schreibtisch zum Schreiben – ich schrieb in der Straßenbahn; Sorgen, Kummer, Hunger und Schlaflosigkeit – aber ich schrieb, schrieb meine Bücher, so gut ich es konnte, ohne Erfolg, ohne materielle Sicherheit, ohne die Hoffnung, jemals irgend etwas dafür zu erhalten, ohne Ermutigung, Ehrungen und Preise anzustreben. Ich schrieb. So sind mir Jahre und Jahrzehnte vergangen: schreibend.

Und jetzt, da seit meinem sechzigsten Geburtstag alle äußeren Hindernisse wie von selber fortgefallen sind, jetzt, da ich eine lärmfreie kleine Wohnung habe, einen geduldigen, friedliebenden, rücksichtsvollen Mann, der mich nicht abhält oder stört; und mehr Geld, als ich verbrauchen kann; Zeit, mehr Zeit und Freiheit, als ich mir je zu wünschen gewagt hätte ... jetzt währt die Zeit der grauen Schleier schon allzulang, die sich auf alles legen, so daß ich schon fast vergessen habe, ob die Welt bunt ist, auch wenn man Sorgen hat, interessant, sauer und süß, aus schönen Kontrasten bestehend ...

Müde bin ich bei Tag, melancholisch am Abend, schlaflos bei Nacht. Ich kann nicht mehr schreiben.

Du – wer immer du bist, Glück, vierblättriges Kleeblatt, wo bist du? Hat mir da jemand etwas eingesagt: „Wenn du sonst nichts mehr schreibst, dann schreib mir einen Brief. Was immer drin steht, es wird mich freuen, deine Briefe zu lesen. Halte nur dein Versprechen!"

Da! Mit freundlichem Gruß, ein Brief von DEINER ...

Unveröffentlichtes Tagebuch

VIII.
Worin Leben bestand

„Du zündest die Kerze an beiden Enden zugleich an“, sagte meine Mutter …

Unveröffentlichtes Tagebuch

Könnten die von mir beschriebenen Blätter so leicht und lautlos niederfallen wie das herbstliche Laub und so fruchtbar werden, daß daraus etwas grünt und blüht, sooft sich ein menschliches Gesicht über die nun schon gedruckte Schrift beugt, um zu lesen und lesend ein Stück Leben zu erfahren! Eine Art von Auferstehung wäre das!

Unveröffentlichtes Tagebuch

Was ich bin, weiss ich noch immer nicht

Ich bin geboren worden, gewachsen, alt geworden wie alle anderen auch, also bin ich ganz uninteressant. Aber nun bin ich fünfundsiebzig Jahre alt und habe das Gefühl, daß ich eigentlich schon nicht mehr ganz hier bin. Mehrmals habe ich versucht, aus dieser Distanziertheit zu mir selber, die mit dem Älterwerden herangereift ist, einen objektiven Befund von dem zu erhalten, was man sein Ich nennt; zuletzt in einem Buch über meine früheste Kindheit, deren Bilder immer lebendiger werden. Beim Erinnern wurde es deutlich, daß ich, trotz aller Identität mit dem Kind, das ich damals war, doch nicht mehr dasselbe bin.

Als ich anläßlich einer Lesung zum erstenmal aufgefordert wurde, meinen Lebenslauf aufzuschreiben, schrieb ich folgendes:

Ich bin zwar in Australien geboren, aber in Wiener Neustadt aufgewachsen. Als Kind war ich reich, zärtlich und voller Illusionen und Phantasien. Elfjährig liebte ich Gott von ganzem Herzen und wollte ins Kloster gehen, aber wenige Jahre später schrieb ich mein erstes Gedicht, und das bereitete mir solche Freude, daß ich nicht mehr abließ vom Schreiben. Mit sechzehn arbeitete ich tagsüber im Büro, nachts ging ich tanzen oder ich las Karl Marx und Rainer Maria Rilke. Den ersteren verstand ich nicht, der zweite erregte in mir den Wunsch, an Schwindsucht zu sterben. Aber ich war dick und rotwangig. Mit zwanzig betrieb ich ein Speditionsgeschäft, das ich arg vernachlässigte, um nebenher an der Kunstakademie in Wien die Bildhauerei zu erlernen. Das versuchte ich hartnäckig fünf Jahre lang.

Während der ganzen Zeit schrieb ich Gedichte und kurze Prosa, später auch Romane, ohne Absicht, ohne Zukunftsziel, allein zu meinem Vergnügen. Und das tue ich auch heute noch! Diesem Lebenslauf ist nichts hinzuzufügen. Was ich bin, weiß ich noch immer nicht. Es zerfällt alles in unzählige zusammenhanglose Einzelheiten und ändert sich fortwährend. Ich liebe die Menschen, aber ich halte sie für das gefährlichste Raubtier, das Gott erschaffen hat. Ich liebe die Tiere, vor allem Pferde, Bisons und Elefanten, aber vor denen habe ich Angst. Ich liebe Blumen und Schmetterlinge, Juniwiesen voll Margeriten, Felder, an deren Rand es noch Kornblumen gibt – aber die haben heute schon Seltenheitswert. Ich liebe das Gras, alte Bäume, den Wald, die Berge, die Seen und Tümpel, in denen es noch Frösche und Gelbrandwasserkäfer gibt. Als Walter Klien in Schloß Grafenegg Schuberts c-Moll-Sonate spielte, war ich euphorisch glücklich. Aber meistens bin ich skeptisch bis pessimistisch, oft auch melancholisch. Wenn ich sehr traurig bin, schreibe ich Nonsense-Gedichte oder übersetze Christian Morgenstern ins Englische. Leute, die mich gut kennen, behaupten, daß ich ein fröhlicher Mensch bin. Wenn ich traurig bin, merkt man es nicht, daß ich traurig bin. Was ich hasse – nein, nicht einmal hassen kann, so unverständlich ist es für mich, das ist Grausamkeit. Ungerechtigkeit und Lärm können mich bis zu Wutanfällen ärgern. Sicher bin ich auch manchmal ungerecht, grausam aber nie. Ich liebe Gedichte, alte Städte, Zeichnungen und Bilder, weite Fußwanderungen und Seen, in denen man weit schwimmen kann, ohne an jemanden anzustoßen. Ich war sehr glücklich verheiratet. Ich habe, behauptet einer meiner Freunde, einen Treuekomplex, aber ich flirte immer noch sehr gern. Am liebsten habe ich meinen Mann. Am liebsten trage ich mein ältestes Paar Schuhe und meine älteste Bluse.

Übrigens: Fast hätte ich es vergessen. Ich bin Schriftstellerin. Was am eindeutigsten ich bin, sind meine Bücher.

Magazin

Worin Leben bestand

Daß ich schweigend redete, liebend haßte und zögernd handelte
und jeden Schmerz in meinem Innern verwandelte.
Daß ich Wunden an Blumen und jungen Bäumen gestillt,
daß ich mich vieler Dinge enthielt
und das Fell des Windes um die Schultern legte
und im schwankenden Boot lag und mich nicht regte,
wenn der Regen auf meine Haare schlug.
Daß ich mit Langmut die Arbeit trug
und den Stein immer wieder zum Gipfel zwang.
Daß ich weinte, betete, fluchte und sang.
Daß ich das Kreuz auf mich nahm und dreimal darunter zusammenbrach.
Daß ich das Bild meines Feindes mit einer Nadel durchstach.
Daß ich den Bruder erschlug, als ich sein Opfer belauschte
und meine Seele gegen ein Linsengericht vertauschte.
Daß ich das Herz meines Geliebten aß,
daß ich Vater war und im Wahnsinn die eigenen Kinder fraß.
Daß ich mein Antlitz immer aufs neue gewandt
nach dem Schritt hinter mir, der dann einhielt und lautlos ins Dunkel schwand.
Daß ich vom Berge stieg, um euch die schwarze Magie zu lehren
und das Feuer vom Himmel riß, um es auf menschliche Weise zu nähren.
Daß ich liebte und mich selber vergaß.
Daß ich mich vermaß

festzustellen, was das Leben bedeute:
Daß Gott uns liebt, wie das Raubtier die lebende Beute
...
Und daß ich sündigte und es nicht bereute.
Daß ich den Drachen schlug und starb am Zweige der bitteren Eibe
und daß ich zwölf Speere auffing mit meinem eigenen Leibe.
Daß ich Gott gebar und den Teufel nährte – und lachte,
als meine Brust ihn zum Milchbruder Gottes machte.

Gesang an das Heute

15. September 1963
Es macht mir fast angst – es scheint nicht zulässig, so glücklich zu sein. In allen Gegenständen ist ein Geheimnis verborgen, eine übernatürliche Schönheit. Selten tritt sie unverhüllt hervor. Dann ist der Anblick von Gras oder die Wahr-Nehmung eines Steines wie das unvermutete Vortreten einer lichten Gestalt ein paar rasche, lautlose Schritte auf mich zu: bestürzend schön, geisterhaft. Es durchflutet mich und ebbt sogleich zurück, und die vollkommene, reine Leere, die davon bleibt, trägt mich manchmal tagelang, wochenlang. Diese innere Leere – als hätte man aus einem fragilen Glasballon so jäh die Luft ausgesaugt, daß er, splitternd in tausend Stücke, von überallher zugleich in sich selbst hineingerissen wird.

Ein Geschmack nach Tod und Untergang ist immer in solchen Seligkeiten enthalten.

25. September 1963. Ein Hauch von Seligkeit
Schöne, kalte und sonnige Septembertage. Fast täglich sitze ich ein oder zwei Stunden lang auf dem Konstantinhügel. Und so oft gelingt es mir in diesen letzten Wochen, vollkommen ruhig und glücklich zu sein. Wenn ich eine Weile stillgehalten habe, taucht allmählich aus dem Grün und den Formen von Büschen und Bäumen die innere Schönheit hervor, die heimlich unter der Oberfläche leuchtet und so selten, auf Augenblicke nur, sichtbar wird. Jetzt bleibt sie oft lange, so lang es mir gelingt, selber ganz leer zu sein und mitzuschwingen mit den Bewegungen der Luft, der Blätter, dem gelassenen Winken und Wehen der Zweige. Diese

Schönheit hat mit dem, was das Auge sieht, wenig zu tun, sie kann nur als innere Harmonie erlebt werden; was nur die Augen sehen ist kaum der Mühe wert. Liebend neigt man sich aus sich selber heraus, und alles neigt sich zärtlich entgegen, alles wird zum Du, zum Allgegenwärtigen, das in allem vorhanden ist und auf das leiseste Entgegenkommen zu warten scheint, um sich damit zu berühren und neues Schwingen davon zu empfangen und weiterzugeben, zurückzugeben. Meine Freude, da zu sein, kommt als zitterndes Echo zu mir zurück, als Schönheit, die selbst wieder wellenförmig sich ausdehnende Kreise von Freude ringsumher bildet; bis alles mitschwingt, als reichte mein Gefühl bis in die fernsten und feinsten Stoffe im Weltraum. Es ist, als lösten sich die Flächen und Massen des eigenen Körpers auf, würden durchlässig; unaufhörlich flutet man von innen her über sie hinaus, wird eins mit allem, wie das Wasser eins ist, auf dem die zarten, symmetrischen Wasserreifen wandern, um das Zentrum schwingend, wo ein Stein hineingeworfen wurde; ohne aber das Wasser zu unterteilen, das eines bleibt, durchflutet und durchflutend und homogen. So wandert das Gefühl in sich weitenden Kreisen vom Inneren her bis an die äußersten Ränder.

Sag mir, wovon ich rede! Wie soll man so etwas beschreiben? Wie sollte es lernbar oder lehrbar werden? Jedes von dieser Freude bewegte Herz ist ein Zentrum, und so vielfältig sich seine Kreise mit den abstrahlenden Wellen aller anderen Dinge auch schneiden und überlagern und überlappen – immer ist es ein Ganzes, ein homogenes Medium, darin sich das vollzieht, über Körper, Orte, Räume, Zustände, Zeiten hin; hindurch geht ein einziges Strömen von Überall und von Anbeginn, wie der tiefe, gelassene Atem eines alles umfassenden Gottes.

Was für eine Analogie – welches Geheimnis ist der Atem. Welches Gleichnis für Geist spricht sich in Wellen und Wind aus? Geist weht und pflanzt sich fort in allem, und auch die Materie, außen begrenzt und kompakt, ist ja so fein strukturiert, daß sie dem Geist, der immer heiliger Geist ist, keinen Widerstand bietet. Er weht hindurch.

Leicht sein. Unbeschwert. Leer sein. Nicht gelehrt.

Was für ein Vorgeschmack von Bewußtseinszuständen, die noch nicht so richtig möglich sind.

Die herzförmigen Pappelblättchen sind wie hauchdünne Metallfolien, die blinkern und klirren. (Lange habe ich gesucht, ehe ich den entsprechenden Ausdruck gefunden hatte: „Wirbelnde Zinnplättchen streut die Zärtlichkeit aus.") Die schmale, ebenmäßige Form der Pappeln steht reglos da, vor dem Himmel, aber sie vibriert in sich bewegt, weil die Blättchen sich alle regen und man meint, in einem Körper das Schwirren von winzigen Teilen um winzige Zentren wahrzunehmen. Das Grün ist grün, aber gebildet aus rasend schnell kreiselnden Lichtblitzen.

Die Trauerweiden schwenken weiche, wehende Ruten wie Wasserpflanzen, als verlangsamte die Luft ihre Bewegungen zähflüssig, sie wiegen flutend ihre Zweige, sind immer wie unter Wasser.

Die Kastanien behalten im Wind die unverwechselbare Handform ihrer Blätter. Vielfingriges Tasten und Fächern. Ihr Rauschen klingt nicht metallisch wie das leisere Schwirren der Pappeln.

Das Schönste ist der Erlenflaum im Frühjahr. So schwebend verteilt er sich überallhin ... Die Luft scheint zu dicht, er kann nicht sinken, schwebt, taumelt, steigt, treibt hin, und setzt er sich irgendwo, geschieht es fast ohne Berührung, wie eine Ahnung sich auf die staunende Seele niedersinken läßt.

Tagebücher

Was mich so unruhig und traurig macht, ist: Ich habe einen Auftrag mitbekommen, den ich noch nicht erfüllt habe. Zwar weiß ich nicht mehr, von wem, nur daß es jemand war, dem man liebend und bangend gehorcht, auch weiß ich nicht mehr, worin der Auftrag bestand. Aber ich weiß, daß ich im Träumen und Wachen manchmal der Erinnerung daran sehr nahe komme, ich durchschreite die Kammern, die unzählig sind, in der Richtung auf diese Erinnerung zu, und es ist vielleicht immer nur mehr eine Türe dazwischen.

Aber dann wache ich auf und bin woanders, und es fällt mir vage ein, daß ich fast ein Wissen erreicht hätte, welches mir durch meine Schuld im letzten Augenblick entzogen wurde. Und manchmal fällt mir ein, daß dies nur das Wissen um die Beschaffenheit meines Auftrages sein kann.

Aber meistens weiß ich gar nichts davon. Ich lebe nur ganz einfach in zweckloser Nichtigkeit dahin und bin völlig leer und zufrieden. So lange, bis irgend etwas auf mich Eindruck macht – es drückt eine Wand in meinem Wesen ein – und es stürzt in einen Abgrund, es fällt in die Leere. Dann fällt mir wieder ein, daß ich einen Auftrag habe, der diese Leere mit Blut oder Blüten füllen könnte – vielleicht ... genau weiß ich es nicht, denn ich habe ja vergessen, und die Erinnerung, die zurückkehrt, verhält immer im letzten Augenblick den Schritt, und ich weiß, daß ich nun etwas, irgend etwas tun, denken, fühlen oder reden soll, dann wird sie eintreten. Aber immer versäume ich, es zu tun, zu denken, zu fühlen und zu reden.

Und so bleibt mein Auftrag unerfüllt.

Darum fürchte ich mich, wenn ich daran erinnert werde, daß ich sterben muß, oder daß die Zeit vergeht, oder wenn ich bemerke, daß meine Uhr stehen geblieben ist. Denn, wenn es hier schon eine Schuld gibt, die wir unschuldig und zwangsläufig auf uns laden müssen, wie wird es dann sein, wenn die Wurzeln aller Schuld aufgedeckt vor uns liegen und unser Auftrag, den wir versäumten, in tödlicher Schönheit uns noch einmal gezeigt und sodann vor unseren Augen vernichtet wird?

Gesang an das Heute

Gebet

Ich danke dir für die Liebe, die mich beherbergte,
den Haß, der mich forttrieb, und den Gleichmut des Scheidens,
ich danke dir für den Weg.

Ich danke dir für die Sterne und für die Blumen,
für das herrliche Gras, für den Sichelmond,
die Wolke, den Himmel, die Luft, die ich atme,
ich danke dir sehr für den Baum.

Ich danke dir für den Feind, der mich mittags anfiel,
und für den Freund, der mich abends heimgeleitet.
Ich danke dir sehr für mein Dasein
und dafür, daß es vergeht.

Du aber wirst sein, voll von der Freude des Seins,
wenn die Blume abgeblüht und der Stern erloschen,
der Baum verdorrt und jeder Weg weglos geworden ist,
wenn der Feind vermodert, der Freund abgeschieden,
wenn nicht mehr Abend noch Morgen sein wird.

Du wirst sein, wenn mein Dasein vorüber ist
und meine Liebe zum Dasein erloschen.
Darum danke ich dir mit meinem ganzen Wesen:
Ich danke dir für dein Sein.

Gedichte und Meditationen

Der Anfang

Wer das Wort ergreift, um zu erzählen, muß beginnen, eine neue Welt aus Worten aufzubauen. Immer war im Anfang der Schöpfung das Wort.

Gott schuf Himmel und Erde. Keine Welt ist seither für uns anders denkbar, keine läßt sich einfacher umschreiben als mit diesen beiden Worten: Himmel und Erde.

Der Himmel ist hoch und weit, blau von Ferne. Bei Tag trägt er die Farbe der Sehnsucht, über die Wolkenschiffe ziehen. Nachts kleidet er sich in das Schwarz, das nichts und alles bedeuten kann. Darin funkeln unsere Hoffnungen, licht und kühl. Der Mond ist ein Kahn, er gleitet über die Schwärze und rundet sich von Nacht zu Nacht einer immer größeren Vollkommenheit zu. Eine Nacht lang ist er die runde Insel unserer Träume. Dann schwindet er hin, fährt wieder sichelhaft zerbrechlich von Horizont zu Horizont und verfinstert sich endlich zum Neumond. Ist der Kahn wieder einmal gescheitert? Uns bleiben dennoch die Sterne.

Die Erde liegt zu unseren Füßen, denn wir sind die aufrecht gehenden Tiere. Vor uns ist sie als weiche, braune Matte hingebreitet. Sie ist so groß, daß unser Auge ihre Krümmung nicht wahrnimmt. Bevor wir wußten, daß sie rund ist – eine im Unendlichen ausgesetzte, kreisende Welt –, konnten wir sie uns als bräunliches Blatt mit Räupchen darauf in der Hand eines Gärtners vorstellen, ein schlichtes und tröstliches Bild.

Spät schied sich das Land vom Wasser.

Wenn uns auch die Erdflächen, die wir bewohnen, als Welt- oder Erdteil erscheinen, ist alles Land doch nur Insel, auf allen Seiten umgeben von unabsehbar weitem, blauem oder grauem Wasser, gleißend von Licht, fröhlich aufgekräuselt an den Rändern entlang der Küsten, befahren von unseren Schiffen, diesen schönen, aus Holz gefügten Gedanken mit den gebauschten Segeln voll Phantasie. Stattlicher und tüchtiger sind unsere heutigen Ozeanschiffe, immer rascher jagen wir auf das immer gleiche Ziel zu. Denn auch sie suchen das Geheimnis der Zukunft, das Geheimnis der Ferne zu erjagen, in die wir mitten hineingesetzt sind. Die Schiffe ziehen vom Lande fort, aber wer das Wasser erforscht, findet immer die Erde, Amerika oder Indien. Und auch der Blick, der in die Tiefe des Himmels einzudringen sucht, findet nur Sterne, kreisend und ausgesetzt wie der Stern, auf dem wir leben.

Aus der breiten, einfältigen Schöpfung des Anfangs begann sich das Vielfältige zu entwickeln. Überall keimte es. Gras, Sumpfgras und Riedgras, Hochgebirgsrasen und bitteres Halfagras, Moos und Schilf, Rentierflechte und die graugrünen, durch Luftwurzeln aneinandergeflochtenen Matten des australischen Grases; höher wucherten Augestrüppe und Sumpfdickicht, Schlingpflanzen und Büsche. Schön und langstämmig erhob sich der Wald, buschig und nadelig. Palmwedel und Laubkronen breiteten sich aus und beschatteten die Erde.

Zu dem Schwarzen und Blauen war eine Farbe hinzugekommen, die fröhlichste, die unser Auge kennt: Die Erde wurde grün.

Welch ein Tumult drängender Entfaltung, welche Kraft in den Stämmen und Zähigkeit in den Schößlingen, welche gesammelte Geduld in allen Wurzeln und geballter Wille in Samen und Knospen! Glut und Glanz stiegen als Duft, Geschmack und Farbe in die Früchte, Farbenfeuer brach aus den Blüten.

Dann begann alles Gewachsene zu erzittern von der freieren Bewegung der Tiere, die der Erde nicht mehr mit Wurzeln verhaftet sind. Außerhalb des großen Schoßes, losgetrennt von der Erde tummeln sich ihre Leiber. Die Erde dröhnt von zierlichen, flüchtigen, plumpen und zornigen Hufschlägen; Getrippel leichter Beinchen, Geflatter in allen Büschen, Rascheln im Gras, Summen über Wiesen und Baumkronen. Alles schwirrt und tanzt und zittert vor Lebendigkeit.

Die Meere atmen ruhig ein und aus. Aber in ihrer Tiefe ist dasselbe Gewimmel, blitzendes Hin- und Herschießen schmaler, flacher, gerundeter Leiber, das langsame Weiterfingern des Polypen, das Wiegen der Algen und die Wut der Haie.

Bis hierher reicht der reine Anfang. Und Gott sah, daß es gut war. Dann aber schuf er den Menschen.

Nur am Morgen, kurz vor der ersten Dämmerung, ist die Welt immer noch, wie sie im Anfang war, flächig und gelassen, mit wenigen großen Bewegungen und mit nur zwei Farben ausgestattet: dem Schwarz und einem in Abstufungen dem Weiß zustrebenden Grau. Alles ist still. Allmählich fallen die ersten Geräusche in die Stille, Summen und Zwitschern und der scharfe Möwenschrei über dem Strom. In den Landgebieten regt sich das Vieh in den Ställen und schüttelt schwerfällig den Schlaf aus dem Fell.

Der Mensch dehnt sich noch eine Weile unter Hüllen aus Dumpfheit und Traum. Dann bricht das erste Licht über den Horizont herein. Innerhalb weniger Augenblicke erhebt sich das Leben zu kräftigem

Rhythmus mit Chören von Pfiffen, Gegacker, Hungergekreisch und Lustschreien, brausend vor Tatendrang und voll heller Freude am neuen Tag.

Die Stadt erwacht und setzt überall gleichzeitig an zum Sprung in die Bewegung. Schon gehen hinter den verhängten Fenstern Schritte umher, Hände greifen nach den alltäglichen Gegenständen, in den Küchen dampft das Kaffeewasser, Münder schlürfen die erste Mahlzeit, Duschen rauschen, Kinder lachen, Radioapparate schmettern Musik oder Morgennachrichten oder die Turnstunde. In den Fabriken werden Knöpfe gedrückt, Hebel in Bewegung gesetzt, Kontakte schalten sich in den Stromkreis, Dampf strömt in Rohre, Räder kreisen langsam an und steigern sich bis zu gleichmäßiger Rotation in der Höchstgeschwindigkeit, Krane und Bagger wiegen sich plump in ihrem stählernen Gestänge, Autos sausen. Die Straßen sind voll Hast und noch gedämpftem Lärm, der später zu voller Tonstärke anschwillt wie das Brausen des siedenden Wassers im Topf. Menschen gehen mit raschen, zielbewußten, entschlossenen Schritten ihrem Arbeitsplatz zu, Kellner eilen durch Frühstückscafés. Vor den Molkereien stehen die blanken Kolonnen der Milchkannen, und der Milchwagen wartet. Mit schrillen, singenden Schreien ruft man die Morgenzeitungen aus.

Eine erwachende Stadt ist etwas überwältigend Lebendiges, schön und vernünftig, ein Tumult von Strebungen und Willensakten, die anscheinend wirr durcheinanderschießen, sich aber doch zu einem zweckvoll in sich organisierten Ganzen ordnen, zum klar umrissenen Alltag einer Lebensgemeinschaft, gebildet aus den Wünschen, Notwendigkeiten und Bemühungen aller Bewohner.

Der Strom, der die Stadt in einem weiten Bogen umfließt, wird beiderseits von Straßen begleitet, auf der Stadtseite von der asphaltierten Autostraße mit ihrer Zeile schlanker Bogenlampen, drüben von der staubigen Landstraße, die sich in Windungen und mit vielen Nebenstraßen zu den Dörfern verliert; bei Regenwetter voll Pfützen – Schlaglöcher werden nur mit grobem Schotter gefüllt, den die Straßenverwaltung am Rand in Abständen zu länglichen Haufen aufgeschüttet hat –, im Sommer von hohem Unkraut umbuscht, das in ungebärdiger Kraft und Schnelligkeit alles überwuchert. Roter Mohn weht dann auf den Schotterhügeln, die weißgelben Sterne der Kamillen, Margeriten, hie und da ein leuchtend blauer Rittersporn, Skabiosen und rosa Esparsetten. Dahinter sind ganze Flächen bunt von den rauhblättrigen Natterkopfstauden.

In der frühesten Morgenstunde kann man selbst in unserem späten Jahrhundert noch meinen, es sei immer wieder erster Schöpfungstag, voll Unschuld und reiner Gegenwart.

Früh tritt der Fährmann aus seiner schwimmenden Bretterhütte. Er wendet das Gesicht nach Osten und sieht den Tag aus der Dämmerung tauchen. Neben ihm steht sein Hund, ein schwarzgelber Schäferhund mit schmaler Schnauze und zottiger Brust. Er schnuppert mit blinzelnden Augen, den einen Vorderlauf leicht erhoben, über das Wasser hin. Seine Nase erzählt ihm von allem und meldet, noch ehe ein Schritt zu vernehmen ist, den Menschen, der sich nähert. Der Hund läßt sich würdevoll auf dem Bootssteg nieder, um zu bewachen, während der Fährmann die Stufen der Böschung hinaufsteigt. Mit einem Laib Brot unter dem Arm kehrt er zurück.

Das System der Fähre ist sehr einfach. Auf einem Drahtseil, das quer über den Strom gespannt ist, läuft eine Rolle, an der das primitive Fährboot durch ein zweites Seil befestigt ist. Die Strömung treibt es, durch ein paar Drehungen am Steuerrad quergestellt, langsam hinüber. Mit einem Bootshaken zieht es der Fährmann drüben an den hölzernen Steg heran.

Am strömenden Wasser scheint die Zeit langsamer zu vergehen, obwohl keiner zweimal in denselben Fluß steigen kann und ziehendes Wasser wie nichts sonst zum Symbol des flüchtig Vergehenden geeignet ist. Aber hier tickt keine hastige Uhr, hier strömt es wie seit Anbeginn. Alt ist die Bootsform, aus alter Zeit stammt die Funktion des Fährmanns, und das System, die Konstruktion, mit deren Hilfe er seine Tätigkeit ausübt, ist nicht erneuert worden, weil sie dem Zweck vollkommen genügt. Der Fährmann ist kein Anachronismus geworden und hat doch die dumpfe Überlebensfähigkeit einer ewigen, mythologischen Figur. Man denkt, auch wenn man im Jahr 1925 übersetzt, an Christophorus. Allerdings watete er durch den Fluß, der vielleicht reißender war als der unsere, aber sicher weniger breit und tief. Und weniger schmutzig – noch nicht von Kanalzuflüssen und den Abwässern der Fabriken getrübt. Und man denkt an einen noch älteren Fährmann, der die Seelen übersetzte an ein Ufer, von dem keiner zurückkehrt.

Daß der Tod ein Fährmann ist, der sein Boot an Land ziehen wird, um uns zu holen, haben die alten Völker mit Sicherheit gewußt. Davon geben ihre Mythen und Gesänge Zeugnis. Auf Vasen und Steinplatten aus allen

Teilen unserer aus demselben Faden gesponnenen antiken Welt findet man ihn abgebildet, und in einem anderen Erdteil singt man von ihm: „Da kommt das Boot des Todes langsam näher. Da zieht der Fährmann nur sein Boot an Land."

„Noch meine Großeltern haben daran geglaubt", sagte die Kinderfrau. „Abends sind sie gern hinunter an das Flüßchen gegangen, das unsere Äcker bewässerte und begrenzte. Oft hat man dort um die Zeit des Sonnenuntergangs die Alten still vor dem roten Himmel stehen gesehen, wie sie friedvoll und in sanfter Ergebung flußaufwärts Ausschau hielten nach dem schweigsamen Freund, der sie hinüberführen sollte in ein größeres Land. Auch ich erinnere mich noch an die schlanken Säulen ihrer bis ins hohe Alter aufrechten, stehenden Körper. Das Bild hatte etwas von Vertrauen in die Güte des Lebens und den Sinn des Todes; etwas von gelassener Selbstaufgabe. Zwar hat unser Flüßchen kaum je ein Boot auf seinen Wellen geschaukelt, man überquerte es zu Fuß auf hölzernen Stegen, die von fast jedem etwas weiter abgelegenen Hof eine direkte Verbindung zum anderen Ufer herstellten. Und außerdem gab es noch zwei gedrungene, bogige Steinbrücken, die für Fahrzeuge breit und stark genug waren. Die Fischerei lohnte hier nicht. Nur die Knaben fingen Flußkrebse, die eßbar sind, oder Weißfische, deren Kleinheit den Fang kaum der Mühe wert machte. Kinder ließen sich in einem Waschtrog ein wenig den Fluß hinabtreiben. Auch gab es, als der Bach noch nicht reguliert und zwischen Betonwänden eingekerkert war, Flußmuscheln, in denen sich Perlen bildeten. Einige davon sollen ihren würdigen Platz in der Krone der Kaiserin gefunden haben. Das hat mir ein weiser alter Mann erzählt."

Wie sich der Mythos vom Fährmann in eine solche Landschaft verirrt hat, ist unklar. Die Schulreform hat ihn schon längst, aus übertriebener Wahrheitsliebe vielleicht, aus dem Lehrstoff ausgetilgt, wo er früher im Schullesebuch unter „Heimatkunde, Sagen und bodenständige Märchen" zu lesen war. Seither findet man die eindrucksvolle Figur mit dem triefenden Ruder im schaukelnden, schwarzen Nachen nur mehr in den weniger lehrhaften, aber umso schöneren Märchenbüchern. Die Vernunft hat gesiegt.

„Ein Land wie das unsere", sagte die Frau, „das an keinem Meer liegt, hat wahrlich keine Ursache, den weiß Gott woher angewehten Glauben zu hegen, daß der Tod in einem Boot kommen und das Land ‚Jenseits' auf dem Wege über Gewässer erreichbar sein wird. Statt dessen haben wir unsere Jenseitsvorstellungen senkrecht hinauf verlegt, in den Himmel. Die heute nach dem Tod Ausschau halten, blicken nicht mehr aufrecht stehend ins Weite, sondern zu den Sternen empor, und das tut man am besten liegend. Vielleicht hängt es damit zusammen, daß die alten Leute jetzt so selten stehend vom Tod überrascht werden, sondern im Bett liegend, meist nach längerer Krankheit. Sie haben ja, sobald Altersmüdigkeit und körperliche Beschwerden sie befallen, kaum noch Grund, abends hinauszuwandern zum Fluß, der geheimnislos seicht und schmal ist, so daß man ihn ohne weiteres durchwaten kann. Darum legen sie sich und bleiben liegen und blicken nur durch das Geviert ihres Kammerfensters hinauf nach dem Himmel, ein wenig bang, wie es denn dort, so hoch oben, so weit von dieser vertrauten Erdfläche, sein wird, ohne festen Boden unter den Füßen, ohne schlichte Gerätschaften, wie Ruder und Nachen zum Fortkommen."

Der Fährmann ist ein mittelgroßer Mann mit alterslosen Gesichtszügen. Seine Hände haben die schwerfällige Geschicklichkeit eines sehr geduldigen Menschen, der nur weniges und primitives Handwerkszeug benützt, dem aber das Material brüderlich gesinnt scheint und unter den Händen fügsam wird.

Erst von sieben Uhr an hat er eine Weile ununterbrochen zu tun, und heute viel mehr als früher. Immer mehr Menschen wohnen drüben auf der inzwischen zum Teil verbauten Seite der Augebiete und wollen herüber in die Stadt, zur Arbeit, zu ihren Geschäften und Besorgungen, in die Schule oder zu Vergnügungen.

Menschen steigen ein und werfen eine Münze in den Kasten, der neben dem Steuerrad hängt. Der Fährmann stößt mit dem Haken von den Bohlen des Steges ab, und die Fähre gleitet ruhig zurück.

Er landet hundertmal täglich am jenseitigen Ufer, doch betritt er selten das Land. Auf unserer Seite des Stroms führt er sein alltägliches Leben und geht zu Zeiten, da die Fähre ruht, in den Straßen der Stadt herum, aber sein eigentliches Leben lebt er nicht in der Stadt, sondern in seiner Bretterhütte, die er auf dem Steg über das Wasser gebaut hat. Er gehört einem Grenzgebiet an und hat eine verbindende Funktion zwischen zwei Landschaften zu seinem Beruf gemacht, indem er jene, die ihn anrufen, übersetzt. Er ist ohne Zweifel ein abseitiger Mensch, ein sonderbarer Heiliger, der lieber direkt über dem Wasser lebt als auf festem Grund.

Es mag sein, daß er von unserem Leben nur eine vage Vorstellung hat, er sieht das Land mit den Augen dessen, der auf dem Wasser wohnt. Aber sehen nicht auch wir den Himmel mit irdischen Augen?

Auf dem Wasser bringt der unaufhörliche Laut der Wellen die eigene Geschwätzigkeit zum Schweigen. Der Fährmann ist schweigsam. Mit den Fahrgästen läßt er sich selten in ein Gespräch ein. Indem er seine Aufmerksamkeit dem Steuer zuwendet, hört er wohl ab und zu Bruchstücke unserer Gespräche, die ihm seltsam erscheinen mögen, da er sie als Fragmente und von unserem ganzen Bezugssystem abgelöst vernimmt. Auch werden die Stimmen am Strom leiser und zögernder. Über die Hast, mit der wir tagsüber Meinungen bilden und die unentwegt auf uns eindringenden Erfahrungen in ein flüchtiges Schema einordnen, breitet sich die Stille des unbewegten Augenblicks, in dem wir uns untätig dem Willen des Wassers und der Widerstand leistenden Strebung des Fährboots überlassen.

Es ist erstaunlich, daß der Fährmann dennoch erlernt hat, einen nützlichen Gebrauch von der Währung zu machen, die an Land im Kurs steht, doch das Geld und der Wert, den wir ihm geben, wechseln flüchtig durch seine Hand, wie auch seine Tätigkeit auf Übergänge beschränkt bleibt. Das Kupfer, das an der Luft gerne die Oberfläche ändert, wird von der Feuchtigkeit in des Fährmanns Reich zu schnelleren Verwandlungen gedrängt. Es ist von zartgrünem Schimmer bedeckt, wenn er es weitergibt. Wir nennen das Tanggrün, das sich auf den Münzen absetzt, Grünspan und wissen, daß dieser giftig ist. Zwar bedeutet das Gift nicht für jeden, der die Münze in die Hand nimmt, eine Gefahr, doch ist keiner von uns so unverletzlich, daß nicht seine Haut kleine Risse und Schnitte bekäme, durch die das Gift ihm ins Blut dringen könnte. Auch gibt es heute jene Kupfergroschen nicht mehr, dafür andere, viel unheimlichere Chemikalien, an denen wir uns vergiften könnten.

Man spricht von der Stadt und sagt: Die Stadt ist. Aber in den Minuten der Untätigkeit auf dem Fährboot kommt man auf abwegige Gedanken. Man empfindet sich selbst, angesichts des ziehenden Wassers, als seiend; alles andere ist werdend. Auch die Stadt wird und wächst und ändert sich. Wie sie heute ist, ist sie in langen Zeiten geworden. Man wünscht die Zeit fort und wäre gern als der, der man heute ist, dabei gewesen und hätte zugesehen, wie die Stadt gegründet wurde und wuchs, und möchte auch noch zusehen können, wie sie weiterhin werden wird. Und wie sie (in geheimnisvoller zeitlicher Vorzukunft!) geworden sein wird.

Zauberer und Verzauberte

Das letzte Blatt

30. 5. 1997

ES IST NICHT SELBSTVERSTÄNDLICH –

- daß ich hier in einer Wohnung sitze, die mir gehört
- daß ich meine Heimat nicht durch Vertreibung und Flucht verlassen mußte
- daß ich nicht verhungert, erfroren, an einer Krankheit gestorben bin, nie mißhandelt oder verhaftet wurde
- daß es mir auch am totalen Nullpunkt 1945 immer möglich war, auf eigenen Füßen zu stehen und für mich und meine mittellose Mutter zu sorgen und mir im Laufe von wenigen Jahrzehnten alles wieder erwerben konnte, was man braucht
- daß ich einen liebevollen Vater hatte bis zu meinem siebenten Jahr und einen lieben Bruder bis zu meinem 14. Jahr und eine liebevolle Mutter hatte, die so alt wurde, wie ich jetzt bin, und daß es mir möglich war, sie im Zustand der Lähmung zehn Jahre zu pflegen und im Augenblick des Todes bei ihr zu sein
- daß ich 43 Jahre mit meinem Mann zusammenleben konnte, ohne daß es je Streit, Entfremdung oder Lieblosigkeit gegeben hätte und er zuletzt ohne Schmerzen oder Angst bei mir daheim sterben durfte
- daß ich den Beruf einer Dichterin, Übersetzerin und Schriftstellerin mehr als vierzig Jahre lang in Freiheit ausüben konnte
- daß ich nur zweimal ernstlich krank war und mit Hilfe der Muttergottes das einemal und mit ärztlicher Hilfe das zweitemal sehr rasch gesund wurde und bis heute gesund bin

– daß ich zwar wenig Zeit hatte, aber viele Bücher schreiben durfte.

ES IST SELBSTVERSTÄNDLICH, DASS ICH DANKBAR BIN FÜR MEIN LEBEN!

Unveröffentlichtes Tagebuch

Zu dieser Auswahl

Gerhard Trenkler

Jeannie Ebner wurde am 17. 11. 1918 in Sydney/Australien geboren, verbrachte ihre Kindheit in Wiener Neustadt und lebt seit 1946 in Wien. Ihr Weg ist nicht durch spektakuläre Ereignisse gekennzeichnet, keine Publikumsbeschimpfung, weder Exil noch Emigration, keine Extremsituationen, die über das Normale einer anomalen Zeit hinausgingen.

Nüchternheit und Fleiß und der Dienst an anderen – so wurde sie von der „gar nicht frommen" Mutter erzogen. Wahrheitsliebe war eine Kardinaltugend im Elternhaus. Im Titel der bislang letzten Veröffentlichung, der Tagebücher: „Der Genauigkeit zuliebe", schlägt sie sich noch nieder. Eine Jugend, die trotz Mangel, Hunger und Wohnungsnot überschäumte vor Tanz und Lachen und Liebelei. Und als der Richtige ins Leben trat, eine Ehe, die erst der Tod geschieden hat.

In diesem „kleinbürgerlichen" Leben ist das literarische Werk entstanden: Gedichte, Erzählungen, Romane, Meditationen, Autobiographisches. Nur das Drama fehlt, spielerische Versuche wurden nicht weiter verfolgt; auch das Hörspiel, das so vielen Autoren ihrer Zeit wichtige Erwerbsquelle war. Sporadisch Drehbücher für das Schulfernsehen. Manches ist im Entwurf steckengeblieben, vieles liegt unpubliziert in der Lade. Mit den ca. 4000 gedruckten Seiten liegt eine respektable Ernte auch der Zahl nach vor, wenn man bedenkt, daß Jeannie Ebner durch Not und Notwendigkeit von der Schule in den Beruf abkommandiert wurde und lebenslang um den Broterwerb sich mühen mußte.

„Kind", hatte die Mutter zu ihr gesagt, „es wird wohl nichts anderes übrigbleiben, als dich aus dem Realgymnasium herauszunehmen, weil ich das Schulgeld nicht mehr bezahlen kann ... es geht nicht anders." Neben der Lehre in der vom Vater überkommenen Spedition studierte sie, „die geborene Einzelgängerin, ... die aber zu allen Zeiten ihres Daseins ungemein gesellig gelebt hat", Bildhauerei an der Kunstakademie in Wien und arbeitete bis 1949 als Stenotypistin. Ab diesem Jahr erscheinen von ihr Texte in Zeitungen, Zeitschriften und Anthologien. Leben war im Wien der Nachkriegszeit für Jeannie Ebner Überleben. Wenn 1952 auf der Klappe der ersten selbständigen Buchveröffentlichung unter dem Foto der kritisch dreinblickenden Mittdreißigerin die Berufsbezeichnung „freie Schriftstellerin" steht, dann ist das zu dieser Zeit im Sinne von vogelfrei zu verstehen. „Die Jeannie Ebner wohnt in einem Postfach", spöttelt Hans Weigel in der Frühzeit des Café Raimund, dem Treffpunkt der „neuen österreichischen Literatur". Noch 1978 antwortet sie dem geistigen Ziehvater auf die Aufforderung, einen Roman zu schreiben: „Ich kann nicht, Hans! Wenn ich einmal eine Viertelstunde Zeit hab', schreib' ich ein Gedicht. Wenn ich einmal einen halben Tag frei hab', schreib' ich eine Geschichte. Und mehr freie Zeit hab' ich nicht." Erst als die Sechzigjährige 1978 ihre Tätigkeit als Redakteurin und Mitherausgeberin der Zeitschrift „Literatur und Kritik" aufgibt, erlangt sie die ersehnte „Freiheit". Ein österreichisches Schicksal.

1954 erschien der erste Roman unter dem Titel „Sie warten auf Antwort", 1992 ihr bislang letztes erzählerisches Werk „Zauberer und Verzauberte", gefolgt – 1993 – von einem Band Tagebücher. Neben den 24 eigenen

Buchpublikationen steht eine noch längere Liste von Übersetzungen, von denen besonders „Die Möwe Jonathan" weit verbreitet wurde. Christian Morgensterns „Galgenlieder" überträgt sie ins Englische.

Nicht so sehr die äußeren Ereignisse der „großen Zeit" als die familiären, privaten, markieren die acht Jahrzehnte: der Tod des Vaters (1926), der Tod des Bruders (1933), Liebelei und Liebe in der Jugend, das Gelingen der Partnerschaft, Krankheit und Tod der Mutter (1958), des Gatten (1990). In den Tiefenschichten des Ichs ereignen sich Einbrüche überwältigender Andersartigkeit, die ihr Schreiben stark beeinflussen, auch wenn sie sich der literarischen „Verarbeitung" letztlich entziehen. Offenkundig ist ein Schlüsselerlebnis, das Zwang und Befreiung in einem ist: der Entschluß zum Schreiben. „Plötzlich fällt mir ein, wie es zuging, daß ich mein erstes Gedicht schrieb", notiert sie im Oktober 1973, „... drei Tage lang war ich benommen von einer unerklärlichen Freude. Da beschloß ich, Schriftstellerin zu werden, nicht zu heiraten, keine Kinder zu kriegen, mich nicht um Reichtum zu bemühen, sondern alle meine Kräfte in den Dienst von Gedichten zu stellen."

Später wird sie unter dem Datum 7. 11. 87 das „Gelübde" niederschreiben, das sie mit einundzwanzig Jahren abgelegt hat: „Nie wieder will ich durch Leichtsinn und Genußsucht riskieren, vom Weg abzukommen, den ich für meinen, den einzig richtigen halte. Ich will unter allen Umständen daran festhalten, diesen Weg zu gehen, den Weg des SCHREIBENS, und nie wieder mich selbst in eine Lage bringen, die das verhindern könnte." In den Tagebucheintragungen und in den Werken selbst taucht immer wieder diese fundamentale

Lebensentscheidung auf, die in ihrer Radikalität an den Eintritt in einen klausurierten Orden denken läßt. „Und im November hab' ich geheiratet", erinnert sie sich im Alter, „den Mann geheiratet, von dem ich nach achtzehn Jahren Zusammenlebens genau wußte, daß er der einzige war, den ich ein Leben lang würde lieben können, ohne Verrat zu üben an meinem Angelobtsein an das Schreiben." Sie will in diesem Zusammenhang das Wort Opfer nicht gelten lassen. „Es ist nicht mehr und nicht weniger als eine Selbstverständlichkeit. Vielleicht ist es das, was man LIEBE nennt." Eine Alternative kann sie sich nicht denken. So schildert sie die literarische Produktion als willensunabhängigen, unausweichlichen Prozeß. „Es schreibt in meinem Kopf", wird sie ihre Existenz einmal definieren. Die Texte strömen aus ihr heraus, deren Richtung kennt sie im vorhinein nicht. Die Romanfiguren nehmen ihrer Schöpferin das Heft aus der Hand und machen sich selbständig, ohne daß sie ihnen – in romantischer Ironie etwa – gebieten könnte. „Wenn Worte vorüberkommen, mitschreiben", heißt es an anderer Stelle. Das Unbewußte hat an ihrem Schaffensprozeß einen großen Anteil. Der Zugriff der Ratio erfolgt, wenn die vorgewußten Inhalte aus ihr herausdrängen: „An sich schreibt sich der Roman selbst. Er sucht sich, wie ein auf dem höchsten Berg entspringender Quell selber sein Bett. Zuviel konstruieren hieße doch, statt eines lebendigen Wasserfalls und eines immer mächtiger anschwellenden Flußlaufes nur einen Abzugskanal zu gewinnen. Das ist meine Methode nicht ... Der große Romancier sowohl englischer wie amerikanischer Zugehörigkeit, Henry James, sagte, die Kunst des Romanschreibens sei nur die Kunst der richtigen Auswahl aus dem Stoff der Wirklichkeit.

Dem kann ich zustimmen, mit dem Vorbehalt, daß ja die Mosaikteilchen, all diese winzigen Steinchen des Wirklichkeitsbildes, automatisch mit eingebaut werden, nur wähle ich nicht mit großer Klugheit aus, sondern lasse die Entscheidung, was verwendet werden soll, dem aus dem Unbewußten heraufsteigenden Geysir der Phantasie."

Der besonderen Art ihrer literarischen Produktion korrespondieren die Inhalte. Schon für ihre Erstveröffentlichung verwendet sie im Untertitel das Wort „Gesichte". Gesichte kommen, man sucht sie sich nicht aus. Das Visionäre, Surreale ist ein durchgehendes Charakteristikum ihres Werkes. Immer wieder verwendet sie den Traum als literarisches Ausdrucksmittel, archaisierende Erzählformen haben sie unverwechselbar und berühmt gemacht. Die Antike wird in die Gegenwart geholt und die Gegenwart vor antikem Horizont entfaltet. Die „bunten Dinge dieser Welt", wie sie ihr erstes Gedicht nennt, werden ihr zu Gleichnissen für die Grundstrukturen von Leben und All. Sie ist die Philosophin der österreichischen Literatur der Gegenwart. Den Sängern vorliterarischer Kulturen gleich gelingen ihr Typen und Handlungsmuster von zwingender Geschlossenheit.

Es mag in diesem Zusammenhang verwundern, daß eine Autorin, die für ihre Erstveröffentlichung den Titel „Gesang an das Heute" gewählt hat, oft auf den Mythos zurückgreift, um eben diesen Anspruch an die Gegenwart zu formulieren. Die gleiche Frage erhebt sich bei dem zwei Jahre später erscheinenden Roman „Sie warten auf Antwort". Welche Antwort erhielten „Sie" bzw. „Die Hilflosen", wie dieses Buch ursprünglich heißen sollte? Heute ist die Antike wieder modern, allerdings postmodern, und das hat den Beiklang von beliebig. Den haben ihre Erzählungen gerade nicht.

Ein zweiter Gedanke hängt mit der gestellten Frage eng zusammen: Nach dem Zweiten Weltkrieg lag die Welt in Trümmern, das Grauen des Rückblicks wurde durch den Ausblick auf die Möglichkeit atomarer Vernichtung potenziert. Jeannie Ebner aber thematisiert Krieg, Terror und apokalyptischen Schrecken wenig, obwohl sie das Tausendjährige Reich, seine Barbarei und danach den Kalten Krieg erlebt hat. Die „Figuren in Schwarz und Weiß", ein weit ausladender Gesellschaftsroman, und der autobiographisch-sachliche Bericht „Fluchtwege – Wanderwege" hätten Gelegenheit geboten, sich mit diesen Themen zu befassen.

Dem nationalsozialistischen Wahn war sie – der Gnade der späten Geburt nicht teilhaftig – niemals erlegen gewesen. Sie rauchte, sie schminkte sich, sie lackierte die Fingernägel, sie ließ sich die Zöpfe abschneiden, sie wollte nicht Mutter werden, und schon gar nicht im Sinne der herrschenden Ideologie, kurz: „Ich tat, was nicht geschätzt wurde." Als „hausbacken" wurden die Heimabende der NS-Frauenschaft in der Familie abgelehnt. „Nein, ich fühlte mich zu dieser ‚Volksgemeinschaft' nicht zugehörig. Ich wollte nicht dazu gehören. Ich gehörte nicht dazu." Mehr aus Instinkt denn aus Wissen stand die junge Gedichteschreiberin in Opposition.

Später sinniert sie in ihren Tagebüchern einmal (11. 8. 87) über das „dumme Schlagwort" von der „Trauerarbeit", das „jetzt durch die Köpfe moralisch entrüsteter junger Leute geistert. ... Wem Trauer eine Arbeit bedeutet, der ist nicht traurig, sondern höchstens mißvergnügt. ... Traurigsein ist ein Zustand, in dem man sich unfreiwillig befindet. Wer sehr traurig ist, macht keine Kundgebung daraus. Er leidet. Er leidet stumm, innerlich, leidet, ohne Trost zu finden, ganz mit sich allein." Im unmittelbaren Anschluß fällt das Wort vom „Schock, den die fürchterlichen Erkenntnisse aus unserer Lebenszeit uns heute Altgewordenen versetzt haben ... der hat etwas in uns ein für allemal zerstört ... Das ist nie wieder gutzumachen." Daraus erklärt sich ihre literarische Reaktion auf die Vergangenheit. Das Ausdruckspotential der Mythologie war für sie *die* Möglichkeit, sich der Frage nach Schuld und Schicksal so zu stellen, wie es der Ungeheuerlichkeit des Geschehens entsprach. Die Allegorie erlaubte zu sagen, wofür die Sprache keine Worte hat. Ihre spontanen, aus den Tiefen der kollektiven Erfahrung hervorquellenden Bilder und Sequenzen zwingen zum Nachdenken und leisten so das, was Kunst für die Grundfragen des Menschen leisten kann.

Daß sie sich mit diesem Rückgriff und hinsichtlich anderer Texteigenheiten in einer Linie mit den Existentialisten befindet – auch Sartre und Camus liebten antike Vorbilder –, schmälert ihr Verdienst nicht. Es beweist vielmehr, daß die Dreißigjährige im Gleichklang mit den wachen Köpfen ihrer Zeit war. Darüber hinaus gelang ihr als einzigartige Leistung die Transponierung dieser Antwort in den deutschen Sprachraum im allgemeinen und die österreichische Situation im besonderen. Eine „magische Darstellung der Wiener Atmosphäre" nennt Hans Weigel einmal ihre Werke und erklärt an anderer Stelle: „Sie erzählt von heutigen Menschen, als wären sie biblisch, und von biblischen Menschen, als wären sie heutig. Das Geheimnisvolle,

Magische, Ewige liegt in ihren Geschichten und Romanen nicht, wie man so sagt, gleich ums Eck, sondern in unserer Gasse. Sie weiß, wo Gott wohnt: im zweiten Wiener Gemeindebezirk, in einem großen Wiener Altersheim, hinter der Mauer eines Herrschaftshauses irgendwo in Niederösterreich."

Mit dieser metaphysischen Erzählposition hängt eng ihr Anspruch nach Totalität zusammen. Schicksal und Geschichte will sie an Archetypen und Grundmustern verstehbar machen oder zumindest in einen größeren Zusammenhang einordnen. Es ist ein im Grund unerfüllbarer Anspruch, und sie selbst hat das erkannt: „Ich war der Versuchung erlegen, die Welt, ja die ganze Welt von Anfang bis Ende in ein Buch zu fassen. Es beginnt mit der Erschaffung der Welt und endet mit einer Sintflut." Was sie über ihren Roman „Zauberer und Verzauberte" schreibt, gilt für manches andere ihrer Werke. „Meine Intuitionen waren immer so komplex – weshalb meine Romane gern bei der Erschaffung der Welt begannen und im Gesamtbild eines allgemeinen Untergangs oder aber einer vagen sinnvollen Harmonie endeten, mit den seligen blauen Faltern etwa – so komplex wie ein großes Gemälde. Sie waren zwar mit einem intuitiven Blick erfaßbar, aber mit dem unzureichenden, mühselig Detail an Detail fügenden Material ‚Sprache'nicht recht vermittelbar."

Die vorliegende Auswahl ist aus dem gesamten Werk der Dichterin, dem veröffentlichten und dem unveröffentlichten, genommen. Die einzelnen Texte finden sich zum Teil als geschlossene Einheiten in den Werken, zum Teil sind sie – wenn sie etwa den Romanen entstammen – aus der ursprünglichen Umgebung herausgelöst und unter einen eigenen Titel gestellt, der sich im Original nicht findet. Kürzungen im Textverlauf waren nicht immer zu vermeiden. Ein so umfangreiches Œuvre in repräsentativen Beispielen darzustellen ist ein schwieriges Unterfangen. Auswählen bedeutet Weglassen, und die Gefahr der Verfälschung ist immer gegeben. Der Querschnitt ist aber Chance, zu einem dichterischen Kosmos Zugang zu schaffen, der im Gestrüpp der Novitäten nur allzuleicht zuwächst. Da viele Titel der Jeannie Ebner im Buchhandel nicht mehr erhältlich sind, galt es um so mehr, sie zu ergreifen. Auch wenn es schmerzlich war, hier zu streichen und dort beiseite zu lassen, aus dem Zusammenhang zu brechen und allein zu setzen, was Glied eines größeren Ganzen ist. Es ist nur ein schwacher Trost, daß die Autorin diesen Weg mitunter selbst beschritten hat. Der bislang letzte von ihr publizierte Roman „Zauberer und Verzauberte" fand in der Zeit seiner Entstehung bei den Lektoraten der Verlage kein Gefallen. Da entschloß sie sich, die Versuche der Publikation aufzugeben, das Manuskript zu vernichten und nur einzelne Partien in Sammlungen zu veröffentlichen. Glücklicherweise hat sie den Roman später rekonstruiert, so daß er im Jahr 1992 erscheinen konnte.

Soweit die ausgewählten Texte unter der von der Autorin formulierten Überschrift abgedruckt sind, bedarf es über den Quellenhinweis hinaus keiner weiteren Erklärung. Für jene, die aus einem größeren, z. T. fortlaufenden Ganzen genommen sind, wäre eine solche denkbar. Der Herausgeber hielt aber die Abschnitte insgesamt für so stark, daß sie allein und ohne den Kontext existieren, ja vielleicht als Solitäre eine neue Schönheit entfalten können. Jede Beifügung – ob an deren Anfang oder Ende – hätte sie in ihrer Wirkung nur geschmälert. Auch ist der Rückgriff auf die integrale Ausgabe ja erwünscht.

Die vorliegende Auswahl ist nach Themen geordnet. Die erste Abteilung bringt die archaisierenden Texte. Sie erwecken den Eindruck, als kämen sie *„Aus weit vorausliegender Zeit"* (I.), wie Kurt Klinger das Schaffen der Ebner, einer frühen Lesung im Wiener Art-Club eingedenk, charakterisierte. Die mythologisierende Rede ist zu ihrem Markenzeichen geworden. Tatsächlich ist sie von einer beschwörenden Kraft, der Ursprung der Sprache im Zauberspruch wird spürbar. Sie reicht in Tiefen, in denen die sittlichen Fundamente und die letzte Frage nach dem Warum verankert sind. Dem Eindruck einer Erzählung wie „Der Vater" wird sich der Leser nicht entziehen können, sie ist eine Meisterleistung, die ihresgleichen sucht.

Der Titel dieser Abteilung erschöpft sich nicht in den ihm eingeordneten Stücken. Er ist einer der acht Kettfäden, die sich durch das ganze Gewebe dieser „neuen Penelope" ziehen; zusammen mit jenen, die sich auf Kindheit, Eros, Weiblichkeit, auf „die Welt" und schließlich auch auf das Groteske beziehen.

Die Kindheit ist das „Ursprungsland", von dem die Dichterin fühlt, daß es ihre Heimat ist. „Was ich schreibe", wird sie einmal bekennen, „sind Berichte von einem anderen Land." Es ist das „schöne Land", in dem Schuld nur als halbbewußte Ahnung bekannt ist. Und doch erfaßt deren Einwohner ein Wandertrieb, der sie hinaustreibt. Das Kind wächst heran und läßt die Geborgenheit hinter sich. Was es vorher geahnt hat, weiß es jetzt. Gut und Bös liegen nun fordernd vor ihm. Ist es erwacht, muß es scheiden und entscheiden. Heimweh und Neugier treffen sich in einer kurzen

Lebensphase. So liegt den Passagen über Kinder und Kindheit verklärende Nostalgie fern. Nicht die Idylle steht im Zentrum der Betrachtung, sondern der Überstieg. *„Erstes Erwachen"* (II.) ist für Jeannie Ebner darüber hinaus eine der menschlichen Grundsituationen, aus denen Anfang und Ende nicht nur des Individuums, sondern auch des Kollektivs sichtbar werden. Die Sehnsucht der Menschheit nach der Kindheit ist die Sehnsucht nach dem Paradies, und die Geschichte der Menschheit ist der Versuch nach dessen Wiedergewinnung.

Die beiden Abschnitte *„Der Pfeil des Eros"* (III.) und *„Frauen"* (IV.) hängen eng miteinander zusammen. Die männlichen Rollen in Jeannie Ebners Werk sind nicht nur spärlicher gesät. Sie treten auch in der Profilierung in den Hintergrund. Nur die Gestalt des Vaters, ob nun in mythischer Dimension oder als biographisch erinnerte Bezugsfigur, macht eine Ausnahme. Die Bühne ihres Welttheaters beherrscht das weibliche Geschlecht. „Frau Welt" figuriert auf ihr als Urbild, sie tritt nicht nur im antiken Gewand auf. Auch die Nachbarin von derselben Stiege kann ihre Züge tragen. In den Texten wird man kaum Ähnlichkeiten mit dem finden, was man unter Frauenliteratur gemeinhin zählt. Jeannie Ebner vertritt ihre Position in einer eigenwilligen Art, die mit den Parolen welchen Lagers immer, auch des feministischen, wenig gemein hat. So psychologisch fein entworfene Studien des Aufbrechens kindlicher Sexualität und erotischer Annäherung von ihr entworfen wurden, die Frau wird bei ihr nicht auf „Rollen" reduziert. Den Alltag des Geschlechterkampfes kennt sie bis in die Details der literarischen Alltagsszene. Ihre Laufbahn im Berufsleben und als freie

Schriftstellerin war in der Welt der Männer mit Steinen übersät, wie ihre Tagebücher verraten. Aber auch auf diesem Feld gräbt sie tiefer als so manche(r) engagierte(r) LiteratIn.

Der fünfte Abschnitt steht unter dem Titel *„Eine absurde Sache"* (V.) und will ein Genre der Jeannie Ebner aufzeigen, das bisher kaum beachtet werden konnte, die Satire. Die „Puritanerin", wie sie sich selbst einmal charakterisiert, hatte freilich schon immer eine Art von trockenem Humor. Der mythologische Kothurn hat sie niemals den Blick für die Realität und die in ihr verborgenen grotesken Situationen und Tendenzen verlieren lassen. Dem Versuch, diese Seite ihres Wesens publizistisch zu entfalten, war kein Glück beschieden. Als Reaktion auf die Ereignisse des 68er Jahres schrieb sie unter dem Titel „Die Welt steht kopf" einen Roman, der bislang unveröffentlicht blieb. In ihm berichtet Albert Askaridos, ein fiktiver Biograph, von dem Schicksal seines Jugendfreundes, des Privatgelehrten Ottokar Kluge, der eines Morgens feststellen muß, daß die Menschen nicht mehr auf ihren Füßen einherwandeln, sondern auf den Händen. Der Forschung und der Wahrheit verpflichtet, will sich der dem – offensichtlich – allgemeinen Wahnsinn nicht beugen, aber er scheitert. Der Ablehnung seiner Umwelt für sein widerspenstiges Festhalten am aufrechten Gang folgt das Irrenhaus und schließlich die totale, halb aufgezwungene, halb selbstgewählte Isolation. Zwei Kapitel – der Anfang der Geschichte und der Aufenthalt in der Nervenheilanstalt – sind in diesem Band als Erstabdruck enthalten. Der Roman, der sich inhaltlich wie stilistisch von den anderen Werken der Dichterin stark unterscheidet, zeigt die Vielfalt der Techniken, die ihr zu Gebote stehen. Daß er kein zusammenhangloser Findling in Ebners literarischer Landschaft ist, zeigen die in diesen Abschnitt eingegliederten unveröffentlichten Gedichte und eine satirische Passage über den Dichter aus dem Roman „Drei Flötentöne". Hierher gehören auch die Proben ihrer Übertragung der „Galgenlieder" von Christian Morgenstern ins Englische. Sie sind Paradebeispiele der Übersetzungskunst, die im Leben der Jeannie Ebner, nicht zuletzt als Broterwerb, eine so große Rolle spielte.

Der Abschnitt *„Ihr bunten Dinge der Welt"* (VI.) nimmt einige Lieblingsmetaphern der Dichterin auf. Der Falter, der Samenball, der Stein, die Muschel, die Blüte und der Baum, um den sie im Hofe ihres Mietblockes nicht nur mit Worten, zumindest nicht nur mit solchen der Literatur, gegen die „Betonierer" kämpft, regen sie zu Gedankenketten und Meditationen an. „Ich liebe Blumen und Schmetterlinge, Juniwiesen voll Margeriten, Felder, an deren Rand es noch Kornblumen gibt ...", enthüllt sie ihr grünes Herz, „ich liebe das Gras, alte Bäume, den Wald, die Berge, die Seen und Tümpel, in denen es noch Frösche und Gelbrandwasserkäfer gibt, ... weite Fußwanderungen und Seen, in denen man weit schwimmen kann, ohne an jemanden anzustoßen." Wie auch bei dem Thema „Kindheit" gerät ihr die Naturversenkung nicht zur Schwärmerei, sie ist nicht auf der Flucht *aus* der Realität. Im Gegenteil, sie fühlt sich als deren Teil und nimmt sie an mit ihren beseligenden und mit ihren bedrückenden Seiten.

Das Gedicht in seiner Kürze und Komprimiertheit ist von den literarischen Formen vornehmlich geeignet, das flüchtige Wechselspiel der Natur festzuhalten. Ein Gedicht war die Initialzündung für Jeannie Ebner, sich der Literatur mit ihrem ganzen Leben zu widmen, dem Gedicht hat sie durch das ganze Leben die erste Liebe bewahrt. „Wie viele Gedichte hätte ich schreiben können", schreibt sie 1989 reuig (und ein wenig kokett) in ihr Tagebuch, „wäre ich weniger oft tanzen gegangen?" Einige den Jahreszeiten und den Monaten gewidmete Gedichte wurden für dieses Buch zu einem Zyklus zusammengestellt, um in dem Abschnitt *„Ihr bunten Dinge der Welt"* diese von ihr so geliebte poetische Form – wenn auch zahlenmäßig unzulänglich – zu präsentieren.

Es entspricht ihrem radikalen Lebensentwurf und dem Gewicht, das sie dem Thema zubilligt, daß dem *„Schreiben"* (VII.) ein eigener Abschnitt gewidmet ist. „... ein Leben ohne zu schreiben ist für mich eine Vorstellung voller unglaublicher Sinnlosigkeit und Langeweile, ein Leben, aus dem sich in Ehren zurückzuziehen in den Freitod die einzige, noch mögliche Konsequenz wäre", notiert sie unter dem 9. Jänner 1969 in ihrem Tagebuch. Was in der Gegenwartsliteratur bisweilen Resultat einer ermüdenden Selbstbespiegelung wird, ist bei ihr Leidenschaft und Besessenheit. Ihre Reflexionen über den Schreibvorgang sind von einer ungemein einprägsamen Bildhaftigkeit, und ihre Tagebücher lassen den Schluß zu, daß das Thema Literatur in ihrem Leben nicht Literatur geblieben ist.

„Worin Leben bestand", das letzte Kapitel (VIII.), umfaßt Texte, die auf die Lebenshaltung der im Jahre des Erscheinens dieses Querschnittes achtzigjährigen Dichterin Bezug nehmen. Es schlägt den Bogen zur unmittelbaren Gegenwart. Der letzte Text des Bandes „Es ist nicht selbstverständlich" ist der Dank an das Schicksal, das ihr Rosen nur wenige gestreut und sie in

engen materiellen Grenzen gehalten hat. Eine franziskanische Haltung durchweht die Zeilen, die so nüchtern, so schmucklos und ohne die liebliche Täuschung sind, die man der Kunst gerne zubilligt.

Vielleicht mag auch sie einmal einen „Sonnengesang" schreiben, und es wäre bei ihr zwischen Leben und Dichtung keine Diskrepanz.

JEANNIE EBNER

KURZBIOGRAPHIE

Jeannie Ebner wurde am 17. November 1918 in Sydney, Australien, geboren, wuchs in Wiener Neustadt auf, leitete später dort eine Spedition. Sie studierte Bildhauerei an der Kunstakademie in Wien, ihr erstes Buch „Gesang an das Heute" kam 1952 heraus. Nach ihrer Tätigkeit als Mitherausgeberin von „Literatur und Kritik" (1968–1978) lebt sie heute als freie Schriftstellerin in Wien.

1952 „Gesang an das Heute. Gedichte, Gesichte, Geschichten". Jungbrunnen Verlag, Wien.
1954 „Sie warten auf Antwort", Roman. Verlag Herold, Wien.
1956 „Zij wachten op antwoord". Servire Verlag, Den Haag.
1958 „Die Wildnis früher Sommer", Roman. Kiepenheuer & Witsch, Köln
1958 „Die Wildnis früher Sommer", Roman. Sigbert Mohn Verlag, Gütersloh.
1978 „Die Wildnis früher Sommer", Roman. Verlag Styria, Graz Wien Köln (3. Auflage).
1988 „Divjina zgodnjih poletij" (Die Wildnis früher Sommer). Pomurska Založba, Murska Sobota. Übersetzt von Stanko Jare.
1959 „Der Königstiger", Erzählung. Sigbert Mohn Verlag, Gütersloh.
1978 „Der Königstiger", Erzählung. Verlag Hermansen, Köln (Neuauflage).
1984 „Der Königstiger", Erzählung. Verlag Styria, Graz Wien Köln (Neuauflage).
1987 „Der Königstiger", Erzählung. St. Benno GmbH, Leipzig (Lizenzauflage).
1992 „The Bengal Tiger" (Der Königstiger). Ariadne Press, Riverside, USA. Übersetzt von Lowell A. Bangerter.
1961 „Die Götter reden nicht", Erzählungen. Sigbert Mohn Verlag, Gütersloh.
1964 „Figuren in Schwarz und Weiß", Roman. Sigbert Mohn Verlag, Gütersloh.

1981 „Figure v črnem in belem" (Figuren in Schwarz und Weiß). Pomurska Zalozba, Murska Sobota. Übersetzt von Franc Šrimpf.

1963 „Im Schatten der Göttin". Eine Auswahl. Stiasny Verlag, Graz.

1965 „Gedichte". Sigbert Mohn Verlag, Gütersloh.

1973 „Prosadichtungen". Otto Müller Verlag, Salzburg.

1975 „Protokoll aus einem Zwischenreich", Erzählungen. Verlag Styria, Graz Wien Köln.

1978 „Sag ich", Gedichte. Verlag Hermansen, Köln.

1978 „Gedichte und Meditationen". Verlag Gottfried Grasl, Baden bei Wien.

1979 „Niederösterreich", hrsg. von Christian Brandstätter, Essay. Molden Verlag, Wien.

1979 „Erfrorene Rosen", Tagebucherzählungen. Verlag Styria, Graz Wien Köln.

1981 „Drei Flötentöne", Roman. Verlag Styria, Graz Wien Köln.

1987 „Tri flautové tòny" (Drei Flötentöne). Verlag Tatran, Bratislava. Übersetzt von Evelina Radicová.

1993 „Three flute notes" (Drei Flötentöne). Ariadne Press, Riverside, USA. Übersetzt von Lowell A. Bangerter.

1984 „Das Bild der beiden Schwestern", Kurzprosa. St. Benno GmbH, Leipzig.

1983 „Aktäon", Novelle. Verlag Styria, Graz Wien Köln.

1987 „Gedichte und Meditationen II". Verlag Gottfried Grasl, Baden bei Wien.

1987 „Papierschiffchen treiben". Erlebnis einer Kindheit. Verlag Styria, Graz Wien Köln.

1998 „Papierschiffchen treiben". Erlebnis einer Kindheit. Verlag der Apfel, Wien.
1988 „Gesammelte Gedichte". merbod Verlag, Wiener Neustadt.
1991 „... und hat sein Geheimnis bewahrt", Roman. Verlag Styria, Graz Wien Köln.
1992 „Zauberer und Verzauberte", Roman. Verlag Styria, Graz Wien Köln.
1993 „Der Genauigkeit zuliebe". Tagebücher 1942 bis 1980. Verlag Styria, Graz Wien Köln.
1993 Sämtliche Gedichte (1940–1993). merbod Verlag, Wiener Neustadt.
1995 Christian Morgenstern „Galgenlieder" – Jeannie Ebner „Gallows Songs". merbod Verlag, Wiener Neustadt.
1998 „Fluchtwege – Wanderwege". Literaturedition Niederösterreich, St. Pölten.

Die unter den einzelnen Textabschnitten angegebenen Quellen sind im Werkverzeichnis bibliographiert. Nicht aufgelistet sind die in dieses Buch aufgenommenen Texte aus dem unveröffentlichten Werk Jeannie Ebners:

Unveröffentlichte Gedichte
Unveröffentlichtes Tagebuch (1981–1990)

und folgende Publikationen:

Jeannie Ebner 60 = Jeannie Ebner zum 60. Geburtstag. Kulturamt der Stadt Wiener Neustadt. NÖ Kulturforum. Wiener Neustadt 1978.
Magazin = Magazin der Wiener Stadt- und Landesbibliothek. Heft 4, Wien 1993.

Preise und Ehrungen

1955 Preis des Theodor-Körner-Stiftungsfonds.
1959 1. Preis des Bertelsmann-Novellen-Preisausschreibens.
1961 Förderungspreis des Kulturamts der Stadt Wien für Lyrik.
1962 Verleihung der Willibald Pirkheimer-Medaille, Nürnberg.
1963 Robert Musil-Stipendium des Unterrichtsministeriums, Wien.
1967 Ludwig von Ficker-Preis des Unterrichtsministeriums, Wien.
1970 Adalbert Stifter-Medaille des Bundesministeriums für Unterricht und Kunst.
1971 Großer Preis der Stadt Wien.
1972 Kulturpreis des Landes Niederösterreich.
1975 Übersetzerpreis der Stadt Wien für Jugendbuch-Übersetzung.
1976 Stipendium des Deutschen Übersetzer-Verbandes.
1978 Goldenes Ehrenzeichen für Verdienste um das Land Niederösterreich.
1979 Ehrenkreuz für Wissenschaft und Kunst, Erste Klasse.
1981 Dr. Karl Renner-Preis für Herausgeberschaft der Zeitschrift „Literatur und Kritik".
1984 Goldene Medaille der Gemeinde Wien.
1984 Literaturpreis der Stadt Wiener Neustadt.
1988 Verleihung des Peter Rosegger-Freundschaftskrugs, Mürzzuschlag.
1998 Gedenkmedaille des Landes Niederösterreich.

Mitgliedschaften

Mitglied des Kultursenats des Landes Niederösterreich, 1974 bis 1990.

PEN-Klub, Mitglied, bis 1974 auch Vorstandsmitglied. Seit 1998 Ehrenmitglied.

IGÖA (Interessengemeinschaft österr. Autoren), Gründungsmitglied, Vizepräsident bis 1988.

Vizepräsident der Literarischen Verwertungsgesellschaft seit 1976.

Kuratoriumsmitglied der Willibald Pirkheimer-Gesellschaft, Nürnberg.

Österr. Schriftstellerverband, Ehrenmitglied seit 1987.

Literaturkreis „Podium“, Neulengbach.

Übersetzergemeinschaft, Wien.

Franz Kafka-Gesellschaft, Klosterneuburg, Beirat.

Niederösterr. Bildungs- und Heimatwerk, Arge Literatur.

Literaturkreis der Autoren, Wiener Neustadt, Ehrenmitgliedschaft.

Redaktions-Komitee der niederösterreichischen Literaturzeitschrift „morgen“.

Der Verlag Styria dankt dem Verlag Grasl und dem merbod Verlag für freundlich gewährte Abdruckgenehmigungen.

Inhalt

IV. Frauen

V. Eine absurde Sache

VI. Ihr bunten Dinge der Welt

VII. Schreiben ... schreiben ... schreiben ...

VIII. Worin Leben bestand